Verlag der Vampire

... und der
Mitternachtszirkus

Deutsch von
Gerald Jung und Katharina Orgaß

Verlag der Vampire

Die englische Ausgabe erschien unter dem Titel
CIRQUE DU FREAK
bei HarperCollins, London

www.verlagdervampire.de

ISBN 3-7951-1759-3
© 2000 by Darren Shan
© 2001 für die deutsche Ausgabe by
Verlag der Vampire
im Schneekluth Verlag GmbH, München
Ein Unternehmen der
Verlagsgruppe Droemer Weltbild, München
Gesetzt aus der 10,5/13 Punkt Stempel Garamond
Druck und Bindung: Clausen & Bosse, Leck
Printed in Germany 2001
3   5   4

DANKSAGUNG

Diese irre Geschichte hätte ohne die
Anstrengungen meiner schwer schuftenden
Laboranten niemals das Licht der Öffentlichkeit
erblickt:

Biddy & Liam, das »diabolische Duo«
Domenica »die Dämonische« de Rosa
Gillie »die Grässliche« Russell
Emma »die Exterminatorin« Schlesinger
sowie
Christopher Little, der »Herr der Roten Nächte«

Herzlichen Dank auch an
meine schmatzenden Gefährten, die abscheulichen
Wesen bei HarperCollins.
Und an die ghulenhaften Schüler der
Askeaton Grundschule (und anderer Schulen),
die mir als willfährige Versuchskaninchen gedient
und so manchem Alptraum getrotzt haben,
damit dieses Buch so spannend, geheimnisvoll
und gruselig wie möglich wird.

EINLEITUNG

Ich war schon immer verrückt nach Spinnen. Als ich noch kleiner war, habe ich sie gesammelt. Ich verbrachte Stunden damit, in dem staubigen alten Schuppen hinten in unserem Garten herumzustöbern und die Spinnweben nach geduldig lauernden, achtbeinigen Ungeheuern abzusuchen. Wenn ich eines fand, nahm ich es gleich mit ins Haus und ließ es in meinem Zimmer frei.

Meine Mutter machte das jedes Mal fuchsteufelswild!

Normalerweise waren die Spinnen nach ein oder zwei Tagen wieder verschwunden, und ich sah sie nie wieder, aber manchmal hielten sie es auch länger bei mir aus. Einmal hatte ich eine, die ihr Netz direkt über meinem Bett webte und dort einen ganzen Monat Wache hielt. Beim Einschlafen stellte ich mir immer vor, die Spinne würde sich herunterlassen, mir in den Mund kriechen, den Hals hinunterrutschen und in meinem Bauch jede Menge Eier legen. Dann würden die kleinen Spinnenbabys ausschlüpfen und mich bei lebendigem Leib auffressen, von innen nach außen.

Als ich noch klein war, gruselte ich mich für mein Leben gern.

Zu meinem neunten Geburtstag schenkten mir Mama und Papa eine kleine Tarantel. Sie war nicht giftig und auch nicht sehr groß, aber sie war das tollste Geschenk,

7

das ich jemals bekommen hatte. Ich spielte mit dieser Spinne fast jeden Tag von früh bis spät und ließ ihr alle möglichen Leckerbissen zukommen: Fliegen, Kakerlaken und kleine Würmer. Ich habe meine Spinne ziemlich verwöhnt.

Aber dann machte ich eines schönen Tages etwas sehr Dummes. Ich hatte im Fernsehen einen Zeichentrickfilm gesehen, in dem eine der Figuren von einem Staubsauger verschluckt wurde. Ihr ist überhaupt nichts passiert. Sie quetschte sich nur voller Staub aus dem Auffangsack heraus und war total schmutzig und ziemlich sauer. Es war unheimlich komisch.

So komisch, dass ich es selbst ausprobieren musste. Mit der Tarantel.

Natürlich verlief alles ganz anders als in dem Trickfilm. Die Spinne wurde in Stücke gerissen. Ich habe mordsmäßig geheult, aber die Tränen kamen zu spät. Mein Haustier war tot, und ich konnte nichts mehr daran ändern.

Als meine Eltern erfuhren, was ich getan hatte, schimpften sie fürchterlich mit mir. Die Tarantel war ganz schön teuer gewesen. Sie nannten mich einen unverantwortlichen Dummkopf, und von dem Tag an durfte ich kein Haustier mehr haben, nicht einmal eine stinknormale Gartenspinne.

Ich habe mich aus zwei Gründen dazu entschlossen, meine Geschichte zu erzählen. Der eine Grund ergibt sich aus dem, *was* in diesem Buch erzählt wird. Der andere ist:

Es handelt sich hier um eine wahre Geschichte.

Das Blöde im richtigen Leben ist, dass man jedes Mal,

wenn man etwas Dummes tut, dafür bezahlen muss. In Büchern können die Helden so viele Fehler machen, wie sie wollen. Es ist völlig egal, was sie anstellen, denn am Ende wird alles wieder gut. Sie besiegen die Bösewichter, bringen alles wieder in Ordnung, und alles ist in Butter.

Im richtigen Leben machen Staubsauger kleine Spinnen tot. Wenn man über die Straße rennt, ohne aufzupassen, wird man von einem Auto überfahren. Wenn man von einem Baum fällt, bricht man sich die Knochen.

Das richtige Leben ist gemein. Es ist grausam. Es schert sich nicht um Helden, um ein glückliches Ende und auch nicht darum, dass eigentlich alles in Butter sein sollte. Menschen sterben. Kämpfe werden verloren. Und oft genug siegt das Böse.

Das wollte ich nur rasch klarstellen, bevor ich mit meiner Geschichte beginne.

Eins noch vorab: Darren Shan ist nicht mein richtiger Name. In diesem Buch ist alles wahr, *bis auf die Namen*. Ich musste sie abändern, weil … na ja, wenn Du bis zum Ende gelesen hast, verstehst Du das schon.

Ich habe keinen einzigen richtigen Namen übernommen, nicht meinen eigenen und auch nicht den meiner Schwester, nicht die Namen meiner Freunde und meiner Lehrer. Keinen einzigen. Ich verrate Dir nicht einmal den Namen meiner Stadt oder meines Landes. Ich traue mich nicht.

Das dürfte als Einleitung wohl genügen. Wenn Du bereit bist, können wir anfangen. Eine erfundene Geschichte würde zweifellos in finsterer Nacht beginnen, inmitten eines Unwetters, Eulen würden schreien, und unter dem Bett würde es rascheln. Aber meine Geschichte ist wahr, also muss ich dort ansetzen, wo sie wirklich ihren Anfang nahm.

Alles fing auf einer Toilette an.

KAPITEL 1

Ich hatte mich in der Schultoilette eingeschlossen, hockte auf der Schüssel und summte vor mich hin. Meine Hosen waren hochgezogen. Ich hatte mich gegen Ende der Englischstunde gemeldet, weil mir schlecht war. Mein Lehrer, Mr. Dalton, geht mit solchen Dingen immer prima um. Er ist sehr klug und merkt sofort, ob einem wirklich schlecht ist oder ob man nur so tut. Als ich die Hand hob und sagte, mir sei schlecht, sah er mich nur kurz an, nickte und schickte mich sofort zur Toilette.

»Würg alles raus, was dich quält, Darren«, sagte er, »und dann kommst du auf dem kürzesten Weg wieder zurück.«

Schön wär's, wenn jeder Lehrer so viel Verständnis wie Mr. Dalton hätte.

Dann musste ich mich zwar doch nicht übergeben, aber weil mir trotzdem noch so komisch im Bauch war, blieb ich in der Toilette. Ich hörte die Klingel zum Stundenende und wie alle aus den Klassenzimmern in die Pause rannten.

Das hätte ich am liebsten auch getan, aber ich wusste genau, dass Mr. Dalton nicht begeistert wäre, wenn er mich jetzt schon wieder im Hof herumrennen sah. Wenn man ihn anschmiert, wird er nicht gleich wütend, aber er wird dann immer ganz still und redet

11

Ewigkeiten nicht mehr mit einem, und das ist fast noch schlimmer, als angebrüllt zu werden.

Also blieb ich sitzen, wo ich war, zog mir die Kapuze meines Pullis über den Kopf, betrachtete meine Armbanduhr und wartete ab. Auf einmal hörte ich jemanden meinen Namen rufen.

»Darren! He, Darren! Bist du in die Schüssel gefallen, oder was?«

Ich grinste. Das war Steve Leopard, mein bester Freund. Eigentlich hieß Steve mit Nachnamen Leonard, aber alle nannten ihn Steve Leopard. Und das nicht nur, weil es so ähnlich klingt. Steve war das, was meine Mama als »ein wildes Kind« bezeichnete. Überall, wo er auftauchte, war die Hölle los, ständig wurde er in Prügeleien verwickelt, und er klaute auch in den Läden. Schon im Kinderwagen hatte er einmal irgendwo einen spitzen Stock aufgegabelt und damit die vorbeikommenden Frauen gepiekst. (Dreimal darfst du raten, wohin!)

Wo er auch auftauchte, war er verhasst und gefürchtet. Nur bei mir nicht. Schon seit der Vorschule, wo wir uns kennen gelernt hatten, war ich sein bester Freund. Meine Mama meinte, ich bewunderte nur seine Wildheit, aber für mich war er einfach ein prima Kumpel. Er hatte ein unberechenbares Temperament. Wenn er die Beherrschung verlor, konnte er einen richtigen Koller kriegen, aber immer, wenn es soweit kam, lief ich einfach weg und wagte mich erst wieder in seine Nähe, wenn er sich beruhigt hatte.

Steves Ruf hatte sich mit den Jahren ein wenig gebessert – seine Mama hat ihn zu einigen Spezialisten geschleppt, die ihm beibrachten, wie man sich im Zaum hält –, aber auf dem Schulhof eilte ihm immer noch ein gewisser Ruf voraus, und er war eindeutig kein Typ, mit dem man sich gerne anlegte, auch wenn man größer und älter war als er.

»He, Steve! Ich bin hier drin«, antwortete ich und hämmerte gegen die Tür, damit er wusste, in welcher Kabine ich war.

Er war sofort da, und ich machte die Tür auf. Als er sah, dass ich mit hochgezogenen Hosen auf dem Klodeckel saß, grinste er mich an. »Hast du gekotzt?«, wollte er wissen.

»Nein«, erwiderte ich.

»Musst du noch kotzen?«

»Kann sein«, sagte ich. Dann beugte ich mich plötzlich vor und gab grässliche Würgegeräusche von mir. *Wööaaarchch!* Aber Steve Leopard kannte mich zu gut, um darauf hereinzufallen.

»Wenn du schon da unten bist, kannst du mir gleich die Stiefel putzen«, schlug er vor und lachte, als ich so tat, als spuckte ich ihm auf die Schuhe, und sie hinterher mit einem Blatt Klopapier sauber rieb.

»Hab ich im Unterricht was verpasst?«, fragte ich ihn, nachdem ich mich wieder aufgerichtet und die Kapuze vom Kopf gestreift hatte.

»Nö«, meinte er. »Nur den üblichen Kram.«

»Hast du deine Geschichts-Hausaufgaben gemacht?«, erkundigte ich mich.

»Die müssen wir doch erst bis morgen machen, oder?«, fragte er ein wenig verunsichert. Steve vergisst ständig seine Hausaufgaben.

»Bis übermorgen«, beruhigte ich ihn.

»Ach so!« Er entspannte sich wieder. »Umso besser.

Ich dachte schon …« Er hielt inne und zog die Stirn kraus. »Moment mal«, sagte er dann. »Heute ist Donnerstag. Übermorgen wäre dann …«

»Dran gekriegt!«, rief ich und versetzte ihm einen Hieb auf die Schulter.

»Autsch!«, brüllte er. »Das hat wehgetan!« Er rieb sich den Arm, aber ich sah, dass er nur Theater spielte. »Kommst du mit raus?«, fragte er dann.

»Ich glaub, ich bleib noch eine Zeit lang hier und genieße den Ausblick«, sagte ich und lehnte mich auf dem Toilettensitz zurück.

»Hör auf mit dem Quatsch«, erwiderte er. »Vorhin, als ich vom Pausenhof kam, lagen wir schon fünf Tore hinten. Inzwischen sind es wahrscheinlich schon sechs oder sieben. Wir brauchen dich.« Er redete von Fußball. In jeder Mittagspause machen wir ein Spiel. Normalerweise gewann meine Mannschaft immer, aber wir hatten ein paar unserer besten Spieler eingebüßt. Dave Morgan hatte sich das Bein gebrochen. Sam White war an einer anderen Schule, weil seine Eltern umgezogen sind. Und Danny Curtain spielt nicht mehr mit, seit er sich in den Pausen lieber mit Sheila Leigh trifft, seinem großen Schwarm. So ein Blödmann!

Ich bin unser bester Stürmer. Es gibt bessere Verteidiger und Mittelfeldspieler, und Tommy Jones ist der beste Torwart der ganzen Schule. Aber ich bin der Einzige, der vorn stehen kann und am Tag vier- oder fünfmal einwandfrei trifft.

»Na gut«, seufzte ich und stand auf. »Ich werde euch retten. Diese Woche habe ich bis jetzt jeden Tag einen Hattrick erzielt. Wäre schade, die Serie mittendrin zu unterbrechen.«

Wir gingen an den Großen vorbei, die wie immer um die Waschbecken herumstanden und rauchten, und trabten zu meinem Spind, in dem meine Turnschuhe lagen. Ich hatte mal supertolle Turnschuhe bei einem Aufsatzwettbewerb gewonnen, aber nach ein paar Monaten waren die Schnürsenkel abgerissen, und an den Seiten hing das Gummi in Fetzen. Außerdem sind meine Füße gewachsen! Die Treter, die ich jetzt habe, sind auch okay, aber es ist nicht ganz dasselbe.

Als ich auf den Platz kam, lagen wir acht zu drei hinten. Es war kein richtiges Spielfeld, sondern nur ein längliches Grundstück mit aufgemalten Torpfosten an jedem Ende. Wer auch immer sie da hingepinselt hat, muss ein Volltrottel gewesen sein. Er hat die Querlatte an einer Seite viel zu hoch und an der anderen viel zu niedrig gemalt!

»Nicht verzagen, Turbo Shan fragen!«, rief ich, schon halb auf dem Spielfeld. Viele Spieler lachten oder stöhnten, aber ich sah, dass meine Mannschaftskameraden wieder frischen Mut fassten und unsere Gegenspieler die Gesichter verzogen.

Ich hatte einen hervorragenden Einstand und erzielte gleich in der ersten Minute zwei Tore. Es sah ganz danach aus, als kämen wir wieder ins Spiel und könnten sogar noch gewinnen. Aber die Zeit lief uns davon. Wäre ich früher angetreten, hätten wir es noch geschafft, doch gerade, als ich so richtig in Schwung kam, klingelte es, und wir verloren neun zu sieben.

Gerade, als wir vom Spielfeld marschierten, kam Alan Morris angerannt. Er schnaufte wie ein Walross, und sein Gesicht war knallrot. Das sind meine besten Freunde: Steve Leopard, Tommy Jones und Alan Mor-

15

ris. Wir waren wohl die komischste Clique auf der ganzen Welt, denn nur einer von uns hatte einen Spitznamen: Steve.

»Seht mal, was ich gefunden habe!«, rief Alan und fuchtelte uns mit einem aufgeweichten Fetzen Papier vor der Nase herum.

»Was ist das?«, fragte Tommy und wollte es ihm aus der Hand reißen.

»Es ist …« Alan verstummte, denn Mr. Dalton schrie etwas zu uns herüber.

»Ihr vier dort! Kommt sofort rein!«, brüllte er.

»Schon unterwegs, Mr. Dalton!«, brüllte Steve zurück. Steve ist Mr. Daltons Lieblingsschüler und darf sich so einiges erlauben, das er bei uns nicht durchgehen lassen würde. Zum Beispiel, dass er in seinen Aufsätzen Kraftausdrücke verwendet. Wenn ich auch nur ein paar davon hingeschrieben hätte, wäre ich mit Sicherheit von der Schule geflogen.

Aber Mr. Dalton hat eine Schwäche für Steve, weil er etwas Besonderes ist. Manchmal ist er im Unterricht einfach unschlagbar und weiß auf alles eine Antwort, aber manchmal kann er nicht mal seinen eigenen Namen buchstabieren. Mr. Dalton sagt, er sei so eine Art *idiot savant*, das heißt, er ist ein genialer Schwachkopf!

Wie auch immer, selbst als Mr. Daltons Liebling darf sich Steve nicht erlauben, zu spät zum Unterricht zu kommen. Deshalb musste das, was Alan mitgebracht hatte, bis später warten, egal, was es war. Verschwitzt und abgekämpft vom Spiel schleppten wir uns ins Klassenzimmer zurück, wo die nächste Stunde auf uns wartete.

Damals konnte ich nicht ahnen, dass Alans geheimnisvoller Zettel mein ganzes Leben umkrempeln sollte. Und nicht gerade zum Guten!

KAPITEL 2

Nach der Mittagspause hatten wir wieder Mr. Dalton, diesmal in Geschichte. Wir nahmen gerade den Zweiten Weltkrieg durch. Ich fand es nicht übermäßig spannend, aber Steve war völlig fasziniert. Er begeisterte sich für alles, was mit Krieg und Töten zu tun hatte, und er hatte schon öfters gesagt, er wolle später mal Söldner werden, also ein Soldat, der für Geld kämpft. Das meinte er ernst!

Nach Geschichte hatten wir Mathe und unglaublicherweise zum dritten Mal Mr. Dalton! Unser Mathelehrer war krank, darum mussten die anderen Lehrer den ganzen Tag über so gut es ging für ihn einspringen.

Steve war im siebten Himmel. Drei Stunden hintereinander seinen Lieblingslehrer! Weil wir Mr. Dalton zum ersten Mal in Mathe hatten, legte sich Steve gleich mächtig ins Zeug. Er zeigte ihm, wie weit wir im Buch waren, und erklärte ihm einige der kniffligeren Probleme, als redete er mit einem Kind. Mr. Dalton machte das nichts aus. Er war an Steve gewöhnt und wusste genau, wie er mit ihm umzugehen hatte.

Normalerweise führte Mr. Dalton ein strenges Regiment: die Stunden bei ihm machten Spaß, aber am Ende hatte man immer etwas gelernt. In Mathe war er allerdings nicht besonders gut. Er bemühte sich wirklich, aber wir merkten gleich, dass ihm der Stoff

18

zu hoch war. Während er den Kopf ins Buch steckte und mit Hilfe von Steve, der neben ihm stand und »hilfreiche« Tipps gab, versuchte, die Sache in den Griff zu kriegen, wurden wir anderen allmählich unruhig. Wir unterhielten uns leise und schoben einander Zettel zu.

Ich schickte Alan ein Briefchen, in dem ich ihn nach dem geheimnisvollen Zettel fragte, den er mitgebracht hatte. Zuerst weigerte er sich, ihn durchzugeben, aber ich schickte immer mehr Briefchen, bis er schließlich weich wurde. Tommy sitzt nur zwei Stühle neben ihm, deshalb bekam er den Zettel zuerst in die Finger. Er faltete ihn auf und überflog ihn, beim Lesen fing sein Gesicht förmlich zu leuchten an, und der Mund blieb ihm vor Staunen offen stehen. Nachdem er ihn an mich weitergereicht und ich ihn dreimal durchgelesen hatte, wusste ich, warum.

Es war ein Flugblatt, ein Reklamezettel für eine Art fahrenden Zirkus. Ganz oben war der Kopf eines Wolfes mit aufgerissenem Maul abgebildet, von dessen Zähnen der Speichel tropfte. Den unteren Rand zierten Abbildungen einer Spinne und einer Schlange, und die sahen auch ziemlich bösartig aus.

Direkt unter dem Wolf prangten in fetten, roten Großbuchstaben folgende Worte:

CIRQUE DU FREAK

Und darunter, in kleinerer Schrift:

NUR EINE WOCHE! –
CIRQUE DU FREAK!

ERLEBEN SIE:
SIVE UND SEERSA –
DIE VERKNOTETEN ZWILLINGE!
DEN SCHLANGENJUNGEN!
DEN WOLFSMANN! BERTHA BEISSER!
LARTEN CREPSLEY UND
SEINE DRESSIERTE SPINNE!
MADAME OCTA!
ALEXANDER KNOCHEN!
DIE BÄRTIGE DAME! HANS HÄNDE!
WILLI WUNDERWANST –
DEN DICKSTEN MANN DER WELT!

Darunter wiederum stand eine Adresse, wo man Eintrittskarten kaufen und erfahren konnte, wo die Vorstellung stattfand. Und ganz unten, direkt über der Schlange und der Spinne:

NICHTS FÜR FURCHTSAME GEMÜTER!
GÜLTIGKEIT EINGESCHRÄNKT.

»Cirque du Freak?«, murmelte ich vor mich hin. Cirque war das französische Wort für Zirkus … Ein *Freak*-Zirkus! War das etwa ein Abnormitäten-Kabinett, eine *Freak Show*? Es sah ganz danach aus.
Völlig von den Zeichnungen und den Beschreibungen der Künstler gefangengenommen, fing ich an, das Flugblatt ein weiteres Mal durchzulesen. Ich war so vertieft, dass ich sogar Mr. Dalton vergaß. Er fiel mir erst wieder ein, als ich merkte, wie still es im Klassenzimmer geworden war. Ich hob den Kopf und sah Steve ganz allein an der Tafel stehen. Er streckte mir die

Zunge heraus und grinste. Ich spürte, wie sich mir die Nackenhaare sträubten, schielte über meine Schulter, und dort stand Mr. Dalton, direkt hinter mir, und las mit zusammengekniffenen Lippen das Flugblatt.

»Was soll das?«, fuhr er mich an und riss mir den Zettel aus der Hand.

»Das ist bloß Reklame, Mr. Dalton«, antwortete ich.

»Wo hast du das her?« Er sah ziemlich wütend aus. So aufgebracht hatte ich ihn noch nie gesehen. »Wo hast du das her?«, fragte er noch einmal.

Ich fuhr mir nervös mit der Zunge über die Lippen. Mir wollte absolut keine Antwort einfallen. Selbstverständlich wollte ich Alan nicht verraten, und mir war klar, dass er es von selbst nicht zugeben würde. Sogar Alans beste Freunde wussten, dass er nicht unbedingt der mutigste Kerl unter der Sonne war. Aber ich war irgendwie blockiert, mir fiel keine einigermaßen glaubwürdige Lüge ein. Zum Glück half mir Steve aus der Patsche.

»Das gehört mir, Mr. Dalton«, sagte er.

»Dir?« Mr. Dalton blinzelte ihn erstaunt an.

»Ja, ich hab's an der Bushaltestelle gefunden«, erklärte Steve. »Ein alter Mann hat es weggeworfen, und weil ich dachte, es könnte was Interessantes sein, habe ich es aufgehoben. Ich wollte Sie am Ende der Stunde danach fragen.«

»Aha.« Mr. Dalton wollte nicht, dass wir merkten, wie geschmeichelt er sich fühlte, aber man sah es trotzdem. »Das ist etwas anderes. Wissbegier hat noch keinem geschadet. Setz dich, Steve.« Steve setzte sich. Mr. Dalton befestigte einen Klebstreifen an dem Zettel und heftete ihn an die Tafel.

21

»Vor langer Zeit«, sagte er und pochte mit dem Finger darauf, »gab es auf Jahrmärkten und im Zirkus noch richtige Abnormitäten-Kabinette, so genannte Freak Shows. Habgierige Ganoven steckten missgestaltete Menschen in Käfige und ...«

»Entschuldigung, was heißt denn missgestaltet?«, fragte jemand.

»Das heißt, dass jemand nicht so normal wie alle anderen Menschen aussieht«, erläuterte Mr. Dalton. »Jemand mit drei Armen oder zwei Nasen, jemand ohne Beine, jemand, der sehr klein ist oder sehr groß. Gewissenlose Verbrecher stellten diese armen Menschen, die sich abgesehen von ihrem Aussehen nicht von mir oder von euch unterscheiden, öffentlich zur Schau und nannten sie Freaks, was soviel heißt wie Monstrositäten, Ungeheuer, Missgeburten. Sie verlangten Eintritt dafür und ließen sie von den Leuten anstarren, forderten die Besucher sogar auf, sie zu ärgern und auszulachen. Und sie behandelten die so genannten Freaks wie Tiere. Sie zahlten ihnen kaum Lohn, schlugen sie, gaben ihnen Lumpen zum Anziehen, und waschen durften sie sich auch nicht.«

»Das ist ja grausam, Mr. Dalton«, meinte Delaina Price, ein Mädchen in der ersten Reihe.

»Allerdings«, stimmte er ihr zu. »Freak Shows waren grausame, scheußliche Veranstaltungen. Deshalb bin ich auch so wütend geworden, als ich den Zettel hier sah.« Er riss ihn wieder von der Tafel. »Diese Ausstellungen wurden vor vielen Jahren verboten, aber man hört immer wieder, dass es sehr wohl noch welche gibt.«

»Glauben Sie wirklich, dass der Cirque du Freak eine echte Freak Show ist?«, fragte ich.

Mr. Dalton sah sich das Flugblatt noch einmal an und schüttelte dann den Kopf. »Das bezweifle ich«, sagte er. »Wahrscheinlich handelt es sich nur um einen geschmacklosen Scherz. Trotzdem«, fügte er hinzu, »selbst wenn es kein Scherz wäre, möchte ich doch hoffen, dass keiner von euch mit dem Gedanken spielen würde, dort hinzugehen.«

»Aber nein!«, riefen wir alle schnell.

»Denn Freak Shows waren schrecklich«, erklärte er. »Sie gaben sich als normale Zirkusunternehmen aus, waren aber in Wirklichkeit wahre Abgründe des Bösen. Jeder, der eine solche Veranstaltung besucht, erweist sich damit als ebenso gemein und böse wie die Leute, die sie durchführen.«

»Wer da hingeht, muss schon ziemlich krank sein«, pflichtete ihm Steve bei. Dann sah er mich an, zwinkerte mir zu und formte mit den Lippen stumm die Worte: »Wir gehen hin!«

KAPITEL 3

Steve überredete Mr. Dalton, ihm den Zettel zu überlassen. Er sagte, er wolle ihn sich in seinem Zimmer an die Wand hängen. Erst wollte Mr. Dalton das Blatt nicht herausrücken, überlegte es sich dann aber anders. Doch bevor er es Steve gab, schnitt er die Adresse unten ab.

Nach der Schule trafen wir vier - ich, Steve, Alan Morris und Tommy Jones – uns im Hof und studierten das auf Hochglanzpapier gedruckte Flugblatt.

»Das muss eine Fälschung sein«, meinte ich.

»Warum?«, fragte Alan.

»Weil Freak Shows nicht mehr erlaubt sind«, erklärte ich ihm. »Wolfsmenschen und Schlangenjungen sind schon seit vielen Jahren für ungesetzlich erklärt worden. Hat Mr. Dalton selbst gesagt.«

»Das ist keine Fälschung!«, beharrte Alan.

»Wo hast du das Ding überhaupt her?«, fragte Tommy.

»Ich hab's geklaut«, antwortete Alan leise. »Von meinem großen Bruder.« Alans großer Bruder war Tony Morris, der übelste Schläger an unserer Schule. Bis er rausgeflogen ist. Er ist riesengroß, fies und brutal.

»Du hast es Tony geklaut?«, entfuhr es mir. »Bist du lebensmüde?«

»Er kriegt ja nicht raus, dass ich es war«, sagte Alan.

»Ich habe es in einer seiner Hosentaschen gefunden, in der Wäsche, die Mama in die Waschmaschine gesteckt hat. Ich habe es gegen ein weißes Blatt Papier ausgetauscht, dann denkt er, die Druckerschwärze wäre rausgewaschen worden.«

»Schlau, schlau«, nickte Steve anerkennend.

»Und woher hat Tony den Zettel?«, fragte ich.

»So'n Typ hat die Dinger auf der Straße verteilt«, antwortete Alan. »Einer von den Zirkuskünstlern, ein Mr. Crepsley.«

»Der mit der Spinne?«, erkundigte sich Tommy.

»Genau der«, sagte Alan, »nur dass er seine Spinne nicht dabeihatte. Es war schon dunkel, und Tony kam gerade aus der Kneipe.« Tony war zwar noch nicht alt genug, um in einer Kneipe bedient zu werden, aber er hing dort immer mit älteren Kumpels herum, die ihm seine Getränke bezahlten. »Mr. Crepsley hat Tony den Zettel in die Hand gedrückt und erzählt, sie wären ein fahrender Zirkus, der überall auf der Welt in kleinen und großen Städten geheime Vorführungen veranstaltet. Er sagte auch, dass man ohne so ein Flugblatt keine Eintrittskarten kaufen kann und dass sie nur an vertrauenswürdige Personen verteilt würden. Man darf auch keinem anderen von der Show erzählen. Ich habe es nur erfahren, weil Tony, wie immer, wenn er aus der Kneipe heimkommt, gut drauf war und den Mund nicht halten konnte.«

»Wie teuer sind die Karten?«, fragte Steve.

»Fünfzehn Pfund eine«, sagte Alan.

»Fünfzehn Pfund!«, schrien wir alle.

»Niemand zahlt fünfzehn Pfund, um einen Haufen Missgeburten zu sehen!«, schnaubte Steve verächtlich.

»Ich schon«, widersprach ich.

»Ich auch«, sagte Tommy.

»Und ich auch«, bestätigte Alan.

»Klar«, meinte Steve, »aber wir haben keine fünfzehn Pfund, um sie zum Fenster hinauszuwerfen. Also ist es eine rein rhetorische Frage, oder?«

»Was heißt denn rhetorisch?«, fragte Alan.

»Das heißt, wir können uns den Eintritt sowieso nicht leisten, und deshalb spielt es auch keine Rolle, ob wir ihn zahlen würden oder nicht«, erläuterte Steve. »Es ist leicht zu behaupten, man *würde* etwas kaufen, wenn man genau weiß, dass man es sowieso nicht kaufen *kann*.«

»Wie viel haben wir denn?«, fragte Alan.

»Einen Klicker und einen Knopf«, lachte ich. Den Spruch benutzte mein Vater oft.

»Ich würde unheimlich gern hingehen«, sagte Tommy traurig und betrachtete noch einmal die Bilder. »Es ist garantiert super.«

»Mr. Dalton fand es nicht so toll«, gab Alan zu bedenken.

»Gerade deshalb«, erwiderte Tommy. »Wenn der gnädige Herr es nicht so toll findet, ist es bestimmt super. Alles, was die Erwachsenen eklig finden, ist affengeil.«

»Haben wir denn wirklich nicht genug Geld?«, fragte ich. »Vielleicht gibt es ja Kinderermäßigung.«

»Ich glaube, Kinder lassen sie gar nicht rein«, meinte Alan, verriet mir aber doch, wie viel er besaß: »Fünf Pfund siebzig.«

»Ich hab genau zwölf Pfund«, erklärte Steve.

»Ich hab sechs Pfund und fünfundachtzig Pence«, sagte Tommy.

»Und ich acht Pfund fünfundzwanzig«, meinte ich und fügte hinzu, nachdem ich alles im Kopf zusammengezählt hatte: »Das macht zusammen über dreißig Pfund. Außerdem kriegen wir morgen Taschengeld, und wenn wir alles in einen Topf …«

»Aber die Karten sind so gut wie ausverkauft«, unterbrach mich Alan. »Gestern hat die erste Vorstellung stattgefunden, und es geht nur bis Dienstag. Wenn wir hinwollen, dann morgen Abend oder am Samstag, denn an den anderen Abenden lassen uns unsere Eltern so spät nicht weg. Der Kerl, der Tony den Reklamezettel gegeben hat, behauptet, die Karten für diese beiden Abende wären so gut wie ausverkauft. Wir müssten sie noch heute Abend kaufen.«

»Na schön, das war's dann wohl«, sagte ich und setzte ein verdrossenes Gesicht auf.

»Vielleicht nicht«, meinte Steve. »Meine Mutter hat zu Hause immer ein Bündel Scheine in einem Einweckglas. Ich könnte mir etwas davon ausleihen und es morgen, wenn wir Taschengeld kriegen, wieder zurücklegen.«

»Du meinst klauen?«, rief ich.

»Ich meinte *ausleihen*«, fuhr er mich an. »Geklaut ist es nur dann, wenn man es nicht mehr zurückbringt. Was haltet ihr davon?«

»Aber wie sollen wir an die Karten rankommen?«, fragte Tommy. »Wir haben morgen Schule und dürfen nicht mehr weg.«

»Ich kann mich rausschleichen«, erwiderte Steve. »Ich besorge sie.«

»Aber Mr. Dalton hat die Adresse abgeschnitten«, erinnerte ich ihn. »Woher willst du wissen, wo du hinmusst?«

»Ich habe es mir gemerkt«, grinste er. »Also was ist jetzt? Wollen wir die ganze Nacht hier blöd herumstehen und uns Ausreden überlegen, oder ziehen wir die Sache durch?«

Wir blickten einander an, und dann, einer nach dem anderen, nickten wir stumm.

»Sehr gut«, sagte Steve. »Wir flitzen heim, schnappen unser Geld und treffen uns hier wieder. Erzählt euren Eltern, ihr hättet ein Buch oder sonst was vergessen. Dann schmeißen wir das Geld zusammen, und ich lege den Rest aus unserem Einmachglas drauf.«

»Und wenn du das Geld nicht klauen ... äh, ich meine, ausleihen kannst?«, fragte ich.

Er zuckte die Achseln. »Dann ist die Sache eben geplatzt. Aber das wissen wir erst, wenn es soweit ist. Und jetzt zischt ab!«

Damit rannte er davon. Kurz darauf, nachdem auch Tommy, Alan und ich uns entschieden hatten, flitzten wir ebenfalls los.

KAPITEL 4

An jenem Abend konnte ich an nichts anderes als an diese Freak Show denken. Ich versuchte, sie zu vergessen, aber es ging nicht, nicht einmal, als ich meine Lieblings-Fernsehsendung schaute. Es klang alles so unheimlich: ein Schlangenjunge, ein Wolfsmann und eine dressierte Spinne. Besonders die Spinne hatte es mir angetan.

Mama und Papa merkten nicht, was mit mir los war. Annie schon. Annie ist meine kleine Schwester. Manchmal kann sie ziemlich nerven, aber meistens ist sie ganz in Ordnung. Wenn ich mich mal danebenbenehme, rennt sie nicht gleich zu Mama, um zu petzen, und sie kann auch Geheimnisse für sich behalten.

»Was hast du denn?«, fragte sie mich nach dem Abendbrot. Wir waren allein in der Küche beim Abwaschen.

»Nichts«, erwiderte ich.

»Doch, du hast was«, beharrte sie. »Du benimmst dich schon den ganzen Abend so komisch.«

Da ich aus Erfahrung wusste, dass sie keine Ruhe geben würde, bis sie die Wahrheit erfahren hatte, erzählte ich ihr von der Freak Show.

»Hört sich toll an«, stimmte sie zu. »Aber du kommst da unmöglich rein.«

»Warum nicht?«, wollte ich wissen.

»Weil sie keine Kinder reinlassen. Es hört sich eher nach einer Veranstaltung für Erwachsene an.«

»Einen kleinen Knirps wie *dich* lassen sie ganz bestimmt nicht rein«, entgegnete ich boshaft, »bei mir und den anderen Jungs klappt es bestimmt.« Das machte sie wütend, und ich entschuldigte mich. »Tut mir Leid«, sagte ich, »ich hab's nicht so gemeint. Ich bin nur sauer, weil du wahrscheinlich Recht hast, Annie. Dabei würde ich alles dafür geben, wenn ich nur hinkönnte!«

»Ich kann dir meinen Make-up-Koffer ausleihen«, bot sie an. »Damit kannst du dir Falten und so was ins Gesicht malen, damit du älter aussiehst.«

Ich lächelte und drückte sie fest an mich, was ich nicht sehr oft mache. »Danke, Schwesterlein«, sagte ich, »aber das ist nicht nötig. Wenn wir reinkommen, kommen wir rein. Wenn nicht, dann eben nicht.«

Danach redeten wir nicht mehr viel. Wir trockneten fertig ab und gingen schnell wieder ins Fernsehzimmer. Kurz darauf kam Papa nach Hause. Er arbeitet überall in der Umgebung auf Baustellen, deshalb kommt er oft zu spät. Manchmal ist er mufflig, aber an jenem Abend war er gut gelaunt und wirbelte Annie gleich im Kreis herum.

»Irgendwas Spannendes passiert heute?«, fragte er, nachdem er Mama begrüßt und ihr einen Kuss gegeben hatte.

»Ich habe in der Mittagspause wieder einen Hattrick erzielt«, erzählte ich.

»Wirklich?«, staunte er. »Ist ja großartig. Gut gemacht.«

Während Papa sich zum Abendessen an den Tisch

setzte, stellten wir den Fernseher leise. Wenn er isst, braucht er seine Ruhe und stellt uns lieber Fragen oder erzählt von seiner Arbeit.

Später zog sich Mama in ihr Zimmer zurück, um sich ihren Briefmarkenalben zu widmen. Sie ist eine eifrige Sammlerin. Früher mal habe ich auch gesammelt, als ich noch kleiner und mit harmloseren Dingen zu begeistern war.

Ich ging zu ihr und sah nach, ob sie neue Briefmarken mit exotischen Tieren oder Spinnen drauf hatte. Hatte sie nicht. Stattdessen fragte ich sie über Freak Shows aus.

»Mama«, fragte ich, »hast du jemals eine Freak Show besucht?«

»Eine was?«, murmelte sie. Sie konzentrierte sich auf ihre Marken.

»Eine Freak Show«, wiederholte ich. »Mit bärtigen Damen und Wolfsmenschen und Schlangenjungen und so was.«

Sie sah auf und blinzelte mich an. »Schlangenjungen?«, fragte sie. »Was um alles in der Welt ist denn ein Schlangenjunge?«

»Das ist ein …« Ich verstummte, als mir klar wurde, dass ich es nicht wusste. »Ist ja auch egal«, sagte ich. »Hast du denn mal eine gesehen?«

Sie schüttelte den Kopf. »Nein. Die sind verboten.«

»Wenn sie nicht verboten wären und eine käme in unsere Stadt, würdest du dann hingehen?«

»Nein«, entgegnete sie schaudernd. »Solche Sachen machen mir Angst. Außerdem finde ich es nicht besonders anständig gegenüber den Menschen, die ausgestellt werden.«

»Wie meinst du das?«

»Wie würde es *dir* denn gefallen«, meinte sie, »wenn man dich in einen Käfig einsperrte, damit dich andere Leute anglotzen können?«

»Ich bin ja auch kein Freak!«, erwiderte ich beleidigt.

»Das weiß ich doch«, lachte sie und küsste mich auf die Stirn. »Du bist mein kleiner Engel.«

»Mama, hör auf!«, brummte ich und wischte mit der Hand über die Stelle.

»Dummerchen.« Sie lächelte mich an und streichelte mir über den blauen Haarschopf. »Aber stell dir vor, du hättest zwei Köpfe oder vier Arme, und jemand würde dich ausstellen, damit sich die Leute über dich lustig machen. Das würde dir doch sicher nicht gefallen?«

»Nein«, gab ich zu und scharrte verlegen mit den Füßen.

»Wie kommst du überhaupt darauf?«, fragte sie jetzt. »Bist du etwa länger wach geblieben und hast dir Horrorfilme angeschaut?«

»Nein«, antwortete ich.

»Du weißt ja, dein Vater mag es gar nicht, wenn du solche Filme …«

»Ich hab keine Spätfilme geguckt, okay?«, schrie ich. Es nervt wirklich ab, wenn einem Eltern nicht zuhören.

»Okay, Herr Muffelkopp«, sagte sie. »Kein Grund zum Rumschreien. Wenn es dir bei mir nicht mehr gefällt, dann geh nach unten und hilf deinem Vater beim Unkrautjäten.«

Ich wollte eigentlich nicht gehen, aber Mama war wütend, dass ich sie angeschrien hatte, deshalb lief ich hinunter in die Küche. Papa kam gerade durch die Hintertür rein und sah mich.

»Hier versteckst du dich also!«, lachte er. »Zu beschäftigt heute Abend, um deinem armen alten Vater zu helfen?«

»Ich war gerade auf dem Weg«, erklärte ich.

»Zu spät«, meinte er und zog sich die Gummistiefel aus. »Alles erledigt.«

Ich sah zu, wie er in seine Hausschuhe schlüpfte. Er hat riesige Füße. Er braucht mindestens Größe 50! Früher, als ich noch kleiner war, hat er mich manchmal auf seine Füße gestellt und ist mit mir auf und ab marschiert. Es war, als stünde man auf zwei großen Skateboards.

»Was machst du jetzt?«, fragte ich.

»Schreiben«, antwortete er. Mein Papa hat überall auf der Welt Brieffreunde, in Amerika, Australien, Russland und China. Er sagt, er hält gern Kontakt zu seinen Nachbarn auf dem Globus, aber ich glaube, es ist bloß eine Ausrede, damit er sich in sein Arbeitszimmer verziehen und ein kleines Nickerchen machen kann.

Annie spielte mit ihren Puppensachen. Ich fragte sie, ob sie auf eine Runde Betttennis in mein Zimmer kommen wolle. Bei Betttennis nimmt man einen Socken als Ball und Schuhe als Schläger. Aber sie war viel zu beschäftigt damit, für ihre Puppen ein Picknick zu richten.

Ich ging in mein Zimmer und holte meine Comics aus dem Regal. Ich habe haufenweise coole Comics, *Superman*, *Batman*, *Spiderman* und *Spawn*. *Spawn* ist der Beste. Er ist ein Superheld, der früher mal ein Dämon der Hölle war. Manche von den *Spawn*-Comics sind ziemlich gruselig, aber genau deswegen finde ich sie ja so toll.

Den restlichen Abend schmökerte ich in meinen Comics und sortierte sie. Früher mal habe ich mit Tommy getauscht. Tommy hat eine riesige Sammlung, aber er kippt immer Limo über die Titelbilder und krümelt zwischen die Seiten, deshalb habe ich irgendwann damit aufgehört.

Ich gehe meistens so um zehn ins Bett, aber an jenem Abend hatten mich Mama und Papa glatt vergessen, deshalb blieb ich bis fast halb elf wach. Dann bemerkte Papa das Licht in meinem Zimmer und kam rauf. Er tat so, als wäre er sauer, aber das war nicht ernst gemeint. Papa macht es nicht so viel aus, wenn ich lange wach bleibe. Mama ist diejenige, die ständig deswegen rumnörgelt.

»Ab ins Bett«, befahl er, »sonst krieg ich dich morgen früh überhaupt nicht aus den Federn.«

»Einen Augenblick noch, Papa«, erwiderte ich, »ich muss nur noch meine Comics wegräumen und mir die Zähne putzen.«

»Na schön«, sagte er, »aber mach mal ein bisschen hin.«

Ich stopfte die Comics in ihren Karton und schob ihn wieder auf das Regal über meinem Bett.

Dann zog ich meinen Schlafanzug an und ging ins Bad, um mir die Zähne zu putzen. Es dauerte eine Weile, denn ich ließ mir viel Zeit, und so war es fast elf, als ich ins Bett kam. Ich legte mich hin und grinste die Zimmerdecke an. Ich war sehr müde und wusste, dass ich innerhalb der nächsten Sekunden einschlafen würde. Mein letzter Gedanke galt dem Cirque du Freak.

Ich fragte mich, wie wohl ein Schlangenjunge aussah, wie lang wohl der Bart der Bärtigen Dame war, und was Hans Hände und Bertha Beißer wohl für Kunststücke vorführten. Vor allem aber träumte ich von der Spinne.

KAPITEL 5

Am nächsten Morgen warteten Tommy, Alan und ich vor dem Eingang zum Schulgeländer auf Steve, aber er ließ sich nirgendwo blicken, und als es zur ersten Stunde klingelte, mussten wir reingehen.

»Jede Wette, der macht blau«, meinte Tommy. »Bestimmt hat er die Karten nicht gekriegt, und jetzt traut er sich nicht, uns unter die Augen zu treten.«

»Das sieht Steve nicht ähnlich«, widersprach ich.

»Hoffentlich bringt er wenigstens das Flugblatt wieder mit«, seufzte Alan. »Wenn wir schon nicht hindürfen, hätte ich schon gern den Zettel zurück. Ich hänge ihn mir übers Bett und …«

»Du kannst ihn dir nicht übers Bett hängen, du Knalltüte!«, lachte Tommy.

»Warum nicht?«, fragte Alan.

»Weil ihn Tony dort sieht«, klärte ich ihn auf.

»Stimmt«, brummte Alan verdrossen.

In der Schule lief es gar nicht gut. In der ersten Stunde hatten wir Erdkunde, und jedes Mal, wenn mir Mrs. Quinn eine Frage stellte, gab ich die falsche Antwort. Normalerweise ist Erdkunde mein bestes Fach, weil ich von meiner Briefmarkensammlerei so viel darüber weiß.

»Du bist wohl gestern zu lange aufgeblieben, Darren?«, fragte sie, nachdem ich zum fünften Mal mit meiner Antwort daneben lag.

»Nein, Mrs. Quinn«, log ich.

»Ich glaube doch.« Sie lächelte. »Du hast mehr Ringe unter den Augen als unser Juwelier in seinem Schaufenster!« Da mussten alle lachen, denn Mrs. Quinn machte nur selten Witze, und ich lachte mit, auch wenn der Scherz auf meine Kosten ging.

Der Morgen zog sich endlos hin, so wie es einem eben vorkommt, wenn man sich im Stich gelassen fühlt. Ich vertrieb mir die Zeit damit, mir die Freak Show vorzustellen. Ich bildete mir ein, ich sei einer der *Freaks* und der Besitzer des Zirkus wäre ein fieser Kerl, der auf jeden gleich mit der Peitsche eindrosch, auch wenn man alles richtig gemacht hatte. Alle *Freaks* hassten ihn, aber er war so groß und gemein, dass niemand sich etwas zu sagen traute. Bis er mich eines schönen Tages einmal zu oft schlug, worauf ich mich in einen Wolf verwandelte und ihm den Kopf abbiss! Alle jubelten laut und ernannten mich zu ihrem neuen Besitzer.

Es war ein superguter Tagtraum.

Aber dann, kurz vor der Pause, ging plötzlich die Tür auf. Und ratet mal, wer hereinmarschiert kam? Steve! Seine Mutter schob sich direkt hinter ihm durch die Tür, und sie sagte etwas zu Mrs. Quinn, die nickte und lächelte. Dann ging Mrs. Leonard wieder raus, und Steve schlenderte an seinen Platz und setzte sich.

»Wo warst du denn?«, zischte ich ihm wütend zu.

»Beim Zahnarzt«, flüsterte er. »Hab ich vergessen, dir zu sagen.«

»Was ist mit …«

»Das reicht jetzt, Darren«, schimpfte Mrs. Quinn. Ich verstummte sofort.

In der Pause wurde Steve beinahe von Tommy, Alan

und mir zerquetscht. Wir zerrten an ihm herum und brüllten alle gleichzeitig auf ihn ein.

»Hast du die Eintrittskarten?«, fragte ich.

»Warst du wirklich beim Zahnarzt?«, wollte Tommy wissen.

»Wo ist mein Flugblatt?«, quengelte Alan.

»Nur Geduld, Jungs, immer mit der Ruhe«, sagte Steve und stieß uns lachend von sich. »Auch Geduld ist eine Tugend.«

»Komm schon, Steve, spann uns nicht auf die Folter!«, forderte ich ihn auf. »Hast du sie oder nicht?«

»Ja und nein«, antwortete er.

»Was soll das denn heißen?«, schnaubte Tommy.

»Das heißt, ich habe gute Nachrichten und schlechte Nachrichten, und dazu ein paar verrückte Nachrichten«, erklärte Steve. »Was wollt ihr zuerst hören?«

»*Verrückte* Nachrichten?«, stieß ich verdattert hervor.

Steve zog uns in eine abgelegene Ecke des Schulhofs, blickte sich um, ob uns jemand belauschte, und fing dann im Flüsterton an zu erzählen.

»Ich hab mir das Geld geschnappt und mich um sieben Uhr rausgeschlichen, als meine Mutter gerade telefonierte. Ich bin quer durch die ganze Stadt zu dem Kartenhäuschen gerast, und wisst ihr, wer dort war, als ich endlich ankam?«

»Wer?«, fragten wir wie aus einem Munde.

»Mr. Dalton!«, rief er. »Er stand da mit mehreren Polizisten. Sie zogen gerade einen kleinen Kerl aus dem Häuschen. Es war wirklich nur eine winzige Bude, echt … und auf einmal gab es einen lauten Knall, und eine riesige Rauchwolke stieg auf und hüllte sie alle ein.

Als sie sich verzogen hatte, war der kleine Kerl verschwunden.«

»Was haben Mr. Dalton und die Polizisten gemacht?«, fragte Alan.

»Die haben das Büdchen durchsucht, sich ein wenig umgesehen und sind wieder gegangen.«

»Haben sie dich nicht gesehen?«, fragte Tommy.

»Nein«, erwiderte Steve. »Ich habe mich gut versteckt.«

»Also hast du die Karten nicht«, stellte ich niedergeschlagen fest.

»Das habe ich nicht behauptet«, widersprach er mir.

»*Hast* du sie?«, keuchte ich.

»Als ich mich umdrehte und wieder nach Hause gehen wollte«, fuhr Steve fort, »stand der kleine Kerl direkt hinter mir. Er war echt winzig und trug einen langen Umhang, der ihn von Kopf bis Fuß verhüllte. Er sah sofort das Flugblatt in meiner Hand, nahm es an sich und hielt mir die Eintrittskarten hin. Ich gab ihm das Geld und …«

»Du hast sie?«, platzten wir begeistert heraus.

»Klar«, nickte Steve strahlend. Dann verdüsterten sich seine Züge. »Aber die Sache hat einen Haken. Ich hab euch doch gesagt, dass es auch schlechte Nachrichten gibt, stimmt's?«

»Welche denn?«, wollte ich wissen und dachte sofort, er hätte die Karten wieder verloren.

»Er hat mir nur zwei verkauft«, erklärte Steve. »Ich hatte genug Geld für vier, aber er wollte es nicht nehmen. Er sagte nichts dazu, sondern pochte nur immer wieder mit dem Finger auf die Stelle auf dem Flugblatt, an der es heißt: ›Gültigkeit eingeschränkt‹, und dann überreichte er mir einen Zettel, auf dem stand, dass der Cirque du Freak nur zwei Karten pro Flugblatt verkauft. Ich habe ihm sogar mehr Geld angeboten, weil ich insgesamt fast siebzig Pfund dabeihatte, aber er wollte es einfach nicht annehmen.«

»Er hat dir nur zwei Karten verkauft?«, fragte Tommy bestürzt.

»Das heißt …«, fing Alan an.

»… dass nur zwei von uns hingehen können«, beendete Steve den Satz für ihn und schaute uns der Reihe nach grimmig ins Gesicht. »Die anderen beiden müssen leider zu Hause bleiben.«

KAPITEL 6

Es war Freitagnachmittag, die Schulwoche war zu Ende, das Wochenende begann. Alle lachten und rannten, so schnell sie konnten, nach Hause, glücklich, endlich frei zu haben. Mit Ausnahme von vier traurigen Gestalten, die noch immer auf dem Schulhof herumlungerten und den Eindruck erweckten, das Ende der Welt sei gekommen. Ihre Namen? Steve Leonard, Tommy Jones, Alan Morris und ich, Darren Shan.

»Das ist nicht gerecht«, stöhnte Alan. »Wer hat schon jemals von einem Zirkus gehört, der einem nur zwei Karten verkauft? Das ist doch Schwachsinn!«

Wir waren ausnahmslos seiner Meinung, konnten aber nichts dagegen unternehmen, außer herumzustehen, die Absätze in den Boden zu bohren und finstere Mienen aufzusetzen.

Letztendlich sprach Alan die Frage aus, die jeden von uns beschäftigte.

»Wer von uns kriegt jetzt die Karten?«

Wir blickten einander an und schüttelten unsicher die Köpfe.

»Na ja, Steve muss ja wohl eine bekommen«, meinte ich. »Er hat mehr Geld als wir anderen dazugetan, und außerdem hat er sie besorgt, also hat er sich eine verdient. Einverstanden?«

»Einverstanden«, sagte Tommy.

41

»Einverstanden«, echote Alan. Ich glaube, er hätte lieber darüber diskutiert, aber er wusste genau, dass er sich nicht hätte durchsetzen können.

Steve lächelte und zog eine der Karten hervor. »Wer kriegt die andere?«, fragte er.

»Ich habe das Flugblatt mitgebracht«, sagte Alan wie aus der Pistole geschossen.

»Na und!«, rief ich. »Steve soll entscheiden!«

Tommy lachte verächtlich auf. »Nie im Leben! Du bist sein bester Freund. Wenn wir ihn entscheiden lassen, nimmt er dich. Ich finde, wir sollten darum kämpfen. Ich habe Boxhandschuhe zu Hause.«

»Kommt nicht in die Tüte!«, quiekte Alan. Er ist ziemlich schmächtig und fängt nie Streit an.

»Ich will auch nicht kämpfen«, erklärte ich. Ich bin zwar kein Feigling, aber ich wusste, dass ich gegen Tommy keine Chance hatte. Sein Vater erteilte ihm richtigen Boxunterricht, und sie hatten zu Hause einen eigenen Sandsack. Tommy hätte mich gleich in der ersten Runde zu Boden geschickt.

»Dann ziehen wir eben Strohhalme«, schlug ich vor, aber dagegen hatte Tommy etwas. Er hatte bei solchen Sachen so gut wie nie Glück.

Wir stritten uns noch eine Weile, bis Steve eine Idee hatte. »Ich weiß, wie wir's machen«, verkündete er und öffnete seine Schultasche. Er riss die beiden Mittelseiten aus einem Übungsheft und teilte sie mit Hilfe seines Lineals in vier gleiche Stücke, von denen jedes ungefähr die Größe der Eintrittskarte hatte. Dann holte er seine leere Brotdose heraus und steckte die Zettel hinein.

»Es geht so«, begann er und hielt die zweite Eintrittskarte hoch. »Ich lege sie dazu, mache den Deckel zu und schüttle alles gut durch, okay?« Wir nickten. »Ihr steht nebeneinander, und ich werfe die Papierfetzen über euren Köpfen in die Luft. Wer die Karte erwischt, hat gewonnen. Der Gewinner und ich geben den beiden anderen ihr Geld zurück, sobald wir es zusammenhaben. Ist das gerecht genug, oder hat jemand eine bessere Idee?«

»Hört sich gut an, finde ich«, meinte ich.

»Ich weiß nicht«, brummte Alan. »Ich bin der Jüngste. Ich kann nicht so hoch springen wie ...«

»Hör auf zu jammern«, sagte Tommy. »Ich bin der Kleinste, aber mir macht das nichts aus. Außerdem kann die Karte ja ganz unten im Stapel landen und ganz weit herunterflattern, dann ist sie gerade in der richtigen Höhe für einen Kleinen.«

»Na gut«, meinte Alan. »Aber nicht schubsen.«

»Einverstanden«, sagte ich. »Keine Rempelei.«

»Einverstanden«, nickte Tommy.

Steve schloß den Deckel der Dose und schüttelte sie kräftig und lange. »Auf die Plätze«, befahl er dann.

Wir wichen ein Stück von ihm zurück und stellten uns in einer Reihe auf. Tommy und Alan standen dicht nebeneinander, aber ich trat ein Stück zur Seite, damit ich Platz für beide Arme hatte.

»Dann ist alles klar«, stellte Steve fest. »Ich zähle bis drei und werfe dann alles in die Luft. Seid ihr bereit?« Wir nickten. »Eins«, sagte Steve, und ich sah, wie sich Alan den Schweiß rings um die Augen wegwischte.

»Zwei«, zählte Steve, und Tommys Finger zuckten.

»Drei!«, schrie Steve, riss den Deckel ab und schleuderte die Fetzen hoch in die Luft.

Ein leichter Windstoß trieb die Schnipsel direkt auf uns zu. Tommy und Alan schrien laut und grabschten wie die Irren in der Luft herum. Es mag sich verrückt anhören, aber ich habe mich bei solchen Dingen seit jeher auf Eingebungen, auf meine Intuition verlassen.

Ich tat also Folgendes: Ich schloss die Augen, streckte die Hände wie ein Blinder aus und wartete darauf, dass etwas Magisches passierte.

Ihr wisst sicher auch, dass es normalerweise nicht klappt, wenn man etwas ausprobiert, was man in einem Film gesehen hat, zum Beispiel, wenn man mit dem Fahrrad einen Wheelie versucht oder probiert, sein Skateboard ganz hoch springen zu lassen. Aber ab und zu, ganz selten nur, und gerade dann, wenn man es am wenigsten erwartet, macht es auf einmal klick!

Ich spürte, wie mir Papier durch die Finger geweht wurde, und wollte danach greifen, aber etwas sagte mir, dass es noch nicht soweit war. Und dann, eine Sekunde später, schrie eine Stimme in mir: »JETZT!«

Ich machte die Hände ganz schnell zu.

Der Wind flaute ab, und die Papierfetzen segelten zu Boden. Ich öffnete die Augen und sah Tommy und Alan auf den Knien nach der Eintrittskarte suchen.

»Sie ist weg«, sagte Tommy.

»Ich kann sie nirgends finden!«, rief Alan.

Sie hörten auf zu suchen und blickten zu mir hoch. Ich hatte mich nicht gerührt. Ich stand reglos da, die Hände fest geschlossen.

»Was hast du denn da in der Hand, Darren?«, fragte Steve leise.

Unfähig zu antworten, starrte ich ihn an. Es war wie in

einem Traum, in dem man sich weder bewegen noch sprechen kann.

»Er hat sie nicht«, mutmaßte Tommy. »Er kann sie gar nicht haben. Er hat ja die Augen zugehabt.«

»Kann schon sein«, meinte Steve, »aber da steckt etwas in seinen Fäusten.«

»Mach sie auf«, befahl Alan und versetzte mir einen Stoß. »Zeig schon, was du da hast!«

Ich sah Alan an, dann Tommy, dann Steve. Und dann, ganz langsam, öffnete ich meine rechte Faust.

Sie war leer.

Mein Herz stockte, und mein Magen vollführte einen Salto. Alan grinste, und Tommy senkte den Blick auf der Suche nach der verschwundenen Eintrittskarte wieder auf den Boden.

»Was ist mit der anderen Hand?«, fragte Steve.

Ich sah auf die geballte Faust meiner linken Hand, die ich beinah vergessen hätte! Langsam, noch langsamer als die andere, machte ich sie auf.

In der Mitte meiner Handfläche klebte ein Stück grünes Papier, aber es lag mit der Vorderseite nach unten, und da auf der Rückseite nichts stand, musste ich es erst umdrehen, um sicher zu sein. Und da stand er, der magische Name, in roten und blauen Buchstaben:

CIRQUE DU FREAK

Ich hatte sie. Die Eintrittskarte gehörte mir. Ich würde mir mit Steve die Freak Show ansehen.

»JAAAAAAAAAA!!!!«, schrie ich und boxte mit der Faust in die Luft. Ich hatte gewonnen!

KAPITEL 7

Die Karten galten für die Vorstellung am Samstag, was ganz gut passte, denn somit blieb mir Zeit genug, mit meinen Eltern zu reden und sie zu fragen, ob ich am Samstagabend bei Steve übernachten durfte.

Von der Freak Show erzählte ich ihnen natürlich nichts, denn ich wusste genau, dass sie es niemals erlauben würden. Ich fühlte mich zwar unwohl, weil ich ihnen nicht die volle Wahrheit sagte, aber bis dahin hatte ich sie immerhin nicht angelogen, sondern eben nur nicht alles erzählt.

Der Samstag verging viel zu langsam. Ich versuchte, mich mit allem Möglichen abzulenken, denn auf diese Weise geht die Zeit am schnellsten vorbei, doch ich musste ständig an den Cirque du Freak denken und konnte es kaum erwarten. Ich war den ganzen Tag ziemlich muffelig, was bei mir an einem Samstag eher ungewöhnlich ist, und Mama war froh, mich von hinten zu sehen, als ich mich endlich auf den Weg zu Steve machte.

Annie wusste, dass ich zu der Freak Show gehen wollte, und bat mich, ihr etwas mitzubringen, am liebsten ein Foto, aber ich erklärte ihr, dass man keine Kameras mitnehmen dürfe (das stand auf der Eintrittskarte) und ich auch nicht genug Geld für ein T-Shirt hätte. Ich versprach ihr, einen Sticker zu kaufen, wenn sie welche

46

hatten, oder ein Poster, aber sie müsste es gut versteckt halten und falls Mama und Papa es doch fanden, auf keinen Fall sagen, woher sie es hatte.

Papa fuhr mich um sechs Uhr zu Steve rüber. Er fragte mich noch, wann er mich am nächsten Tag abholen solle, und ich meinte, so um die Mittagszeit, wenn das klar gehe.

»Aber keine Horrorfilme gucken, verstanden?«, mahnte er, bevor er wieder losfuhr. »Ich möchte nicht, dass du zu Hause Alpträume bekommst.«

»Aber Papa!«, stöhnte ich. »Alle in meiner Klasse gucken Horrorfilme.«

»Hör mal«, erwiderte er, »ich habe nichts gegen einen alten Film mit Vincent Price oder einen der gruseligen alten Draculafilme. Aber keins von diesen ekligen Dingern! Alles klar?«

»Alles klar«, versicherte ich.

»Guter Mann«, sagte er und fuhr los.

Ich rannte zur Haustür und klingelte vier Mal, mein Geheimzeichen für Steve. Er musste direkt hinter der Tür gestanden haben, denn er öffnete sie sofort und zog mich ins Haus.

»Wird auch langsam Zeit«, knurrte er und deutete auf die Treppe. »Siehst du diese Anhöhe?«, fragte er und redete dabei wie ein Soldat in einem Kriegsfilm.

»Jawohl, Sir!«, antwortete ich und schlug die Hacken zusammen.

»Noch vor dem Morgengrauen muss sie uns gehören.«

»Maschinengewehre oder Sturmausrüstung, Sir?«

»Wohl übergeschnappt!«, bellte er. »Wie sollen wir die schwere Ausrüstung denn durch diesen Schlamm schleppen?« Er deutete in Richtung Teppich.

»Dann also Sturmausrüstung, Sir«, nickte ich bei-
pflichtend.

»Und falls sie uns schnappen«, grunzte er warnend,
»heb die letzte Kugel für dich selbst auf.«

Wir stürmten die Treppe wie ein Trupp Soldaten, feu-
erten nicht vorhandene Schüsse auf nicht vorhandene Feinde ab. Es war kindisch, machte aber einen
Mordspaß. Steve büßte unterwegs ein Bein ein, und ich
musste ihn bis nach oben schleppen. »Ihr habt mir
mein Bein genommen!«, brüllte er vom Treppenabsatz, »und vielleicht nehmt ihr mir noch das Leben,
aber mein Land kriegt ihr nie und nimmer!«

Es war eine bewegende Ansprache. Zumindest setzte
sie Mrs. Leonard in Bewegung, die unten aus dem
Wohnzimmer kam, um nachzusehen, was der Lärm
zu bedeuten hatte. Als sie mich erblickte, lächelte sie
und fragte, ob ich etwas essen oder trinken wolle. Ich
mochte nichts, aber Steve erwiderte, er wolle gern
ein bisschen Kaviar und Champagner, aber so wie er
es sagte, klang es nicht witzig. Ich musste nicht lachen.

Steve kommt mit seiner Mama nicht gut klar. Er wohnt
allein bei ihr, weil sein Papa die beiden verlassen hat, als
Steve noch klein war, und sie streiten sich die ganze
Zeit und schreien sich an. Ich weiß auch nicht, warum.
Ich habe ihn nie danach gefragt. Es gibt gewisse Dinge,
über die redet man als Junge nicht mit seinen Freun-
den. Mädchen können sich über so was unterhalten,
aber als Junge muss man über Computer, Fußball,
Krieg und solche Sachen reden. Eltern sind kein cooles
Thema.

»Wie wollen wir uns heute Abend rausschleichen?«,

fragte ich flüsternd, nachdem Steves Mama wieder im Wohnzimmer verschwunden war.

»Das geht schon klar«, meinte Steve. »Sie geht aus.« Er nannte sie oft *sie* statt *meine Mama.* »Wenn sie nach Hause kommt, denkt sie bestimmt, wir sind schon im Bett.«

»Und wenn sie nachschaut?«

Steve stieß ein hässliches Lachen aus. »Sie würde es nicht wagen, mein Zimmer ohne meine Erlaubnis zu betreten.«

Mir gefiel es nicht besonders, wenn Steve so redete, aber ich sagte nichts, damit er keinen Koller kriegte. Ich wollte nichts tun, was uns die Vorstellung vermiesen könnte.

Steve holte ein paar von seinen Horrorcomics heraus, und wir lasen laut. Steve hat tolle Comics, die eigentlich für Erwachsene gedacht sind. Wenn meine Mama und mein Papa davon wüssten, würden sie glatt an die Decke gehen!

Steve hatte auch stapelweise alte Zeitschriften und Bücher über Monster und Vampire und Werwölfe und Gespenster.

»Muss so ein Pfahl unbedingt aus Holz sein?«, fragte ich, nachdem ich ein Draculaheft ausgelesen hatte.

»Nein«, meinte er. »Er kann auch aus Metall oder Elfenbein sein, sogar aus Plastik, nur hart und spitz genug muss er sein, damit er voll durchs Herz geht.«

»Und dann ist der Vampir erledigt?«

»Einwandfrei«, bestätigte er.

Ich runzelte die Stirn. »Aber du hast mir doch erzählt, man muss ihnen noch den Kopf abschlagen, sie mit Knoblauch ausstopfen und in einen Fluss werfen.«

»In manchen Büchern steht das so drin«, nickte er. »Aber das tut man, um nicht nur den Körper des Vampirs zu töten, sondern auch seinen Geist, damit er nicht als Gespenst wiederkehren kann.«

»Vampire können als Gespenster wiederkehren?«, fragte ich mit weit aufgerissenen Augen.

»Wahrscheinlich nicht«, räumte Steve ein. »Aber wenn man Zeit genug hat und ganz sichergehen will, sollte man ihnen schon den Kopf abschneiden und wegwerfen. Bei Vampiren will man schließlich kein Risiko eingehen, oder?«

»Auf keinen Fall«, antwortete ich schaudernd. »Aber was ist mit Werwölfen? Kann man die wirklich nur mit Silberkugeln töten?«

»Glaub ich nicht«, antwortete Steve. »Meiner Meinung nach sind normale Kugeln genauso gut geeignet. Vielleicht braucht man mehr davon, aber eigentlich müssten sie ausreichen.«

Steve weiß alles, was man zum Thema Horror wissen muss. Er hat alle Gruselbücher gelesen, die es gibt, und er sagt, in jeder dieser Geschichten stecke zumindest ein kleiner wahrer Kern, auch wenn sie zum größten Teil ausgedacht seien.

»Glaubst du, der Wolfsmensch im Cirque du Freak ist ein Werwolf?«, fragte ich.

Steve schüttelte den Kopf. »Nach allem, was ich gelesen habe«, antwortete er, »sind die Wolfsmenschen in Freak Shows normalerweise einfach nur ungewöhnlich behaarte Menschen. Manche sind wohl eher Tiere als Menschen, essen lebendige Hühner und all so was, aber sie sind keine Werwölfe. Ein echter Werwolf wäre für so eine Show nicht besonders gut geeignet, denn er kann sich ja nur einmal im Monat, bei Vollmond, in einen Wolf verwandeln. An allen anderen Tagen ist er ein ganz normaler Typ.«

»Ach so«, sagte ich. »Und der Schlangenjunge? Glaubst du ...«

»He!«, lachte er, »heb dir deine Fragen für später auf. Jedenfalls waren die Vorführungen von früher schrecklich. Die Eigentümer ließen die Freaks hungern, hielten sie in Käfigen und behandelten sie wie den letzten Dreck. Ich habe keine Ahnung, wie es heute Abend wird. Vielleicht sind es nicht einmal echte Freaks, sondern nur irgendwelche Leute in Kostümen.«

Die Veranstaltung fand fast genau auf der anderen Seite unseres Städtchens statt. Wenn wir es rechtzeitig schaffen wollten, mussten wir kurz nach neun losgehen. Wir hätten zwar ein Taxi nehmen können, doch wir brauchten ohnehin das meiste von unserem Taschengeld, um das Geld zurückzuzahlen, das Steve von seiner Mama ausgeborgt hatte. Außerdem machte es zu Fuß mehr Spaß. Es war unheimlicher!

Unterwegs erzählten wir uns Geistergeschichten. Steve wusste die meisten, denn er kennt viel mehr als ich. Außerdem war er in Hochform. Manchmal vergisst er, wie die Geschichten ausgehen, oder er bringt die Namen durcheinander, aber nicht an diesem Abend. Es war besser, als mit Stephen King unterwegs zu sein!

Der Weg war ziemlich weit, weiter, als wir gedacht hatten, und fast hätten wir es nicht mehr rechtzeitig geschafft. Den letzten halben Kilometer mussten wir rennen und kamen mit hängender Zunge an. Mein Lieblingskapuzenpulli war völlig verschwitzt.

51

Der Veranstaltungsort stellte sich als ein altes Theater heraus, in dem früher Filme gezeigt worden waren. Ich war schon ein- oder zweimal daran vorbeigekommen. Steve hatte mir einmal erzählt, es sei geschlossen worden, weil ein Junge von der Empore gestürzt und gestorben sei. Er behauptete, in dem alten Saal spuke es. Ich habe meinen Papa danach gefragt, und er meinte, das sei alles gelogen. Manchmal fällt es einem nicht leicht zu entscheiden, ob man eher die Geschichten glauben soll, die einem der eigene Vater erzählt, oder die von seinem besten Freund.

Am Eingang war kein Hinweisschild angebracht. Es waren auch weder parkende Autos zu sehen, noch standen Leute Schlange. Wir blieben keuchend davor stehen, die Hände auf die Knie gestützt, bis wir wieder genügend Puste hatten. Dann sahen wir uns das alte Gemäuer genauer an. Es war sehr hoch, düster, und die Außenwand bestand aus scharfkantigen grauen Steinen. Die meisten Fenster waren eingeschlagen, und die Tür sah aus wie das offene Maul eines Riesen.

»Bist du sicher, dass wir hier richtig sind?«, fragte ich und bemühte mich, nicht ängstlich zu klingen.

»Jedenfalls steht diese Adresse auf den Eintrittskarten«, entgegnete Steve und schaute zur Sicherheit noch einmal nach. »Doch, das isses.«

»Vielleicht ist ihnen die Polizei auf die Schliche gekommen und die Freaks mussten das Haus räumen«, gab ich zu bedenken. »Vielleicht findet heute Abend gar keine Show statt.«

»Vielleicht«, sagte Steve.

Ich sah ihn an und fuhr mir nervös mit der Zunge über die Lippen. »Was machen wir jetzt?«

Er erwiderte meinen Blick und zögerte kurz, bevor er antwortete. »Ich finde, wir sollten reingehen«, meinte er schließlich. »Nachdem wir den ganzen Weg zurückgelegt haben, wäre es doch blöd, einfach wieder umzukehren, ohne sich vergewissert zu haben.«

»Einverstanden«, nickte ich. Dann ließ ich den Blick noch einmal an dem gruseligen Gebäude hinaufwandern und schluckte. Es sah genauso aus wie die Häuser in den Horrorfilmen, in die zwar viele Leute reingehen, aus denen aber nie wieder jemand herauskommt. »Hast du Schiss?«, fragte ich Steve.

»Nein«, erwiderte er, aber ich hörte seine Zähne klappern und wusste, dass er log. »Du etwa?«, erkundigte er sich.

»Natürlich nicht«, antwortete ich. Wir sahen uns an und mussten grinsen. Wir wussten beide, dass wir schreckliche Angst hatten, aber wenigstens waren wir zusammen. Angst zu haben ist nicht so schlimm, wenn man nicht allein ist.

»Gehen wir rein?«, fragte Steve und gab sich Mühe, munter zu klingen.

»Warum nicht?«, gab ich zurück.

Wir holten tief Luft, kreuzten die Finger, stiegen die neun geborstenen, moosbedeckten Steinstufen bis zur Eingangstür hinauf und gingen hinein.

KAPITEL 8

Wir fanden uns in einem langen, dunklen, alten Korridor wieder. Obwohl ich meine Jacke anhatte, fing ich zu zittern an. Mir war eiskalt!

»Warum ist es hier so kalt?«, fragte ich Steve. »Draußen war es doch warm.«

»Das ist oft so in alten Häusern«, beruhigte er mich.

Wir gingen weiter. Ganz am anderen Ende war ein Licht zu sehen, das immer heller wurde, je näher wir kamen. Dafür war ich dankbar. Sonst hätte ich es wohl nicht geschafft, denn mir war inzwischen entsetzlich mulmig!

Die Wände waren bekritzelt und eigenartig zerkratzt, der Deckenputz war an einigen Stellen abgeblättert. Es war wirklich unheimlich. Schon am helllichten Tag wäre es dort drinnen nicht gerade gemütlich gewesen, aber mittlerweile war es zehn Uhr abends, nur noch zwei Stunden bis Mitternacht!

»Hier ist eine Tür«, sagte Steve und blieb stehen. Als er sie aufdrückte, quietschte sie laut.

Beinahe hätte ich kehrtgemacht und wäre davon gelaufen. Es klang, als würde man einen Sargdeckel aufklappen.

Steve ließ sich nichts anmerken und streckte den Kopf hinein. Einige Sekunden sagte er nichts und wartete, bis sich seine Augen an die Dunkelheit gewöhnt hatten, dann kam er wieder zum Vorschein. »Das ist die Treppe zur Empore«, berichtete er.

»Die, von der der Junge heruntergestürzt ist?«

»Genau.«

»Meinst du, wir sollten hinaufgehen?«, fragte ich.

Steve schüttelte den Kopf. »Lieber nicht. Dort oben ist es dunkel, kein Licht zu sehen. Wir können es ja immer noch versuchen, wenn wir keinen anderen Weg nach drinnen finden, aber ich glaube ...«

»Kann ich euch behilflich sein, Jungs?«, ertönte eine Stimme hinter uns, und wir wären vor Schreck beinahe an die Decke gesprungen!

Wir wirbelten herum, und da stand der größte Mann der Welt und starrte uns so zornig an, als wären wir zwei lästige Ratten. Er war so groß, dass er mit dem Kopf beinahe an die Decke stieß. Seine riesenhaften Hände waren unglaublich knochig und seine Augen so dunkel, dass sie wie zwei Eierbriketts in seinem Gesicht steckten.

»Ist es für kleine Bürschlein wie euch nicht etwas zu spät, um noch draußen herumzustrolchen?«, fragte er. Seine tiefe Stimme knarzte wie die eines Frosches, dabei schienen sich seine Lippen überhaupt nicht bewegt zu haben. Er hätte einen hervorragenden Bauchredner abgegeben.

»Wir ...«, setzte Steve an, verstummte jedoch sofort wieder, weil er sich erst einmal die Lippen befeuchten musste. »Wir wollten uns den Cirque du Freak ansehen«, stieß er dann hervor.

»Was du nicht sagst!«, entgegnete der Mann und nickte bedächtig. »Habt ihr denn Eintrittskarten?«

»Ja«, antwortete Steve und zeigte ihm seine.

»Sehr schön«, murmelte der Mann. Dann wandte er sich mir zu und sagte: »Und wie steht's mit dir, Darren? Hast du auch eine?«

»Ja«, erwiderte ich und griff in meine Hosentasche, erstarrte aber mitten in der Bewegung. *Er kannte meinen Namen!* Ich warf Steve einen raschen Blick zu und sah, dass er am ganzen Leib zitterte.

Der große Mann lächelte. Er hatte schwarze Zähne, einige fehlten ganz, und seine Zunge sah irgendwie schmutzig gelb aus. »Ich heiße Meister Riesig«, stellte er sich vor. »Ich bin der Eigentümer des Cirque du Freak.«

»Woher kennen Sie den Vornamen meines Freundes?«, erkundigte sich Steve mutig.

Meister Riesig lachte und beugte sich zu uns herab, bis er sich Auge in Auge mit Steve befand. »Ich weiß so manches«, flüsterte er. »Ich kenne eure Namen. Ich weiß, wo ihr wohnt. Ich weiß auch, dass du deine Mami nicht leiden kannst und deinen Papi auch nicht.« Dann trat er einen Schritt zurück und wandte sich wieder mir zu. Sein Atem stank zum Himmel. »Ich weiß, dass du deinen Eltern nicht erzählt hast, wo du hingehst. Und ich weiß, wie du deine Eintrittskarte gewonnen hast.«

»*Wie denn*?«, fragte ich. Meine Zähne klapperten so heftig, dass ich nicht genau wusste, ob er mich gehört hatte. Falls ja, hatte er sich wohl dazu entschlossen, nicht zu antworten, denn er richtete sich auf und wandte sich um.

»Wir müssen uns beeilen«, sagte er schon im Gehen. Ich hatte erwartet, dass er Riesenschritte machen würde, aber er machte im Gegenteil ganz kleine. »Die Vorstellung fängt gleich an. Alle anderen sind schon da und haben ihre Plätze eingenommen. Ihr seid spät dran, Jungs. Ihr habt Glück, dass wir nicht ohne euch angefangen haben.«

Am Ende des Korridors bog er um eine Ecke. Er war uns nur zwei oder drei Schritte voraus, aber als wir die Ecke erreicht hatten, saß er schon hinter einem langen Tisch, von dem eine schwarze Decke bis zum Boden reichte. Auf dem Kopf trug er jetzt einen roten Zylinder, an den Händen ein Paar Handschuhe.

»Die Eintrittskarten, bitte«, dröhnte er, streckte die Hand aus, nahm die Karten entgegen, öffnete den Mund, steckte die Karten hinein, kaute auf ihnen herum und schluckte sie hinunter!

»Nun denn«, meinte er. »Ihr könnt jetzt reingehen. Normalerweise lassen wir keine Kinder zuschauen, aber wie ich sehe, seid ihr zwei prächtige, furchtlose Burschen. Da machen wir schon mal eine Ausnahme.«

Vor uns, am Ende des Korridors, versperrten uns zwei blaue, zugezogene Vorhänge den Weg. Steve und ich blickten einander an und schluckten.

»Einfach reingehen?«, fragte Steve.

»Aber gewiss«, ermunterte ihn Meister Riesig.

»Gibt es keine Platzanweiserin mit Taschenlampe oder so?«, erkundigte ich mich.

Er lachte. »Wenn du jemanden zum Händchenhalten brauchst«, spottete er, »hättest du einen Babysitter mitbringen sollen.«

Seine Bemerkung machte mich wütend, und für einen Augenblick vergaß ich, wie verängstigt ich war. »Na schön!«, stieß ich ärgerlich hervor und ging zu Steves Verwunderung auf den Vorhang zu. »Wenn es nicht anders geht …« Ich zog den Vorhang ein Stück zur Seite und zwängte mich durch den Spalt.

Ich weiß nicht, woraus dieser Vorhang gemacht war, aber er fühlte sich an wie Spinnweben. Direkt dahinter blieb ich stehen. Ich befand mich in einem kurzen Gang, und nur wenige Meter entfernt war ein zweiter Vorhang von einer Wand zur anderen gezogen. Hinter mir raschelte es, dann stand Steve neben mir. Von der anderen Seite des Vorhangs waren deutliche Geräusche zu hören.

»Meinst du, es ist wirklich ungefährlich?«, fragte ich leise.

»Ich glaube, weitergehen ist ungefährlicher, als wieder umzudrehen«, antwortete Steve. »Meister Riesig wäre bestimmt nicht begeistert, wenn wir zurückkämen.«

»Was meinst du, woher er das alles über uns wusste?«

»Wahrscheinlich kann er Gedanken lesen.«

»Ach so«, sagte ich und dachte kurz darüber nach. »Er hat mich fast zu Tode erschreckt«, gab ich zu.

»Mich auch«, meinte Steve.

Dann gingen wir weiter.

Der Saal war gewaltig. Die Sessel waren schon vor langer Zeit aus dem Parkett gerissen worden, doch man hatte stattdessen Klappstühle aufgestellt. Wir sahen uns nach freien Plätzen um. Es war knackevoll, aber wir waren die einzigen Kinder. Ich merkte, wie die Leute uns neugierig musterten und miteinander tuschelten.

Die einzigen freien Plätze waren in der vierten Reihe von vorn. Um dorthin zu gelangen, mussten wir über jede Menge Beine und Füße steigen; einige Leute schimpften. Als wir saßen, stellten wir fest, dass es ausgezeichnete Plätze waren, denn wir saßen genau in der Mitte, und vor uns saß niemand Großes. Wir hatten einen hervorragenden Blick auf die Bühne und konnten alles gut sehen.

»Glaubst du, die verkaufen hier Popcorn?«, flüsterte ich.

»Bei einer Freak Show?« Steve schnaubte verächtlich. »Ich bitte dich! Kann sein, dass sie Schlangeneier und Eidechsenaugen verkaufen, aber garantiert kein Popcorn, jede Wette!«

Das Publikum war ein bunt zusammengewürfelter Haufen. Einige waren elegant gekleidet, andere trugen Trainingsanzüge. Manche waren steinalt, andere nur wenig älter als Steve und ich. Einige plauderten ungezwungen mit ihren Begleitern und benahmen sich wie bei einem Fußballspiel, andere saßen still auf ihren Stühlen und ließen nervöse Blicke schweifen.

Allen gemeinsam war eine gewisse Unruhe. Ich sah es ihren Augen an, denn die gleiche Aufgeregtheit schimmerte in Steves und meinen Augen. Wir alle wussten irgendwie, dass uns etwas ganz Besonderes bevorstand, etwas, das wir noch nie zuvor gesehen hatten.

Dann ertönte ein Trompetenstoß, und sofort wurden sämtliche Unterhaltungen im Saal eingestellt. Die Trompeten schmetterten schier endlos, nach und nach erloschen sämtliche Lichter, bis es im ganzen Saal stockdunkel war. Mir wurde wieder mulmig, aber zum Gehen war es jetzt eindeutig zu spät.

Die Trompeten verstummten mit einem Mal, und es herrschte absolute Stille. Meine Ohren klingelten noch ein paar Sekunden, und mir war ein bisschen schwindlig. Kurz darauf ging es mir wieder besser, und ich setzte mich gerade hin.

Irgendwo weit oben im Saal schaltete jemand einen grünen Scheinwerfer an und erleuchtete damit die Bühne. Es sah schaurig aus! Ungefähr eine Minute lang passierte überhaupt nichts. Dann kamen zwei Männer herein, die einen Käfig hinter sich herzogen. Er fuhr auf Rädern und war mit etwas zugedeckt, das wie ein riesiger Bettvorleger aus Bärenfell aussah. Kaum hatten sie die Bühnenmitte erreicht, blieben sie stehen, ließen die Seile fallen und rannten in die Kulissen zurück.

Stille.

Wieder vergingen einige Sekunden. Dann schmetterten die Trompeten abermals, drei kurze Stöße. Der Teppich rutschte von dem Käfig herunter, und da war er, der erste Freak!

Genau im selben Moment fingen die Leute gellend an zu schreien.

KAPITEL 9

Eigentlich bestand kein Grund zum Schreien. Der Freak sah zwar ziemlich Furcht erregend aus, aber er war in seinem Käfig angekettet. Ich glaube, die Leute schrien einfach zum Spaß, so wie man auf der Achterbahn schreit, nicht weil sie wirklich Angst hatten.

Es war der Wolfsmensch. Er war extrem hässlich, am ganzen Körper behaart und nur um die Taille herum mit einem Stück Stoff bekleidet, so wie Tarzan, damit wir seine haarigen Beine, seinen haarigen Bauch und Rücken und seine haarigen Arme genau betrachten konnten. Er trug einen langen, buschigen Bart, der fast sein ganzes Gesicht bedeckte. Sein Augen waren gelb, die Zähne rot.

Er rüttelte an den Stangen seines Käfigs und brüllte. Es war ganz schön erschreckend. Als er brüllte, fingen noch mehr Leute zu kreischen an. Beinahe hätte ich selbst geschrien, aber ich wollte nicht wie ein Kleinkind dastehen.

Der Wolfsmann rüttelte weiter am Gitter und sprang hin und her, bevor er sich wieder beruhigte. Nachdem er sich wie ein Hund auf sein Hinterteil gesetzt hatte, trat Meister Riesig auf die Bühne und ergriff das Wort.

»Sehr verehrte Damen und Herren«, begann er, und obwohl seine Stimme nur leise knurrte, verstand jeder, was er sagte. »Seien Sie herzlich willkommen im

Cirque du Freak, der Heimstatt der bemerkenswertesten aller menschlichen Wesen.

Wir sind ein uraltes Unternehmen«, fuhr er fort. »Wir sind schon seit fünfhundert Jahren auf Tournee und präsentieren einer Generation nach der anderen das Groteske, das unsere Natur zu bieten hat. Die Zusammensetzung unseres Programms hat sich viele Male geändert, unser Bestreben bleibt jedoch stets das gleiche: Wir möchten Sie in Erstaunen versetzen und darüber hinaus in Angst und Schrecken! Wir präsentieren Ihnen Nummern, die ebenso bizarr wie Furcht erregend sind, und Programmpunkte, die Sie sonst nirgendwo auf der Welt zu sehen bekommen.

Die Schreckhaften unter Ihnen sollten jetzt besser gehen«, sprach er mit warnendem Unterton weiter. »Ich bin sicher, auch heute Abend sind einige Leute in der Annahme hergekommen, es handele sich um einen Scherz. Vielleicht dachten sie, unsere Freaks wären maskierte Menschen oder harmlose Missgeburten. *Dem ist mitnichten so!* Jede Nummer, die Sie heute Abend hier bei uns sehen, ist echt. Jeder Darsteller ist einzigartig. Und ausnahmslos keiner von ihnen ist harmlos.«

Damit war seine Ansprache beendet, und er verschwand hinter der Bühne. Als Nächstes kamen zwei hübsche Frauen in Glitzerkostümen heraus und sperrten die Tür zum Käfig des Wolfsmenschen auf. Einige Leute machten erschrockene Gesichter, aber niemand verließ den Saal.

Der Wolfsmensch hechelte und heulte, als er aus dem Käfig kletterte, bis ihn eine der Damen mit den Fingern hypnotisierte. Die andere Dame wandte sich an die Zuschauer.

»Sie müssen sich jetzt absolut still verhalten«, verkündete sie mit fremdländischem Akzent. »Der Wolfsmann kann Ihnen nichts tun, solange wir ihn unter Kontrolle haben, aber schon ein lautes Geräusch könnte ihn aufwecken, und das wäre tödlich!«

Als alle so weit waren, kamen sie von der Bühne herunter und führten den hypnotisierten Wolfsmann quer durch den Theatersaal. Sein Haar war von schmutziggrauer Farbe, und er ging leicht vornübergebeugt, so dass seine Hände in Kniehöhe schaukelten.

Die Damen wichen ihm nicht von der Seite und erinnerten die Leute immer wieder daran, sich ruhig zu verhalten. Wenn man wollte, durfte man den Wolfsmann streicheln, aber man musste es sehr behutsam tun. Als er an unserer Reihe vorüberkam, fuhr ihm Steve durchs Fell, aber ich hatte Angst, er würde aufwachen und mich beißen, also ließ ich es lieber bleiben.

»Wie hat es sich angefühlt?«, fragte ich, so leise ich konnte.

»Eher stachlig«, erwiderte Steve, »so wie bei einem Igel.« Er hielt sich die Finger unter die Nase und schnupperte daran. »Riecht auch komisch. Wie Schmirgelpapier.«

Als der Wolfsmensch und die Damen ungefähr die Hälfte der Sitzreihen passiert hatten, ertönte ein lauter KNALL! Ich weiß nicht, woher das Geräusch kam, aber der Wolfsmann fing plötzlich an zu brüllen und stieß die Damen von sich.

Die Leute kreischten, und diejenigen, die ihm am nächsten saßen, sprangen von ihren Sitzen auf und flohen. Eine Frau war nicht schnell genug. Der Wolfsmann sprang sie an und riss sie zu Boden. Sie schrie sich fast die Lunge aus dem Leib, aber niemand wagte es, ihr zu Hilfe zu kommen. Er drehte sie auf den Rücken und bleckte die Zähne. Sie streckte eine Hand aus, um ihn wegzustoßen, aber er erwischte sie mit dem Maul und *biss sie einfach ab*!

Mehrere Leute fielen bei diesem Anblick in Ohnmacht, und noch viel mehr fingen an zu kreischen und panisch davonzurennen. Dann tauchte wie aus dem Nichts Meister Riesig hinter dem Wolfsmann auf und schlang die Arme um ihn. Der Wolfsmann wehrte sich noch ein paar Sekunden, doch Meister Riesig flüsterte ihm etwas ins Ohr, und das Untier beruhigte sich. Während Meister Riesig ihn zu seinem Käfig zurückführte, beruhigten die Frauen in den Kostümen die Menge und forderten die Leute auf, ihre Plätze wieder einzunehmen.

Das Publikum zögerte noch, und währenddessen schrie die Frau mit der abgebissenen Hand immer weiter. Aus dem Stumpf ihres Handgelenks sprudelte Blut, es spritzte auf den Boden und auf andere Leute. Steve und ich starrten sie fassungslos mit aufgerissenen Mündern an und fragten uns, ob sie gleich sterben würde.

Meister Riesig kehrte von der Bühne zurück, hob die abgetrennte Hand auf und stieß ein lautes Pfeifen aus. Zwei Leute in blauen Gewändern, die Kapuzen mit Sehschlitzen trugen, kamen angerannt. Sie waren klein, nicht viel größer als ich oder Steve, hatten aber dicke Arme und Beine und jede Menge Muskeln. Meister Riesig richtete den Oberkörper der Frau auf und flüsterte ihr etwas ins Ohr. Sie hörte auf zu schreien und saß ganz still.

Meister Riesig hielt ihr Handgelenk fest, fasste dann in seine Tasche und zog einen kleinen, braunen Lederbeutel heraus. Er öffnete ihn mit der anderen Hand und stäubte ein glitzerndes rosafarbenes Pulver auf den blutenden Stumpf. Dann drückte er die abgebissene Hand der Frau dagegen und nickte den beiden Gestalten in den blauen Kutten zu. Diese hielten auf einmal zwei Nadeln und jede Menge orangefarbenen Bindfaden in den Händen und fingen zur Verwunderung aller Anwesenden an, die Hand wieder an das Gelenk zu nähen!

Die Blaukutten nähten ungefähr fünf oder sechs Minuten. Die Frau schien keinen Schmerz zu spüren, auch nicht, als die Nadeln durch ihre Haut und ihre Muskeln fuhren, immer rings um das Handgelenk herum. Als die Blaukutten fertig waren, verstauten sie die Nadeln und den übrigen Faden in ihren Gewändern und gingen dorthin zurück, wo sie hergekommen waren. Die ganze Zeit über hatten sie die Kapuzen nicht von den Gesichtern genommen, so dass ich nicht sagen könnte, ob es Männer oder Frauen waren. Nachdem sie verschwunden waren, ließ Meister Riesig die Hand der Frau los und trat einige Schritte zurück.

»Bewegen Sie die Finger!«, befahl er. Die Frau starrte ihn verständnislos an. »Bewegen Sie die Finger!«, wiederholte er, und diesmal wackelte sie ein wenig damit.

Sie bewegten sich tatsächlich!

Alle im Saal hielten den Atem an. Die Frau blickte staunend auf ihre Finger, als könnte sie nicht glauben, dass sie echt waren. Sie wackelte noch einmal mit jedem einzelnen Finger. Dann stand sie auf, hielt die Hand über den Kopf und schüttelte sie, so fest sie konnte. Sie war so gut wie neu! Man sah zwar noch die Stiche, aber kein Blut mehr, und die Finger schienen ihr einwandfrei zu gehorchen.

»Es wird alles wieder gut«, beruhigte Meister Riesig sie. »Nach einigen Tagen fallen die Fäden ab, und danach ist alles wieder in Ordnung.«

»Vielleicht geben wir uns aber damit nicht zufrieden!«, rief jemand, und ein kräftiger, rotgesichtiger Mann trat vor. »Ich bin ihr Ehemann«, erklärte er, »und ich bin dafür, wir sollten einen Arzt aufsuchen und dann zur Polizei gehen! Sie dürfen so ein wildes Tier nicht einfach auf eine Menschenmenge loslassen! Was, wenn er ihr den Kopf abgebissen hätte?«

»Dann wäre sie jetzt tot«, erwiderte Meister Riesig seelenruhig.

»Hör mal zu, Freundchen«, fing der Ehemann wieder an, doch Meister Riesig fiel ihm ins Wort.

»Verraten Sie mir eins, werter Herr«, sagte er. »Wo waren *Sie* denn, als der Wolfsmann Ihre Frau anfiel?«

»*Ich*?«, fragte der Mann verdutzt.

»Ganz recht«, nickte Meister Riesig. »Sie sind doch ihr Ehemann. Sie saßen neben ihr, als das Untier sich losriss. Warum sind Sie ihr nicht zu Hilfe geeilt?«

»Weil … also ich … Es ging alles so schnell … ich konnte nicht … ich wollte …«

Egal, was er auch sagte, der Mann konnte sich nicht herausreden, denn es gab nur eine ehrliche Antwort: Er hatte das Weite gesucht und nur daran gedacht, sich und seine eigene Haut zu retten.

»Jetzt hören Sie mal genau zu«, sagte Meister Riesig streng. »Ich habe alle Anwesenden unmissverständlich gewarnt. Ich habe erklärt, dass diese Vorstellung nicht ganz ungefährlich ist. Wir sind hier nicht in einem netten, harmlosen Zirkus, bei dem nichts passieren kann. Es können Missgeschicke vorkommen, und sie kommen auch vor, und manchmal ergeht es jemandem dabei weitaus übler als Ihrer Frau. Das ist auch der Grund dafür, dass diese Vorführungen verboten sind. Das ist der Grund dafür, dass wir mitten in der Nacht in baufälligen Kinosälen auftreten müssen. Meistens geht alles glatt, und niemand wird verletzt. Eine Sicherheitsgarantie können wir Ihnen jedoch nicht geben.«

Meister Riesig drehte sich einmal um sich selbst und schien dabei jedem einzelnen Zuschauer in die Augen zu blicken. »Wir können für niemandes Sicherheit garantieren!«, donnerte er. »Ein weiterer derartiger Zwischenfall ist unwahrscheinlich, aber er könnte sich durchaus ereignen. Deshalb sage ich noch einmal: Wer Angst hat, soll bitte gehen. Und zwar sofort, bevor es zu spät ist!«

Ein paar Leute verließen den Saal, doch die meisten blieben, um sich den Rest der Vorstellung anzusehen; unter ihnen auch die Frau, die beinah ihre Hand verloren hätte.

»Willst du nach Hause?«, zischte ich Steve zu und hoffte fast, er würde ja sagen. Ich war schrecklich gespannt und zugleich bis ins Mark erschrocken.

»Spinnst du?«, gab er zurück. »Das hier ist der Hammer! Willst *du* etwa gehen?«

»Auf keinen Fall«, log ich und setzte ein schiefes Lächeln auf.

Wenn ich nur nicht so viel Angst gehabt hätte, als Feigling dazustehen! Ich hätte hinausgehen können, und alles wäre in Ordnung gewesen. Aber nein, ich musste den großen Maxen markieren und bis zum Ende durchhalten. Wenn Ihr wüsstet, wie oft ich mir seither gewünscht habe, ich wäre damals davongelaufen, so schnell und so weit mich meine Beine getragen hätten, ohne mich auch nur noch einmal umzudrehen …

KAPITEL 10

Kurz nachdem Meister Riesig die Bühne verlassen hatte und wir es uns auf unseren Stühlen wieder bequem gemacht hatten, betrat die zweite Attraktion das Podest: Alexander Knochen. Seine Nummer war eher komisch als gruselig und damit genau das, was wir brauchten, um uns nach dem grauenhaften Auftakt zu beruhigen. Ich drehte mich während seines Auftritts einmal nach hinten um, wo mir zwei dieser Gestalten mit den blauen Kapuzen auffielen, die auf den Knien herumrutschten und das Blut vom Boden aufwischten.

Alexander Knochen ist der dürrste Mensch, der mir jemals begegnet ist. Er sah aus wie ein Skelett! Er schien keine Faser Fleisch an sich zu haben. Ohne sein breites, freundliches Lächeln hätte er ziemlich erschreckend gewirkt.

Eine lustige Musik ertönte, und er tanzte dazu auf der Bühne herum. Er trug ein Ballettkostüm und sah so lächerlich aus, dass schon bald das ganze Publikum losprustete. Nach einer Weile hörte er zu tanzen auf und fing an, sich zu strecken. Er sagte, er sei ein Schlangenmensch, also jemand mit Knochen aus Gummi, der sich in alle Richtungen verbiegen kann.

Zuerst streckte er den Kopf so weit nach hinten, dass es aussah, als wäre er abgeschnitten. Er drehte sich um, damit wir sein nach unten hängendes Gesicht sehen konnten, dann beugte er sich noch weiter zurück, bis sein Scheitel den Boden berührte! Als Nächstes legte er die Hände auf die Rückseite seiner Oberschenkel und steckte den Kopf so weit zwischen die Beine, bis er vor ihm wieder herausschaute. Diesmal sah es aus, als wäre er ihm aus dem Bauch gewachsen!

Dafür bekam er einen Riesenapplaus, nach dem er sich wieder aufrichtete und anfing, seinen Körper wie einen Partystrohhalm zu verbiegen! Er drehte sich immer weiter, fünf Mal um die eigene Achse, bis seine Knochen unter der Belastung zu knacken anfingen. Er blieb ungefähr eine Minute so stehen und spulte sich dann sehr schnell wieder zurück.

Als nächstes wurden ihm zwei Trommelstöcke mit fellbezogenen Enden gereicht. Er nahm den ersten Schlägel und klopfte sich damit auf die knochigen Rippen, öffnete den Mund und – heraus kam ein heller Ton! Er hörte sich an wie von einem Klavier. Dann machte er den Mund wieder zu und schlug auf eine Rippe auf der anderen Seite seines Brustkorbs. Diesmal war der Ton höher und lauter.

Nach ein paar weiteren Versuchen ließ er den Mund offen und fing an, Lieder zu spielen! Er spielte »Old MacDonald hat 'ne Farm«, ein paar Songs von den Beatles und die Titelmelodien einiger bekannter Fernsehserien.

Der klapperdürre Mann verließ die Bühne unter stürmischem Beifall und lauten Rufen nach einer Zugabe. Doch keiner der Freaks ließ sich zu einer Zugabe bewegen.

Nach Alexander Knochen kam Willi Wunderwanst auf die Bühne, und der war so fett, wie Alexander dürr war. Er war UNGLAUBLICH FETT! Als er die Bühne betrat, knarrten und quietschten die Bodendielen unter ihm. Ich sah, wie einige Leute in den ersten Reihen es mit der Angst zu tun bekamen, manche sprangen sogar zur Seite, als er ihnen zu nahe kam. Ich konnte es ihnen nicht verdenken: wenn er gestolpert und auf sie gefallen wäre, hätte er sie so platt wie Pfannkuchen gedrückt!

In der Mitte der Bühne blieb er stehen. »Hallo«, begrüßte er uns. Er hatte eine nette Stimme, leise und ein bisschen quäkig. »Mein Name ist Willi Wunderwanst, und ich habe tatsächlich einen Wunderwanst, genauer gesagt, ich habe zwei Mägen. Ich kam schon so zur Welt, wie es auch bei manchen Tieren vorkommt. Die Ärzte waren höchst erstaunt und sagten, ich wäre ein *Freak*, eine Missgeburt. Deshalb habe ich mich dieser Zirkustruppe angeschlossen, und deshalb bin ich heute Abend hier bei Ihnen.«

Die Damen, die den Wolfsmann hypnotisiert hatten, schoben zwei Servierwagen voller Essen herein: Kuchen, Chips, Hamburger, paketweise Süßigkeiten und ganze Kohlköpfe. Es lag noch anderes Zeug auf den Tabletts, Sachen, die ich noch nie zuvor gesehen, geschweige denn probiert hatte!

»Hmm, lecker«, schmunzelte Willi. Er zeigte auf eine riesige Uhr, die an zwei Seilen von oben heruntergelassen wurde. Sie hielt etwa drei Meter über seinem Kopf an. »Was glauben Sie, wie lange ich brauche, um das alles aufzuessen?«, fragte er und deutete auf das Essen. »Wer am dichtesten dran ist, gewinnt einen Preis.«

»Eine Stunde!«, rief jemand.

»Fünfundvierzig Minuten!«, brüllte ein anderer.

»Zwei Stunden, zehn Minuten und dreiunddreißig Sekunden«, schrie ein Dritter. Es dauerte nicht lange, und alle johlten wild durcheinander. Ich tippte auf eine Stunde und drei Minuten. Steve entschied sich für neunundzwanzig Minuten. Die niedrigste Schätzung lag bei siebzehn Minuten.

Als wir alle unsere Schätzungen abgegeben hatten, fing die Uhr zu ticken und Willi zu essen an. Er aß mit atemberaubender Geschwindigkeit. Seine Arme bewegten sich so schnell, dass man sie kaum sah. Sein Mund schien sich zwischendurch überhaupt nicht zu schließen. Er schaufelte das Essen in sich hinein, schluckte es hinunter und schaufelte weiter.

Alle waren baff. Mir wurde schon beim Zusehen fast schlecht. Einige Leute mussten sich tatsächlich übergeben!

Schließlich schob sich Willi die letzte Streuselschnecke rein, und die Uhr über ihm hörte zu ticken auf.

Vier Minuten und sechsundfünfzig Sekunden! Er hatte das ganze Zeug in weniger als fünf Minuten aufgefuttert! Ich konnte es kaum glauben. Es war schier unmöglich, selbst für einen Mann mit zwei Mägen.

»Das war gut«, grunzte Willi, »aber ich hätte ein bisschen mehr Nachtisch vertragen können.«

Wir klatschten und lachten, und die Damen in den Glitzerkostümen rollten die Servierwagen hinaus. Kurz darauf kamen sie mit einem neuen Wagen zurück, der mit Glasfiguren, Gabeln, Messern und diversem Metallschrott beladen war.

»Bevor ich anfange«, erklärte Willi, »muss ich Sie davor warnen, das hier zu Hause nachzumachen! Ich kann Dinge verspeisen, an denen sich ein normaler

Mensch verschlucken oder gar sterben würde. Versuchen Sie nicht, mich zu imitieren! Es könnte Sie das Leben kosten.«

Dann fing er wieder an zu essen. Als erstes nahm er sich ein paar Schrauben und Muttern vor, die er ohne mit der Wimper zu zucken herunterschluckte. Nach einigen Hand voll davon schüttelte er seinen riesigen, runden Bauch, und wir hörten das Metall darin klappern.

Plötzlich hob sich sein Magen, und er spuckte die Schrauben und Muttern wieder aus! Wären es nur eine oder zwei gewesen, hätte ich gedacht, er hätte sie unter der Zunge oder seitlich in den Wangen versteckt, aber nicht einmal der Mund von Willi Wunderwanst war groß genug, um eine derartige Ladung darin zu verstecken!

Als Nächstes aß er die Glasfiguren. Er zerkaute das Glas in kleine Stücke, die er mit einem Schluck Wasser hinunterwürgte. Dann aß er die Löffel und Gabeln. Er bog sie mit den Händen zu ringförmigen Gebilden, warf sie sich in den Schlund und ließ sie hinuntergleiten. Er sagte, seine Zähne seien nicht kräftig genug, um Metall durchzubeißen.

Anschließend verschluckte er eine lange Metallkette. Danach legte er eine kurze Pause ein, um sich zu erholen. Sein Bauch fing an zu rumoren. Ich wusste nicht, was sich dort tat, bis Willi kurz würgte und ich das Ende der Kette aus seinem Mund herausschießen sah.

Nach und nach kam die ganze Kette wieder zum Vorschein, und ich bemerkte, dass die Löffel und Gabeln darumgewickelt waren! Er hatte es geschafft, die Kette

in seinem Magen durch die Besteckringe hindurchzu-
fädeln. Es war unglaublich.

Als Willi Wunderwanst die Bühne verließ, glaubte ich
nicht, dass jemand seine Vorstellung noch überbieten
könnte.

Ich sollte mich gewaltig täuschen!

KAPITEL 11

Nach Willis Nummer gingen ein paar von den Blaukutten herum und verkauften Souvenirs. Sie hatten
ziemlich cooles Zeug, zum Beispiel Schokoladenmo-
delle der Schrauben und Muttern, die Willi gegessen
hatte, und Gummipuppen von Alexander Knochen,
die man verbiegen und in die Länge ziehen konnte. Außerdem gab es abgeschnittene Wolfsmenschenhaare.
Davon kaufte ich welche: sie waren fest und drahtig,
und messerscharf.

»Später haben Sie Gelegenheit, noch weitere Anden-
ken zu erwerben«, verkündete Meister Riesig von der
Bühne, »geben Sie also nicht schon jetzt Ihr ganzes
Geld aus.«

»Wie teuer ist so eine Glasfigur?«, fragte Steve. Es waren die gleichen, die Willi Wunderwanst gegessen hatte. Die Gestalt unter der blauen Kapuze sagte nichts,
streckte uns aber einen Zettel mit dem Preis entgegen.

»Ich kann nicht lesen«, behauptete Steve. »Können Sie
mir bitte sagen, wie teuer es ist?«

Ich sah Steve verdutzt an und fragte mich, weshalb er
log. Die Gestalt mit der Kapuze sagte immer noch
nichts. Diesmal schüttelte er (oder sie) heftig den Kopf
und ging weiter, bevor Steve noch einmal fragen konnte.

»Was sollte das denn?«, fragte ich.

Steve zuckte die Achseln. »Ich wollte nur seine Stimme

hören«, meinte er. »Ich wollte herausfinden, ob diese Dinger menschlich sind oder nicht.«

»Natürlich sind sie menschlich«, sagte ich. »Was denn sonst?«

»Ich weiß nicht«, antwortete er. »Deshalb habe ich ja gefragt. Findest du es nicht seltsam, dass sie die ganze Zeit ihre Gesichter verdeckt halten?«

»Vielleicht sind sie schüchtern«, mutmaßte ich.

»Kann sein«, erwidert er, aber ich merkte, dass er nicht davon überzeugt war.

Nachdem die Gestalten mit den Souvenirs alle Sitzreihen abgeschritten waren, kam der nächste Freak an die Reihe. Es war die Bärtige Dame, und zuerst hielt ich sie für einen Witz, denn sie hatte gar keinen Bart!

Meister Riesig stellte sich hinter sie und sagte: »Hochverehrtes Publikum! Nun folgt eine ganz besondere Nummer. Truska hier ist neu in unserer kleinen Familie. Sie ist eine der erstaunlichsten Künstlerinnen, die ich je gesehen habe. Ein wahrhaft einzigartiges Talent.«

Meister Riesig verließ die Bühne wieder. Truska war sehr hübsch und in fließende rote Gewänder mit einem großzügigen Ausschnitt und jeder Menge Schlitzen gekleidet. Nicht wenige Männer im Saal fingen an zu hüsteln und auf ihren Sitzen herumzurutschen.

Truska trat näher an den Bühnenrand, damit wir sie besser sehen konnten, und sagte dann etwas, das sich wie das Bellen eines Seehunds anhörte. Sie legte die Hände auf ihr Gesicht, eine auf jede Wange, und strich sich sanft über die Haut. Dann hielt sie sich die Nase mit zwei Fingern zu und kitzelte sich mit der anderen Hand am Kinn.

Etwas Ungewöhnliches geschah: Ihr wuchs ein Bart! Haare sprossen, zuerst auf ihrem Kinn, dann auf der Oberlippe, und dann auch an den Wangen, schließlich im ganzen Gesicht. Das Haar war lang, blond und glatt.

Es wuchs ungefähr zehn oder elf Zentimeter und hörte dann auf. Sie nahm die Finger von der Nase und stieg von der Bühne, mischte sich unter das Publikum und ließ die Leute ihren Bart anfassen und daran ziehen.

Während sie durch die Reihen spazierte, wuchs der Bart weiter, bis er ihr schließlich bis zu den Füßen reichte! Als sie in der hintersten Reihe angelangt war, kehrte sie um und ging zur Bühne zurück. Obwohl sich im Saal kein einziges Lüftchen rührte, wehte ihr Haar wie wild und kitzelte die Leute im Vorübergehen.

Als sie wieder auf der Bühne stand, erkundigte sich Meister Riesig, ob jemand eine Schere dabei habe. Viele Frauen meldeten sich. Meister Riesig bat einige von ihnen hinauf.

»Der Cirque du Freak überreicht jedem, der in der Lage ist, ein Stück von Truskas Bart abzuschneiden, einen echten Goldbarren«, verkündete er und hielt einen kleinen, gelblich schimmernden Metallblock in die Höhe, um zu zeigen, dass er es ernst meinte.

Darüber gerieten viele Leute im Publikum völlig aus dem Häuschen, und ungefähr zehn Minuten lang versuchte so gut wie jeder, der Bärtigen Dame den Bart abzuschneiden. Es gelang keinem! Nichts konnte ihre Barthaare durchtrennen, nicht einmal eine riesige Gartenschere, die Meister Riesig zur Verfügung stellte. Das Komische daran war, dass sich der Bart nach

77

wie vor weich anfühlte, genau wie ganz normales Haar!

Als alle eingesehen hatten, dass sie es nicht schafften, machte Meister Riesig die Bühne frei, und Truska stand jetzt wieder in der Mitte. Sie strich sich wie zuvor über die Wangen und hielt sich die Nase zu - nur diesmal wuchs der Bart nach innen! Es dauerte ungefähr zwei Minuten, bis die Haare wieder verschwunden waren und Truska genauso aussah wie zuvor, als sie herausgekommen war. Sie verabschiedete sich unter gewaltigem Beifall, und fast unmittelbar darauf folgte auch schon die nächste Nummer.

Sein Name war Hans Hände. Er erzählte uns zuerst von seinem Vater, der ohne Beine zur Welt gekommen war. Hans' Vater hatte gelernt, sich auf den Händen so gut fortzubewegen wie andere Menschen auf ihren Beinen, und er hatte seine Geheimnisse an seine Kinder weitergegeben.

Hans setzte sich auf den Boden, streckte die Beine in die Höhe und wickelte sich die Füße um den Hals. Nur auf die Hände gestützt, marschierte er auf der Bühne auf und ab, hüpfte dann herunter und forderte vier zufällig ausgesuchte Männer zu einem Wettlauf heraus. Sie durften ihre Beine ganz normal zum Rennen benutzen, er dagegen würde auf den Händen laufen. Jedem, der schneller war als er, versprach er einen Goldbarren. Sie wählten die Gänge zwischen den Sitzreihen als Rennstrecke, und trotz seiner Benachteiligung schlug Hans alle vier Männer mit Leichtigkeit. Er behauptete, er könne hundert Meter in acht Sekunden zurücklegen, und keiner der Anwesenden zweifelte noch daran. Danach führte er einige eindrucksvolle Turnübungen vor und stellte unter Beweis, dass man ohne Beine ebenso gut zurecht kommen kann wie mit Beinen. Seine Nummer war nicht besonders aufregend, aber dafür sehr unterhaltsam.

Nachdem Hans abgetreten war, folgte eine kurze Pause, dann kam Meister Riesig wieder heraus. »Sehr verehrte Damen und Herren«, sagte er, »auch unsere nächste Nummer ist einzigartig und höchst erstaunlich. Weil auch sie ziemlich riskant ist, bitte ich Sie noch einmal, sich ruhig zu verhalten und erst zu klatschen, nachdem man Ihnen mitgeteilt hat, dass keine Gefahr mehr besteht.«

Es wurde mucksmäuschenstill im Saal. Nach dem Zwischenfall mit dem Wolfsmann brauchte niemand ein zweites Mal ermahnt zu werden.

Sobald absolute Ruhe eingekehrt war, verließ Meister Riesig die Bühne. Kurz bevor er in den Kulissen verschwand, rief er den Namen des nächsten Freaks auf, aber es war ein sehr leiser Ruf: »Mr. Crepsley und Madame Octa!«

Das Licht wurde abgeblendet, und ein unheimlich aussehender Mann kam auf die Bühne marschiert.

Er war lang und dünn, seine Haut war kalkweiß, und auf dem Kopf hatte er nur einen winzigen Schopf orangefarbenes Haar. Über seine linke Wange zog sich eine gewaltige Narbe bis zum Mundwinkel, wodurch es aussah, als reichte sein Mund fast bis zu seinem Ohr.

Er war ganz in Dunkelrot gekleidet und hatte einen kleinen Holzkäfig dabei, den er auf einen Tisch stellte. Als er so weit war, drehte er sich zu uns um, verbeugte sich und lächelte. Wenn er lächelte, sah er fast noch gruseliger aus: wie der verrückte Clown in dem Horrorfilm, den ich einmal gesehen hatte! Dann fing er an, uns zu erzählen, was für eine Nummer er vorführen würde.

Den ersten Teil seines Vortrags verpasste ich, weil ich nicht zur Bühne blickte. Ich beobachtete Steve. Ihr müsst wissen, als Mr. Crepsley aus der Kulisse getreten war, hatte absolutes Schweigen geherrscht – nur ein einziger Zuschauer hatte laut aufgestöhnt.

Steve.

Ich musterte meinen Freund neugierig. Er war fast so weiß wie Mr. Crepsley und zitterte am ganzen Leib. Er hatte sogar die Gummipuppe von Alexander Knochen fallen gelassen, die er sich in der kurzen Pause gekauft hatte.

Sein Blick war wie gebannt auf Mr. Crepsley gerichtet, und während ich ihn dabei beobachtete, wie er seinerseits den Freak betrachtete, schoss mir ein Gedanke durch den Kopf: »Er macht ein Gesicht, als hätte er ein Gespenst gesehen!«

KAPITEL 12

Es stimmt nicht, dass alle Taranteln giftig sind«, sagte Mr. Crepsley gerade. Er hatte eine tiefe Stimme. Endlich gelang es mir, meinen Blick von Steve loszureißen und mich auf die Bühne zu konzentrieren. »Die meisten sind so harmlos wie die Spinnen, die man überall auf der Welt findet. Und die giftigen verfügen normalerweise nur über so viel Gift, um kleine Lebewesen zu töten.

Aber einige sind wirklich tödlich!«, fuhr er fort. »Einige können einen Menschen mit einem einzigen Biss umbringen. Sie sind sehr selten. Man findet sie nur in schwer zugänglichen Gegenden, aber es gibt sie.

Ich besitze eine solche Spinne«, verkündete er und öffnete die Tür des Käfigs. Ein paar Sekunden lang geschah überhaupt nichts, doch dann kroch die größte Spinne heraus, die ich je gesehen hatte. Sie schillerte grün und lila und rot, hatte lange, haarige Beine und einen großen, dicken Körper. Ich habe zwar keine Angst vor Spinnen, aber die hier sah wirklich Furcht erregend aus.

Die Spinne kroch langsam vorwärts. Dann krümmte sie die Beine und senkte den Körper, als lauerte sie einer Fliege auf.

»Madame Octa ist schon einige Jahre bei mir«, fuhr Mr. Crepsley fort. »Sie lebt bedeutend länger als normale Spinnen. Der Mönch, der sie mir verkauft hat, meinte, sie könnte bis zu zwanzig oder dreißig Jahre alt werden. Madame Octa ist ein unglaubliches Geschöpf: nicht nur extrem giftig, sondern auch hochintelligent.«

Noch während seiner Erklärungen führte eines der blau gewandeten Wesen eine Ziege auf die Bühne. Sie gab ein leises, ängstliches Meckern von sich und wollte immer wieder ausbüchsen. Das Kapuzenwesen band sie am Tisch fest und ging wieder.

Sobald die Spinne den Angstlaut der Ziege vernommen und das Tier erblickt hatte, setzte sie sich in Bewegung. Sie krabbelte zum Tischrand, wo sie stehen blieb, als wartete sie auf einen Befehl. Mr. Crepsley zog eine glänzende Metallpfeife – er nannte sie seine Flöte – aus der Hosentasche und spielte eine Folge kurzer Töne. Madame Octa sprang sofort wie katapultiert durch die Luft und landete auf dem Hals der Ziege.

Die Ziege machte einen Satz zur Seite und fing laut zu blöken an. Madame Octa kümmerte sich nicht darum, klammerte sich fest und kroch ein paar Zentimeter näher an den Kopf heran. Sobald sie die richtige Stelle gefunden hatte, entblößte sie ihre Giftzähne und versenkte sie tief in den Hals der Ziege!

Die Ziege erstarrte und riss die Augen auf. Sie hörte auf zu blöken und fiel nach wenigen Sekunden seitlich um. Ich dachte schon, sie sei tot, bemerkte aber kurz darauf, dass sie noch atmete.

»Mit dieser Flöte gebe ich Madame Octa Anweisungen«, erklärte Mr. Crepsley, und ich riss den Blick von der reglos am Boden liegenden Ziege los. Er hielt die Flöte über seinen Kopf und winkte damit. »Obwohl wir schon lange zusammen arbeiten, ist sie beileibe kein zahmes Haustier und würde mich mit Sicherheit töten, wenn ich die Flöte jemals verlieren würde.

Die Ziege ist gelähmt«, fuhr er fort. »Ich habe Madame Octa so dressiert, dass sie nicht gleich beim ersten Biss tötet. Die Ziege wird auf jeden Fall sterben, denn es gibt kein Heilmittel gegen Madame Octas Biss, aber wir wollen die Sache rasch zu Ende bringen.« Er blies wieder auf der Flöte, und Madame Octa kroch den Hals der Ziege weiter hinauf, bis sie auf ihrem Ohr hockte. Erneut entblößte sie die Giftzähne und biss zu. Ein Zittern lief durch den Körper der Ziege, dann lag sie vollkommen still.

Sie war tot.

Madame Octa ließ sich von der Ziege herabfallen und krabbelte auf den Bühnenrand. Die Leute in den ersten Reihen wurden ausgesprochen unruhig, und einige sprangen auf, doch nach einer kurzen Warnung von Mr. Crepsley blieben sie wie angewurzelt stehen.

»Nicht bewegen!«, zischte er. »Erinnern Sie sich an meine erste Warnung: Eine einzige unvorsichtige Bewegung kann den Tod bedeuten!«

Madame Octa blieb am Rand der Bühne stehen und stellte sich dann auf ihre beiden Hinterbeine, genau wie ein Hund! Mr. Crepsley spielte leise auf seiner Flöte, und sie fing an, rückwärts zu gehen – immer noch auf zwei Beinen. Als sie das nächste Tischbein erreicht hatte, drehte sie sich um und kroch hinauf.

»Jetzt besteht keine Gefahr mehr«, sagte Mr. Crepsley, und die Leute in den ersten Reihen setzten sich wieder, und zwar so langsam und bedächtig wie möglich.

»Trotzdem muss ich Sie bitten«, fügte er hinzu, »keine

lauten Geräusche zu verursachen, denn falls Sie das tun, könnte sie sich womöglich auf *mich* stürzen.«

Ich weiß nicht, ob Mr. Crepsley wirklich Angst vor der Spinne hatte oder ob es nur zu seiner Nummer gehörte, aber er sah tatsächlich ziemlich ängstlich aus. Er wischte sich mit dem rechten Ärmel über die Stirn, steckte die Flöte wieder zwischen die Lippen und blies eine eigentümliche kleine Melodie.

Madame Octa neigte den Kopf zur Seite und schien zu nicken. Sie kroch quer über den Tisch, bis sie direkt vor Mr. Crepsley stand. Er senkte die rechte Hand. Sie kroch auf seinen Arm. Die Vorstellung, wie die langen, haarigen Beine über seine Haut krabbelten, ließ mir den kalten Schweiß ausbrechen. Dabei *mochte* ich Spinnen! Leute, die Angst vor ihnen haben, müssen sich die Innenseiten ihrer Wangen in Fetzen gekaut haben.

Als sie seine Schulter erreicht hatte, kroch sie am Hals hinauf, bis über sein Ohr und machte erst Halt, als sie direkt auf seinem Scheitel saß. Dort senkte sie den Körper und sah aus wie ein komischer kleiner Hut.

Nach einer Weile begann Mr. Crepsley wieder mit dem Flötenspiel. Madame Octa ließ sich auf der anderen Seite seines Gesichts hinabgleiten, quer über die Narbe, und spazierte überall herum, bis sie kopfüber auf seinem Kinn stand. Dann spann sie aus ihrem Unterleib einen Faden und seilte sich daran ab.

Jetzt hing sie ungefähr zehn Zentimeter unterhalb von Mr. Crepsleys Kinn und fing an, langsam hin und her zu schaukeln. Es dauerte nicht lange, und sie schaukelte bis zur Höhe seiner Ohren hinauf. Sie hatte die Beine eng angelegt, und von meinem Platz aus sah sie aus wie ein Wollknäuel.

Und dann, als sie gerade wieder nach oben schwang, warf Mr. Crepsley den Kopf in den Nacken, woraufhin sie steil nach oben in die Luft schoss. Der Faden riss, und sie wirbelte um die eigene Achse. Ich verfolgte, wie sie hinaufflog, und ich sah zu, wie sie wieder herunterkam. Ich dachte, sie würde auf den Boden plumpsen, oder auf den Tisch, aber es passierte etwas ganz anderes. Madame Octa landete in Mr. Crepsleys Mund!

Mir wurde fast schlecht bei dem Gedanken, wie die Spinne ihm durch die Kehle bis in den Magen rutschte. Ich war sicher, sie würde ihn beißen und damit umbringen. Aber die Spinne war viel schlauer, als ich gedacht hatte. Noch im Fallen hatte sie die Beine ausgestreckt und sich damit auf seinen Lippen abgefangen.

Mr. Crepsley neigte den Kopf nach vorn, damit wir sein Gesicht sehen konnten. Sein Mund stand weit offen, und Madame Octa hing zwischen seinen Lippen. Ihr Körper schaukelte direkt über seinem Mund, und sie sah aus wie ein Ballon, den er abwechselnd aufblies und leersaugte.

Ich fragte mich, wo die Flöte wohl sein mochte und wie er die Spinne ohne sie zu bändigen gedachte. In diesem Augenblick erschien Meister Riesig mit einer zweiten Flöte. Er konnte nicht so gut spielen wie Mr. Crepsley, aber es schien zu reichen, um Madame Octas Aufmerksamkeit auf sich zu lenken. Sie lauschte und bewegte sich dann von Mr. Crepsleys einem Mundwinkel zum anderen.

Zuerst wunderte ich mich, was sie da machte und reckte den Hals, um besser sehen zu können. Aber als ich die kleinen weißen Fäden auf Mr. Crepsleys Lippen erblickte, wusste ich es: Sie spann ein Netz!

Als sie damit fertig war, ließ sie sich von seinem Kinn herunter, genau wie zuvor. Quer über Mr. Crepsleys Mund war jetzt ein großes Netz gespannt. Er fing an, an dem Netz zu lecken und zu saugen! Er aß es vollständig auf, rieb sich den Bauch (wobei er aufpasste, dass er dabei Madame Octa nicht berührte) und erklärte: »Köstlich. Nichts ist leckerer als ein frisch gewebtes Spinnennetz. In meiner Heimat ist das ein echter Leckerbissen.«

Danach ließ er Madame Octa einen Ball über den Tisch schieben und brachte sie dazu, darauf zu balancieren. Er stellte kleine Sportgeräte auf, winzige Gewichte, Seile und Ringe, und ließ sie das ganze Programm durchexerzieren. Sie konnte all das, was auch ein Mensch konnte: sie konnte Gewichte über den Kopf wuchten, an Seilen hinaufklettern und sich an Ringen emporstemmen.

Nun deckte Mr. Crepsley den Tisch mit einem winzigen Service. Es bestand aus kleinen Tellern, kleinen Messern und Gabeln und winzigen Gläsern. Auf die Teller häufte er tote Fliegen und andere kleine Insekten. Was in den Gläsern war, weiß ich nicht.

Madame Octa verzehrte ihr Abendessen so gesittet, wie man es sich nur vorstellen kann. Sie konnte die Messer und die Gabeln aufnehmen, immer vier gleichzeitig, und damit essen. Es gab sogar einen kleinen Salzstreuer, den sie über die Teller führte und schüttelte!

Ungefähr ab dem Moment, als sie aus dem Glas trank, stand meine Meinung fest, dass Madame Octa das erstaunlichste Haustier auf der ganzen Welt war. Für sie hätte ich alles gegeben, was ich besaß. Ich wusste, dass es unmöglich war, denn selbst wenn ich sie kaufen könnte, würden Mama und Papa mir nie erlauben, sie zu behalten. Aber das tat meinem Wunsch keinen Abbruch.

Als die Nummer vorbei war, setzte Mr. Crepsley die Spinne wieder in ihren Käfig und verneigte sich tief. Alle spendeten überschwänglich Beifall. Ich hörte mehrere Leute sagen, es sei nicht in Ordnung, die arme Ziege zu töten, aber immerhin sei es höchst aufregend gewesen.

Ich drehte mich zu Steve um, weil ich ihm sagen wollte, wie toll ich die Spinne fand, aber er starrte immer noch wie gebannt Mr. Crepsley an. Zwar sah er jetzt nicht mehr ganz so verstört aus, aber auch nicht normal.

»Was ist denn los mit dir, Steve?«, fragte ich.

Keine Antwort.

»Steve?«

»Schsch!«, fauchte er und gab kein Wort mehr von sich, bis Mr. Crepsley die Bühne verließ. Er schaute dem merkwürdig aussehenden Mann nach, bis er hinter den seitlichen Vorhängen verschwunden war. Dann wandte er sich zu mir und keuchte: »Das ist unglaublich!«

»Die Spinne?«, fragte ich. »Sie war *phantastisch*! Was meinst du, wie macht er ...«

»Ich spreche nicht von der Spinne!«, schnauzte er mich an. »Wer interessiert sich schon für einen blöden alten Achtfüßler? Ich rede von Mr. ... Crepsley.« Er zögerte kurz, bevor er den Namen des Mannes aussprach, als hätte er ihn beinahe anders genannt.

»Mr. Crepsley?«, fragte ich verdutzt. »Was war denn so Tolles an ihm? Er hat doch nur Flöte gespielt, das war alles.«

»Du kapierst das nicht«, sagte Steve wütend. »Du weißt nicht, wer er in Wirklichkeit ist.«

»Du vielleicht?«

»Allerdings«, murmelte er. »Ich weiß es tatsächlich.« Er rieb sich das Kinn und sah schon wieder beunruhigt aus. »Ich hoffe nur, dass *er* nicht weiß, dass *ich* es weiß. Denn falls ja ... könnte es sein, dass wir hier nicht mehr lebendig herauskommen.«

KAPITEL 13

Auf die Nummer mit Mr. Crepsley und Madame Octa folgte eine weitere Pause. Ich versuchte Steve dazu zu bewegen, mir mehr über Mr. Crepsley zu erzählen, aber seine Lippen blieben versiegelt. »Ich muss darüber nachdenken«, war alles, was er dazu sagte. Dann schloss er die Augen, senkte den Kopf und dachte intensiv nach.

In der Pause gab es noch mehr cooles Zeug zu kaufen: Bärte, die dem der Bärtigen Dame ähnelten, Figuren von Hans Hände und, das Beste von allem, Gummi-spinnen, die genau wie Madame Octa aussahen. Ich kaufte zwei, eine für mich und eine für Annie. Sie waren zwar nicht so toll wie die echte Spinne, aber sie mussten genügen.

Außerdem hatten sie noch Spinnweben aus Karamell. Von denen kaufte ich mir gleich sechs Stück, wofür mein letztes Geld draufging. Eine aß ich gleich, beim Warten auf die nächste Nummer. Sie schmeckte wie Zuckerwatte. Die zweite legte ich mir über die Lippen und leckte daran, genau wie Mr. Crepsley.

Dann ging das Licht wieder aus, und alle lehnten sich voller Erwartung zurück.

Als nächstes kam Bertha Beißer. Sie war eine fette Frau mit fetten Armen, fetten Beinen, einem fetten Hals und einem dicken Kopf.

»Hochverehrte Damen und Herren, ich bin Bertha Beißer!«, stellte sie sich vor. Sie klang streng. »Ich habe die stärksten Zähne der Welt! Schon als Baby habe ich meinem Vater, als er mir beim Spielen seine Finger in den Mund steckte, zwei davon abgebissen!«

Einige Leute lachten, aber sie brachte sie mit einem wütenden Blick zum Schweigen. »Ich bin kein Clown!«, stieß sie hervor. »Wenn Sie noch einmal über mich lachen, komme ich hinunter und beiße Ihnen die Nase ab!« Das hörte sich zwar auch lustig an, aber niemand wagte auch nur zu glucksen.

Sie sprach sehr laut. Jeder Satz klang wie herausgebrüllt und endete mit einem Ausrufungszeichen (!).

»Mit meinen Zähnen habe ich schon Zahnärzte auf der ganzen Welt in Erstaunen versetzt!«, fuhr sie fort. »Ich bin in jeder großen Zahnklinik untersucht worden, aber niemand hat je herausgefunden, warum sie so hart sind! Man hat mir riesige Geldsummen dafür geboten, mich als Versuchskaninchen zur Verfügung zu stellen, aber da ich gern reise, habe ich stets abgelehnt!«

Sie hob vier Stahlstäbe vom Boden auf, alle etwa dreißig Zentimeter lang, aber von unterschiedlicher Dicke. Sie fragte nach Freiwilligen, und vier Männer kletterten auf die Bühne. Jedem von ihnen reichte sie eine Stange und forderte ihn auf, sie zu verbiegen. Die Männer strengten sich redlich an, schafften es aber nicht. Nachdem auch der letzte kläglich gescheitert war, nahm Bertha die dünnste Stange in die Hand, steckte sie sich in den Mund und biss sie mitten durch!

Die beiden Hälften gab sie einem der Männer zurück. Er starrte sie verdutzt an, dann steckte er sich selbst ein

Stück in den Mund und biss darauf, um zu prüfen, ob es wirklich echter Stahl war. Er brach sich dabei fast die Zähne ab, und sein Schmerzensschrei war Beweis genug.

Bertha tat das Gleiche mit der zweiten und dritten Stange, von denen jede dicker als die vorige war. Als sie bei der vierten und dicksten von allen angekommen war, kaute sie den Stahl wie einen Schokoriegel in lauter kleine Stückchen.

Als Nächstes schleppten zwei der blau gewandeten Assistenten einen riesigen Heizkörper auf die Bühne, in den Bertha Löcher biss! Dann reichten sie ihr ein ganzes Fahrrad, das sie zu einer kleinen Kugel zerkaute, mitsamt den Rädern und allem Drum und Dran! Ich glaube, es gibt nichts auf der Welt, durch das sich Bertha Beißer nicht durchbeißen könnte, wenn sie es sich erst einmal in den Kopf gesetzt hat.

Sie holte weitere Freiwillige auf die Bühne. Einem gab sie einen Vorschlaghammer und einen großen Meißel, einem anderen einen Hammer und einen kleinen Meißel, und dem dritten eine elektrische Säge. Dann legte sie sich flach auf den Rücken und steckte sich den großen Meißel in den Mund. Mit einem Nicken wies sie den ersten Freiwilligen an, mit dem Vorschlaghammer auf den Meißel zu schlagen.

Der Mann holte weit aus und schlug zu. Ich dachte, er würde ihr das Gesicht zertrümmern, und so erging es auch vielen anderen Zuschauern, dem unterdrückten Stöhnen und den vielen vor die Gesichter geschlagenen Händen nach zu urteilen.

Aber Bertha war nicht dumm. Sie drehte sich blitzschnell zur Seite, und der Vorschlaghammer krachte auf den Bühnenboden. Sie setzte sich auf und spuckte den Meißel aus. »Ha!«, höhnte sie verächtlich. »Sie halten mich wohl für verrückt?«

Eine der Blaukutten kam heraus und nahm dem Mann den Vorschlaghammer wieder ab. »Ich habe Sie nur heraufgebeten, um zu zeigen, dass der Hammer echt ist!«, erklärte sie ihm. »Und jetzt«, wandte sie sich an uns im Publikum, »sehen Sie her!«

Sie legte sich wieder hin und steckte sich den Meißel in den Mund. Die Blaukutte wartete einen Moment, dann holte sie mit dem Vorschlaghammer aus und ließ ihn niedersausen, schneller und fester als der Mann vor ihm. Er prallte mit einem widerlichen Geräusch auf den Meißel.

Bertha erhob sich. Ich wartete darauf, dass ihr sämtliche Zähne aus dem Mund fielen, doch als sie ihn öffnete und den Meißel herauszog, war nicht mal ein Kratzer zu sehen! Sie lachte und sagte: »Ha! Sie dachten wohl, ich hätte den Mund zu voll genommen!«

Dann forderte sie den zweiten Freiwilligen auf, den mit dem kleineren Hammer und dem Meißel. Sie ermahnte ihn, auf ihr Zahnfleisch Rücksicht zu nehmen, ließ ihn den Meißel auf ihren Zähnen ansetzen und bat ihn, drauflos zu meißeln. Er hämmerte sich fast den Arm lahm, schaffte es aber nicht, auch nur einen Splitter von ihren Zähnen abzuschlagen.

Der dritte Freiwillige versuchte, Berthas Zähne mit der elektrischen Säge abzusägen. Er ließ das Sägeblatt von einer Seite zur anderen darüber schrammen, und Funken stoben in alle Richtungen, aber als er das Gerät absetzte und sich der Rauch verzog, schimmerten Berthas Zähne so weiß und makellos wie zuvor.

Nach ihr waren Sive und Seersa, die Verknoteten Zwillinge dran. Sie waren eineiige Zwillinge und wie Alexander Knochen Schlangenmenschen. Ihre Nummer bestand darin, dass sie ihre Körper umeinander wickelten, bis sie wie ein einziger Mensch mit zwei Vorderseiten und ohne Rücken aussahen, oder mit zwei Oberkörpern und dafür ohne Beine. Sie waren außerordentlich geschickt und ihre Darbietung recht interessant, aber verglichen mit den anderen Künstlern waren sie eher langweilig.

Nachdem Save und Seersa fertig waren, betrat Meister Riesig wieder die Bühne und bedankte sich für unser Kommen. Ich dachte, die Freaks würden noch einmal auf der Bühne Aufstellung nehmen und sich von uns verabschieden, aber das geschah nicht. Stattdessen sagte Meister Riesig, wir könnten auf dem Weg hinaus am anderen Ende des Saals noch weitere Souvenirs kaufen, und bat uns, die Show unseren Freunden zu empfehlen. Dann dankte er uns noch einmal und erklärte die Vorstellung für beendet.

Ich war ein wenig enttäuscht, dass sie so schwach aufgehört hatte, aber es war spät, und ich nahm an, dass auch die Freaks müde seien. Ich erhob mich von meinem Sitz, suchte die Mitbringsel zusammen, die ich gekauft hatte, und wandte mich Steve zu, um ihm etwas zu sagen.

Er starrte mit weit aufgerissenen Augen über meine Schulter zur Empore hinauf. Ich drehte mich um und wollte auch sehen, was ihn so fesselte, doch im gleichen Augenblick fingen die Leute hinter uns zu schreien an. Als ich den Blick nach oben richtete, wusste ich, warum.

Dort oben auf der Empore wand sich eine riesige Schlange, eine der längsten, die ich jemals gesehen hatte, und sie fing an, an einer der Säulen herabzugleiten – auf die Menschen im Saal zu!

KAPITEL 14

Die Schlangenzunge züngelte aus dem Maul, und das ganze Tier machte einen schrecklich hungrigen Eindruck. Es war nicht besonders schön gezeichnet – dunkelgrün mit hier und dort einigen helleren Farbschattierungen –, aber es sah absolut tödlich aus.

Die Leute direkt unter der Empore rannten wieder auf ihre Plätze zurück, schrien laut auf und ließen dabei alles Mögliche fallen. Ein paar von ihnen wurden ohnmächtig, einige stürzten und wurden niedergetrampelt. Steve und ich hatten Glück, dass wir ziemlich weit vorne gesessen hatten, denn wir waren die kleinsten Besucher im Saal und wären mit Sicherheit zu Brei zertreten worden, wenn uns die wilde Horde erwischt hätte.

Die Schlange wollte sich gerade auf den Boden gleiten lassen, als sich ein starker Lichtstrahl auf ihrem Kopf bündelte. Das Reptil erstarrte und blickte ohne zu blinzeln in die Lichtquelle. Die Leute blieben stehen, und die Panik verebbte. Diejenigen, die hingefallen waren, rappelten sich wieder auf, und glücklicherweise schien niemand ernsthaft verletzt worden zu sein.

Hinter uns ertönte ein Geräusch. Ich drehte mich um und schaute zur Bühne. Dort oben stand ein Junge. Er war ungefähr vierzehn oder fünfzehn Jahre alt, sehr dünn und hatte langes, gelbgrünes Haar. Seine Augen waren eigenartig geformt und so schmal wie die der Schlange. Er war in ein langes, weißes Gewand gekleidet.

Der Junge gab ein zischendes Geräusch von sich und hob die Arme über den Kopf. Alle, die ihm dabei zusahen, stießen einen Laut des Erstaunens aus. Sein Körper war über und über mit Schuppen bedeckt!

Er glänzte von Kopf bis Fuß, grün und gold und gelb und blau. Er trug lediglich eine knappe Unterhose, sonst nichts. Er drehte sich um, damit wir seinen Rücken betrachten konnten, und er sah genau so aus wie von vorn, nur ein wenig dunkler.

Als er sich uns wieder zugewendet hatte, legte er sich auf den Bauch und glitt von der Bühne wie eine Schlange. Erst in diesem Augenblick fiel mir wieder der Schlangenjunge vom Flugblatt ein, und ich zählte zwei und zwei zusammen.

Auf dem Fußboden angekommen, stellte er sich wieder auf die Beine und stolzierte quer durch den Saal. Als er an mir vorüberging, bemerkte ich, dass er eigenartige Hände und Füße hatte: seine Finger und Zehen waren durch dünne Häutchen miteinander verbunden. Er sah ein bisschen wie dieses Monster aus, das ich in einem alten Horrorfilm gesehen habe, das aus der Schwarzen Lagune.

Wenige Meter vor der Säule blieb er stehen und kauerte sich hin. Das Licht, das die Schlange geblendet hatte, erlosch, das Tier setzte sich wieder in Bewegung und ließ sich das letzte Stück der Säule herabgleiten. Der Junge stieß abermals ein zischendes Geräusch aus, und die Schlange hielt inne. Irgendwo hatte ich einmal gelesen, dass Schlangen zwar nicht hören, wohl aber Geräusche spüren können; daran musste ich denken.

Der Schlangenjunge rutschte ein kleines Stück nach links, dann nach rechts. Der Kopf der Schlange folgte ihm, stieß aber nicht zu. Der Junge kroch näher an die Schlange heran, bis er sich schließlich innerhalb ihrer Reichweite befand. Ich war darauf gefasst, dass sie jeden Augenblick auf ihn zuschnellen und ihn töten würde, und wollte ihm schon zurufen, er solle rasch davonlaufen.

Aber der Schlangenjunge wusste, was er tat. Als er nahe genug war, streckte er den Arm aus und kitzelte die Schlange mit seinen eigenartigen Spinnwebfingern unterm Kinn. Dann beugte er sich vor und küsste sie auf die Nase!

Die Schlange wand sich um den Hals des Jungen, wickelte sich mehrmals um ihn herum und ließ den Schwanz wie einen Schal über seine Schulter hängen.

Der Junge streichelte die Schlange und lächelte. Ich dachte, er würde jetzt mit ihr durch die Menge spazieren und uns die Schlange anfassen lassen, aber das tat er nicht. Stattdessen ging er hinüber zur Seitenwand des Saals, weg von den Gängen, die zur Tür führten. Dort wickelte er sich die Schlange vom Hals, legte sie auf den Boden und kitzelte sie abermals unterm Kinn.

Diesmal klappte sie das Maul so weit auf, dass man ihre Fänge sehen konnte. Der Schlangenjunge legte sich neben der Schlange auf den Rücken und kroch noch näher an sie heran!

»Nein!«, flüsterte ich. »Er wird doch nicht ...«

Aber doch: Er streckte den Kopf in das weit aufgerissene Maul des Untiers!

Der Schlangenjunge verharrte einige Sekunden in dem schrecklichen Schlund, dann glitt er zur Seite und rollte sich so lange um die eigene Achse, bis die Schlange seinen ganzen Körper bedeckte, mit Ausnahme des Gesichts. Es gelang ihm trotzdem, auf die Beine zu springen und uns alle anzugrinsen. Er sah aus wie ein zusammengerollter Teppich!

»Und damit, hochverehrtes Publikum«, sagte Meister Riesig von der Bühne hinter uns, »sind wir wirklich am Ende unserer Vorstellung angelangt.« Er sprang mit einem Lächeln von der Bühne und verschwand mitten im Sprung in einer Rauchwolke. Nachdem der Qualm sich verzogen hatte, erblickte ich ihn im rückwärtigen Teil des Saales, wo er den sich verabschiedenden Zuschauern am Ausgang den Vorhang aufhielt.

Die hübschen Damen und die mysteriösen Gestalten in den blauen Kutten standen links und rechts von ihm, Tabletts voller Andenken auf den Armen. Jetzt bereute ich, dass ich mir nicht noch etwas Geld aufgehoben hatte.

Wir mussten eine Weile warten, bis wir uns in Richtung Eingang schieben konnten. Steve sagte kein einziges Wort. Sein ernster Gesichtsausdruck verriet mir, dass er immer noch angestrengt nachdachte, und nach seiner vorherigen Reaktion wusste ich, dass es keinen Sinn hatte, ihn anzusprechen. Wenn Steve eine seiner Launen hatte, ließ er sich durch nichts herausreißen.

Nachdem sich die Reihen hinter uns geleert hatten, setzten auch wir uns in Bewegung. Ich hatte meine Souvenirs eingesteckt und nahm auch Steves Sachen mit, denn er war so in Gedanken versunken, dass er sie wohl unterwegs fallen oder gleich unter seinem Stuhl liegen gelassen hätte.

Meister Riesig stand am Ausgang, hielt den Vorhang auf und schenkte jedem ein Lächeln. Sein Lächeln wurde sogar noch breiter, als wir uns näherten.

»Na Jungs«, sagte er, »hat euch die Vorstellung gefallen?«

»Es war phantastisch!«, schwärmte ich.

»Hast du denn keine Angst gehabt?«, fragte er.

»Ein bisschen schon«, gab ich zu, »aber nicht mehr als die anderen Leute.«

Er lachte. »Ihr seid schon zwei zähe Burschen«, lobte er.

Hinter uns drängelten sich die anderen Leute, deshalb gingen wir rasch weiter. Steve sah sich um, als wir den kurzen Gang zwischen den beiden Vorhängen betraten, dann neigte er sich zu mir und flüsterte mir ins Ohr. »Geh du allein nach Hause.«

»Was?«, fragte ich und blieb entsetzt stehen. Die Leute hinter uns plauderten noch mit Meister Riesig, wir waren momentan also nicht zum Weitergehen gezwungen.

»Hast du mich verstanden?«, herrschte er mich an.

»Aber warum denn?«

»Weil ich nicht mitkomme«, antwortete er. »Ich bleibe hier. Ich weiß nicht, was aus der Geschichte wird, aber ich muss hier bleiben. Ich komme dann später nach, sobald ich ...« Seine Stimme erstarb, und er zog mich weiter.

Wir schoben uns durch den zweiten Vorhangschlitz und standen in dem Korridor neben dem Tisch mit dem langen schwarzen Tuch. Die Leute vor uns kehrten uns den Rücken zu. Steve warf einen kurzen Blick über die Schulter, um sicherzugehen, dass uns niemand beobachtete, dann tauchte er unter den Tisch und versteckte sich hinter dem Tuch!

»Steve!«, zischte ich. Ich hatte Angst, er würde uns in Schwierigkeiten bringen.

»Geh weiter!«, zischte er zurück.

»Aber … du kannst doch nicht …«, stammelte ich.

»Tu, was ich dir sage!«, fauchte er. »Geh schon, bevor sie uns erwischen.«

Die Sache gefiel mir ganz und gar nicht, aber was hätte ich tun sollen? Steve hörte sich an, als würde er ausrasten, wenn ich nicht gehorchte. Ich hatte schon mehrmals einen seiner üblen Zornesausbrüche miterlebt, und wenn er richtig wütend war, tat man wirklich besser daran, sich nicht mit ihm anzulegen.

Deshalb setzte ich mich wieder in Bewegung, bog um die Ecke und schlenderte durch den langen Korridor, der zum Haupteingang führte. Ich ging ganz langsam und überlegte. Die Leute vor mir entfernten sich einer nach dem anderen. Einmal warf ich einen Blick zurück und sah, dass niemand mehr hinter mir war.

Und dann traf mein Blick auf die Tür.

Es war die Tür, an der wir schon beim Hineinkommen Halt gemacht hatten, diejenige, die zur Empore hinaufführte. Ich blieb direkt davor stehen und warf einen letzten prüfenden Blick zurück. Niemand zu sehen.

»Also gut«, murmelte ich. »Dann bleibe ich auch! Ich weiß zwar nicht, was Steve im Schilde führt, aber er ist mein bester Freund. Wenn er in Schwierigkeiten gerät, will ich wenigstens da sein, um ihm herauszuhelfen.«

Bevor ich es mir anders überlegen konnte, drückte ich die Tür auf, schlüpfte hindurch und machte sie rasch hinter mir zu. Nun stand ich in völliger Dunkelheit, und mein Herz raste so schnell wie das einer erschrockenen Maus.

Ich blieb endlos lange dort stehen und wartete, bis die Geräusche der letzten hinausströmenden Zuschauer verstummt waren. Ich hörte, wie sie sich murmelnd und mit gedämpften, noch vom Schreck gezeichneten Stimmen, aber begeisterten Worten über die Vorstellung unterhielten. Schließlich waren alle draußen, und es wurde still. Ich erwartete, noch einige Geräusche aus dem Saal zu hören, Leute, die sauber machten oder die Stühle wieder wegräumten, aber im gesamten Gebäude herrschte die sprichwörtliche Grabesstille.

Ich stieg die Treppe hinauf. Da sich meine Augen inzwischen an die Dunkelheit gewöhnt hatten, konnte ich recht gut sehen. Die Stufen waren alt und ausgetreten, und ich befürchtete schon, sie würden unter mir einbrechen und ich würde mich zu Tode stürzen, aber sie hielten.

Oben angekommen, erkannte ich, dass ich in der Mitte der Empore stand. Hier oben war alles schmutzig und staubig, und kalt war es auch. Zitternd schlich ich mich bis ganz nach vorn.

Von dort aus hatte ich einen hervorragenden Blick auf die Bühne. Die Beleuchtung war immer noch an, und ich konnte alles bis ins kleinste Detail erkennen. Das heißt, es war eigentlich niemand zu sehen, weder die Freaks, noch die hübschen Damen oder die Blaukutten, von Steve ganz zu schweigen. Ich setzte mich und wartete.

Ungefähr fünf Minuten später sah ich, wie ein Schatten langsam in Richtung Bühne schlich. Er zog sich hinauf, erhob sich und ging bis zur Bühnenmitte, wo er stehen blieb und sich umdrehte.

Es war Steve.

Er ging auf die linke Kulisse zu, hielt inne und marschierte dann zur rechten Bühnenseite, wo er wieder stehen blieb. Ich konnte sehen, wie er an den Fingernägeln kaute und nicht recht wusste, wohin er gehen sollte.

Plötzlich ertönte hoch über ihm eine Stimme. »Suchst du vielleicht mich?«, fragte sie. Eine Gestalt sauste mit weit ausgebreiteten Armen rauschend auf die Bühne nieder, und der lange Umhang flatterte hinter ihr her wie ein riesiges Flügelpaar.

Steve wäre vor Schreck beinahe in die Luft gesprungen, als die Gestalt auf die Bühne auftraf und sich zu einer Kugel zusammenrollte. Auch ich taumelte entsetzt zurück und fiel hin. Als ich mich wieder aufgerappelt hatte und auf Knien über die Brüstung spähte, stand die Gestalt schon wieder aufrecht, und jetzt erkannte ich die roten Kleider, das orangefarbene Haar und die gewaltige Narbe.

Mr. Crepsley!

Steve wollte sprechen, aber dazu klapperten seine Zähne zu heftig.

»Mir ist aufgefallen, dass du mich beobachtet hast«, sagte Mr. Crepsley. »Gleich als du mich zum ersten Mal erblickt hast, hast du laut nach Luft geschnappt. Weshalb denn?«

»W-w-w-weil ich w-w-w-weiß, wer Sie s-s-s-sind«, stotterte Steve, der seine Stimme wieder gefunden hatte.

»Ich bin Larten Crepsley«, erklärte der gruselig aussehende Mann.

»Nein«, erwiderte Steve. »Ich weiß, wer Sie *wirklich* sind.«

»Ach?« Mr. Crepsley lächelte, aber es war ein eindeutig humorloses Lächeln. »Dann erzähl mir doch mal, mein Junge«, zischte er höhnisch, »wer ich *wirklich* bin.«

»Ihr richtiger Name ist Vur Horston«, sagte Steve, und Mr. Crepsleys Kinnlade klappte vor Staunen herunter. Und dann fügte Steve etwas hinzu, das auch meine Kinnlade herunterklappen ließ.

»*Sie sind ein Vampir*«, stieß er hervor, und die Stille, die diesem Satz folgte, war lang und entsetzlich.

KAPITEL 15

Mr. Crepsley (oder Vur Horston, falls das wirklich sein richtiger Name war) lächelte. »Dann hast du mich also entlarvt. Was nicht weiter verwunderlich ist. Früher oder später musste es geschehen. Aber sag mir eins, mein Junge: Wer hat dich geschickt?«

»Niemand«, antwortete Steve.

Mr. Crepsley zog die Stirn kraus. »Aber, aber, mein Kleiner«, knurrte er, »mit mir musst du keine Spielchen spielen. Für wen arbeitest du? Wer hat dich auf mich angesetzt? Und was wollen sie von mir?«

»Ich arbeite für niemanden«, beteuerte Steve. »Ich habe zu Hause jede Menge Bücher und Zeitschriften über Vampire und Monster. In einem davon war ein Bild von Ihnen.«

»Ein Bild?«, wiederholte Mr. Crepsley misstrauisch.

»Ein Gemälde«, erwiderte Steve. »Es wurde 1903 gemalt, in Paris. Sie waren mit einer reichen Dame abgebildet. In der Geschichte stand, dass Sie beide beinahe geheiratet hätten, aber nachdem die Frau herausfand, dass Sie ein Vampir sind, hat sie Sie sitzen lassen.«

Mr. Crepsley lächelte wieder. »Ein Grund, so gut wie jeder andere. Ihre Freunde waren allerdings der Ansicht, sie hätte eine phantastische Geschichte erfunden, um sich interessanter zu machen.«

»Aber es war keine erfundene Geschichte, nicht wahr?«, fragte Steve.

»Nein«, pflichtete ihm Mr. Crepsley bei. »Sie war nicht erfunden.« Er seufzte und fixierte Steve mit einem unangenehmen Blick. »Auch wenn das für dich besser gewesen wäre!«, dröhnte er auf einmal.

Ich an Steves Stelle hätte spätestens jetzt die Flucht ergriffen. Aber er zuckte nicht einmal mit der Wimper.

»Sie werden mir nichts tun«, meinte er.

»Und warum nicht?«, wollte Mr. Crepsley wissen.

»Wegen meinem Freund«, sagte Steve. »Ich habe ihm alles über Sie erzählt, und wenn mir irgendetwas passiert, geht er sofort zur Polizei.«

»Die werden ihm nicht glauben«, schnaubte Mr. Crepsley.

»Wahrscheinlich nicht«, nickte Steve. »Aber wenn ich tot aufgefunden oder als vermisst gemeldet werde, müssen sie der Sache nachgehen. Das würde Ihnen sicher nicht gefallen. Jede Menge Polizisten, die jede Menge Fragen stellen und hier sogar *bei Tag* herumschnüffeln ...«

Mr. Crepsley schüttelte angewidert den Kopf. »Kinder!«, schnarrte er. »Ich hasse Kinder! Was willst du von mir? Geld? Edelsteine? Die Veröffentlichungsrechte an meiner Lebensgeschichte?«

»Ich möchte mich Ihnen anschließen«, sagte Steve.

Als ich das hörte, wäre ich beinahe vom Balkon gefallen. Sich dieser Kreatur *anschließen*?

»Wie meinst du das?«, fragte Mr. Crepsley nicht minder erstaunt als ich.

»Ich möchte Vampir werden«, erklärte Steve. »Ich will,

dass Sie aus mir einen Vampir machen und mir alles zeigen, was man dazu können muss.«

»Du bist ja übergeschnappt!«, brüllte Mr. Crepsley.

»Nein«, meinte Steve seelenruhig. »Bin ich nicht.«

»Ich kann kein Kind in einen Vampir verwandeln!«, rief Mr. Crepsley. »Wenn ich das täte, würden mich die Obervampire umbringen!«

»Wer sind die Obervampire?«, fragte Steve.

»Das geht dich nichts an«, fauchte Mr. Crepsley. »Du musst nur wissen, dass es absolut unmöglich ist. Wir zapfen keine Kinder an. Das bringt viel zu viele Probleme mit sich.«

»Dann verwandeln Sie mich eben nicht sofort«, schlug Steve vor. »Das geht schon in Ordnung. Es macht mir nichts aus zu warten. Ich weiß, dass Vampire oft Gehilfen haben, die halb Mensch, halb Vampir sind. Lassen Sie mich einer von denen sein. Ich will hart arbeiten und mich als würdig erweisen, und sobald ich alt genug bin …«

Mr. Crepsley sah Steve lange an und dachte nach. Währenddessen schnippte er mit den Fingern, und aus der ersten Reihe kam ein Stuhl auf die Bühne geschwebt! Er ließ sich darauf nieder und schlug die Beine übereinander.

»Warum willst du Vampir werden?«, fragte er. »Es ist nicht besonders lustig. Wir können uns nur in der Nacht zeigen. Die Menschen verabscheuen uns. Wir müssen an erbärmlichen, heruntergekommenen Orten wie diesem hier schlafen. Wir dürfen nicht heiraten, dürfen keine Kinder haben, können uns nirgendwo häuslich niederlassen. Es ist ein schreckliches Leben.«

»Das ist mir egal!«, sagte Steve störrisch.

»Geht es darum, dass du ewig leben willst?«, fragte Mr. Crepsley. »Falls das der Grund ist, so muss ich dir leider sagen, dass es nicht stimmt. Wir leben zwar deutlich länger als Menschen, aber wir müssen trotzdem sterben, früher oder später.«

Steve blieb hartnäckig: »Das ist mir egal. Ich will mit Ihnen ziehen. Ich will von Ihnen lernen. Ich will Vampir werden.«

»Was ist mit deinen Freunden?«, fragte Mr. Crepsley. »Du würdest sie niemals wieder sehen. Du müsstest die Schule und dein Elternhaus verlassen und dürftest nie mehr zurückkehren. Was ist mit deinen Eltern? Würdest du sie nicht vermissen?«

Steve schüttelte traurig den Kopf und schlug die Augen nieder. »Mein Vater wohnt nicht mehr bei uns«, sagte er leise. »Ich sehe ihn so gut wie nie. Und meine Mutter mag mich nicht. Sie kümmert sich nicht darum, was ich tue. Wahrscheinlich merkt sie nicht einmal, wenn ich weg bin.«

»Und deshalb willst du davonlaufen? Weil dich deine Mutter nicht gern hat?«

»Zum Teil, ja«, gab Steve zu.

»Wenn du noch ein paar Jahre wartest, bist du alt genug, um allein wegzugehen«, meinte Mr. Crepsley.

»Ich will aber nicht warten«, erwiderte Steve.

»Und deine Freunde?«, fragte Mr. Crepsley noch einmal. Er sah in diesem Augenblick direkt nett aus, aber immer noch ein bisschen unheimlich. »Würdest du den Jungen, mit dem du heute Abend hergekommen bist, nicht vermissen?«

»Darren?«, fragte Steve. Dann nickte er. »Doch, meine

Freunde würde ich schon vermissen, Darren ganz besonders. Aber das spielt keine Rolle. Vampir zu werden, ist mir wichtiger. Und wenn Sie mich nicht aufnehmen, verrate ich alles der Polizei und werde Vampirjäger, wenn ich groß bin!«

Mr. Crepsley lachte nicht, sondern nickte stattdessen ernst. »Hast du dir das auch gründlich überlegt?«, fragte er.

»Ja«, antwortete Steve.

»Und du bist dir ganz sicher, dass es wirklich das ist, was du willst?«

»Ja«, lautete die Antwort wieder.

Mr. Crepsley holte tief Luft. »Komm her«, befahl er dann. »Zuerst muss ich dich auf die Probe stellen.«

Steve trat neben Mr. Crepsley. Sein Körper verdeckte mir die Sicht auf den Vampir, deshalb konnte ich nicht genau sehen, was als Nächstes geschah. Ich weiß nur, dass sie sehr leise miteinander sprachen, und dann war ein Geräusch zu hören, als schleckte jemand Milch auf.

Ich sah, wie Steves Rücken zuckte, und dachte schon, ich würde umkippen, aber irgendwie schaffte ich es, aufrecht stehen zu bleiben. Ich kann nicht einmal andeutungsweise beschreiben, wie viel Angst ich angesichts dieses Schauspiels empfand. Am liebsten wäre ich aufgesprungen und hätte hinunter geschrien: »Nein, Steve, tu das nicht!«

Aber ich war wie gelähmt vor Angst, denn ich befürchtete, dass nichts Mr. Crepsley davon abhalten würde, sowohl mich als auch Steve zu töten und auszusaugen, wenn er erfuhr, dass ich hier oben war.

Auf einmal fing der Vampir zu husten an. Er stieß Steve

von sich und taumelte zurück. Zu meinem Entsetzen sah ich, dass sein Mund ganz rot war, blutverschmiert, und auch das, was er auf den Bühnenboden spuckte, war Blut.

»Was ist denn?«, wollte Steven wissen und rieb sich den Arm, auf den er gefallen war.

»Du hast schlechtes Blut!«, brüllte Mr. Crepsley.

»Was heißt das?«, fragte Steve mit zitternder Stimme.

»Du bist böse!«, rief Mr. Crepsley. »Ich schmecke die Bedrohung in deinem Blut! Du bringst Unheil!«

»Das ist gelogen!«, schrie Steve. »Das nehmen Sie sofort zurück!«

Steve sprang auf Mr. Crepsley zu und versuchte, ihm einen Faustschlag zu versetzen, aber der Vampir warf ihn mit einer Hand zu Boden. »Es ist ungut«, knurrte er. »Dein Blut ist schlecht. Du kannst kein Vampir werden!«

»Warum nicht?«, fragte Steve. Er hatte angefangen zu weinen.

»Weil Vampire nicht die bösen Märchenungeheuer sind, als die man sie sich vorstellt«, erklärte Mr. Crepsley. »Wir respektieren das Leben. Wir verfügen zwar über einen mörderischen Jagdinstinkt, aber wir sind keine Mörder.

Ich werde dich unter keinen Umständen zum Vampir machen«, wiederholte Mr. Crepsley. »Schlag dir das aus dem Kopf. Geh nach Hause und führe dein normales Leben weiter!«

»Nein!«, schrie Steve. »Ich schlage es mir nicht aus dem Kopf!« Er kam torkelnd auf die Beine und zeigte mit zittrigem Finger auf den hochgewachsenen hässlichen Vampir. »Das werden Sie mir noch büßen!«, stieß er hervor. »Es ist mir egal, wie lange es dauert, aber eines Tages erwische ich Sie, Vur Horston, und dann töte ich Sie, weil Sie mich zurückgewiesen haben!«

Steve sprang von der Bühne und rannte zum Ausgang. »Eines Tages!«, brüllte er noch einmal zurück, und ich konnte hören, wie er im Laufen ein Lachen ausstieß, ein lautes, verrücktes Lachen.

Dann war er weg. Und ich war mit dem Vampir allein.

Mr. Crepsley blieb noch lange mit dem Kopf zwischen den Händen auf seinem Stuhl sitzen und spuckte Blutklumpen auf die Bühne. Schließlich wischte er sich die Zähne zuerst mit den Fingern und anschließend mit einem großen Taschentuch sauber.

»Kinder!«, schnaubte er verächtlich, dann erhob er sich, während er noch immer an seinen Zähnen herumwischte, warf einen letzten Blick über die Stuhlreihen im Zuschauerraum (ich duckte mich ganz tief, damit er mich nicht erspähte), drehte sich um und verschwand in den Kulissen hinter der Bühne. Ich sah, dass noch im Gehen hier und dort Blut von seinen Zähnen auf den Boden tropfte.

Ich blieb eine ganze Weile mucksmäuschenstill sitzen. Es war schrecklich. In meinem ganzen Leben hatte ich noch nicht so viel Angst gehabt wie dort oben auf der Empore. Ich wäre am liebsten aus dem Theater verschwunden, so schnell mich meine Füße tragen konnten.

Aber ich blieb. Ich zwang mich dazu, so lange abzuwarten, bis ich sicher sein konnte, dass keiner der Freaks oder ihrer Helfer mehr herumhuschte, dann schlich ich die Sitzreihen auf der Empore langsam wieder hinauf, die Treppe hinunter, durch den Korridor und schließlich hinaus in die Nacht.

Vor dem alten Filmtheater blieb ich einige Sekunden stehen, blickte zum Mond hinauf und betrachtete die Bäume, bis ich sicher war, dass auf den Ästen keine Vampire lauerten. Erst dann rannte ich, so schnell ich konnte, nach Hause. Zu mir nach Hause, nicht zu Steve. Ich wollte damals einfach nicht in Steves Nähe sein, denn er jagte mir fast so viel Angst ein wie Mr. Crepsley. Schließlich wollte er ein *Vampir* werden! Wer ist schon so verrückt und will *wirklich* ein Vampir sein?

KAPITEL 16

Am darauf folgenden Sonntag rief ich Steve nicht an. Mama und Papa erzählte ich, wir hätten uns gestritten, und deshalb sei ich auch früher nach Hause gekommen. Sie waren nicht gerade erfreut, schon gar nicht darüber, dass ich mitten in der Nacht ganz allein durch die Stadt spaziert war. Papa sagte, er werde mir das Taschengeld kürzen und mir einen Monat Hausarrest geben.

Ich widersprach nicht. Meiner Meinung nach kam ich dabei noch glimpflich davon. Stellt Euch nur vor, was sie mit mir gemacht hätten, wenn sie etwas über den Cirque du Freak herausgefunden hätten!

Annie war von den Mitbringseln ganz begeistert. Sie futterte die Karamellspinnweben gleich auf und spielte stundenlang mit der Spinne. Sie löcherte mich so lange, bis ich ihr alles über die Vorstellung erzählte. Sie wollte genau wissen, wie jeder einzelne Freak ausgesehen und was er gemacht hatte. Als ich ihr beschrieb, wie der Wolfsmensch der Frau die Hand abgebissen hatte, riss sie die Augen entsetzt auf.

»Du machst Witze!«, sagte sie ungläubig. »Das gibt's doch gar nicht!«

»Doch«, beteuerte ich. »Ich habe es mit eigenen Augen gesehen.«

»Hand aufs Herz?«, fragte sie.

»Hand aufs Herz.«

»Schwöre beim Licht deiner Augen.«

»Ich schwöre beim Licht meiner Augen«, wiederholte ich salbungsvoll. »Mögen die Ratten sie aus meinem Schädel fressen, wenn ich gelogen habe.«

»Mann! Toll!«, keuchte sie. »Ich wäre auch gern dabei gewesen. Nimmst du mich mit, wenn du wieder hingehst?«

»Klar«, versprach ich. »Aber ich glaube nicht, dass die Freak Show hier oft gezeigt wird. Sie sind ständig unterwegs.«

Dass Mr. Crepsley ein Vampir war und Steve einer werden wollte, erzählte ich Annie nicht, aber ich musste den ganzen Tag über an die beiden denken. Ich wollte Steve anrufen, wusste aber nicht, was ich sagen sollte. Er wollte bestimmt wissen, warum ich nicht zu ihm nach Hause gegangen war, und ich wollte ihm nicht verraten, dass ich im Kino geblieben war und ihm nachspioniert hatte.

Stellt Euch das einmal vor: ein echter, richtiger Vampir! Früher hatte ich mal daran geglaubt, dass es Vampire gibt, doch meine Eltern und Lehrer haben es mir ausgeredet. So viel zur Klugheit der Erwachsenen!

Ich habe mich schon immer gefragt, wie Vampire wirklich sind und ob sie tatsächlich all das können, was in den Büchern und Filmen behauptet wird. Mr. Crepsley hatte einen Stuhl durch die Luft fliegen lassen, ich hatte gesehen, wie er sich einem Raubvogel gleich vom Theaterhimmel herabgestürzt hatte, und ich hatte beobachtet, wie er von Steves Blut getrunken hatte. Was konnte er noch alles? Konnte er sich in eine Fledermaus verwandeln? In Rauch? In eine Ratte? Konnte

113

man ihn im Spiegel sehen? War das Sonnenlicht tödlich für ihn?

Genauso oft dachte ich an Madame Octa. Wieder wünschte ich mir sehnlichst, eine Spinne wie sie kaufen zu dürfen, eine Spinne, die ich dressieren konnte. Mit so einer Spinne könnte ich bei einer Freak Show mitmachen, durch die ganze Welt ziehen und phantastische Abenteuer erleben.

Der Sonntag verstrich. Ich schaute fern, half Papa im Garten und Mama in der Küche (auch das gehörte zu meiner Strafe, weil ich so spät und ganz allein nach Hause gekommen war), machte am Nachmittag einen langen Spaziergang und träumte mit offenen Augen von Vampiren und Spinnen.

Dann kam der Montag und mit ihm die Schule. Ich war ziemlich aufgeregt, denn ich wusste nicht, was ich Steve sagen sollte oder was er mir erzählen würde. Da ich am Wochenende nicht viel geschlafen hatte (man kann nur schwer einschlafen, nachdem man einen echten Vampir gesehen hat), war ich ziemlich müde und kaputt.

Als ich ankam, sah ich Steve schon von weitem auf dem Schulhof. Das war ungewöhnlich.

Normalerweise war ich immer vor ihm in der Schule. Er stand ein wenig abseits von den anderen Schülern und wartete auf mich. Ich atmete tief durch, dann ging ich zu ihm und lehnte mich neben ihn an die Mauer.

»Morgen«, sagte ich.

»Morgen«, entgegnete er. Er hatte dunkle Ringe unter den Augen, als hätte er in den letzten beiden Nächten noch weniger geschlafen als ich.

»Wo bist du nach der Vorstellung hin?«, fragte er.

»Nach Hause«, antwortete ich.

»Warum?«, wollte er wissen und musterte mich dabei aufmerksam.

»Es war dunkel, und ich hab nicht genau auf den Weg geachtet, dann bin ich ein paar Mal falsch abgebogen und hab mich verlaufen. Als ich mich wieder einigermaßen auskannte, war ich näher bei uns als bei euch.«

Ich ließ die Lüge so überzeugend wie möglich klingen, und ich sah genau, wie er überlegte, ob er mir glauben sollte oder nicht.

»Du hast bestimmt einen Mordsärger gekriegt«, meinte er.

»Hör bloß auf!«, stöhnte ich. »Kein Taschengeld, einen Monat Hausarrest, und Papa hat gesagt, ich muss alles Mögliche im Haus helfen. Aber trotzdem«, fuhr ich grinsend fort, »war es die Sache doch wert, oder? Ich meine, war der Cirque du Freak erste Sahne oder nicht?«

Steve musterte mich noch einen Augenblick und kam dann offenbar zu der Entscheidung, dass ich die Wahrheit sagte. »Genau«, stimmte er mir zu und grinste mich ebenfalls an. »Es war supergut.«

Dann kamen Tommy und Alan, und wir mussten ihnen alles erzählen. Wir waren ziemlich gute Schauspieler, Steve und ich. Niemand wäre auf die Idee gekommen, dass er am Samstag mit einem Vampir gesprochen und ich ihn dabei beobachtet hatte.

Trotzdem spürte ich den ganzen Tag über, dass es zwischen mir und Steve nie mehr so sein würde wie früher. Obwohl er mir meine Geschichte abgekauft hatte, zweifelte er insgeheim immer noch daran. Manchmal ertappte ich ihn dabei, wie er mich eigenartig von der Seite anschaute, als hätte ich ihn zutiefst verletzt.

Ich meinerseits mochte ihm nicht mehr allzu nahe kommen. Was er zu Mr. Crepsley gesagt hatte, machte mir Angst, und auch das, was der Vampir zu ihm gesagt hatte. Nach Mr. Crepsleys Meinung war Steve böse. Das beunruhigte mich. Schließlich war Steve bereit, ein Vampir zu werden und andere Menschen ihres Blutes wegen umzubringen. Wie konnte ich mit so jemandem befreundet sein?

Am Nachmittag redeten wir über Madame Octa. Steve und ich hatten noch nicht viel von Mr. Crepsley und seiner Spinne berichtet, weil jeder von uns Angst hatte, sich zu verplappern. Aber Tommy und Alan nervten uns so lange, bis wir ihnen auch diesen Auftritt genau schilderten.

»Was meint ihr, wie er die Spinne unter Kontrolle hält?«, fragte Tommy.

»Vielleicht war es gar keine echte Spinne«, meinte Alan.

»Sie war echt!«, schnaubte ich. »Alle Freaks waren absolut echt. Deswegen war es ja so irre. Man sah genau, dass alles echt war.«

»Wie hat er sie dann kontrolliert?«, fragte Tommy noch einmal.

»Vielleicht war es eine verzauberte Flöte«, versuchte ich eine Erklärung, »oder Mr. Crepsley weiß, wie man Spinnen beschwört, so wie die Inder mit ihren Schlangen.«

»Aber ihr habt doch selbst gesagt, dass die Spinne auch auf Meister Riesig gehört hat«, gab Alan zu bedenken.

»Als Mr. Crepsley sie im Mund hatte.«

»Ach, stimmt ja«, sagte ich. »Das heißt dann ja wohl, dass sie tatsächlich Zauberflöten benutzt haben.«

»Das waren keine Zauberflöten«, mischte sich Steve ein.

Er hatte sich fast den ganzen Tag über ziemlich zurückgehalten und nicht so viel über die Veranstaltung erzählt wie ich, aber er hatte noch nie der Versuchung widerstehen können, jemanden mit seinem Fachwissen in den Schatten zu stellen.

»Wie haben sie es denn sonst gemacht?«, fragte ich.

»Telepathie«, erwiderte er.

»Hat das was mit Telefon zu tun?«, erkundigte sich Alan.

Steve lächelte, und auch Tommy und ich mussten lachen, obwohl ich selbst nicht so genau wusste, was *Telepathie* bedeutete, und Tommy jede Wette auch nicht.

»Schwachkopf!«, kicherte Tommy und boxte Alan ausgelassen in die Seite.

»Mach schon, Steve«, forderte ich ihn auf, »erklär ihm, was das ist.«

»Telepathie ist, wenn man die Gedanken eines anderen lesen kann«, holte Steve aus, »oder anderen eigene Gedanken übermitteln, ohne sie auszusprechen. Genau so haben sie die Spinne kontrolliert – mit ihren Gedanken.«

»Und die Flöten?«, fragte ich.

»Die sind entweder nur zur Show da«, vermutete Steve, »oder, was ich für wahrscheinlicher halte, um Madame Octas Aufmerksamkeit zu erregen.«

»Willst du damit sagen, dass jeder ihr Befehle erteilen kann?«, wollte Tommy wissen.

»Jeder, der schlau genug ist, ja«, erwiderte Steve. »Damit kommst du schon mal nicht in Frage, Alan«, fügte er grinsend hinzu, meinte es aber nicht so.

»Dann braucht man also keine Zauberflöten und keine besondere Ausbildung oder so was?«, hakte Tommy nach.

»Ich glaube nicht«, antwortete Steve.

Danach ging das Gespräch zu einem anderen Thema über – ich glaube Fußball –, aber ich hörte nicht mehr zu. Denn mit einem Mal spukte mir ein ganz neuer Gedanke durch den Kopf, der meinen Verstand richtiggehend durcheinander wirbelte. Ich dachte nicht mehr an Steve, nicht mehr an Vampire und auch an sonst nichts mehr.

»Meinst du wirklich, jeder könnte ihr Befehle erteilen?«

»Jeder, der schlau genug ist, ja.«

»Und man braucht keine Zauberflöten und keine besondere Ausbildung oder so was?«

»Ich glaube nicht.«

Tommys und Alans Worte sprangen in meinem Schädel hin und her wie eine hängen gebliebene CD.

Jeder konnte ihr Befehle erteilen. Also auch *ich*. Wenn ich nur an Madame Octa herankäme, könnte ich Kontakt mit ihr aufnehmen, sie zu meinem Haustier machen, sie dressieren und …

Nein. Das war verrückt. Vielleicht konnte ich ihr Befehle erteilen, aber ich würde sie niemals besitzen. Sie gehörte Mr. Crepsley, und er würde sich um nichts in der Welt von ihr trennen, weder für Geld noch für Juwelen noch für …

Die Antwort traf mich wie ein Blitzschlag. *Die* Möglichkeit, sie ihm abzuluchsen. Eine Chance, sie in meinen Besitz zu bringen. *Erpressung!* Wenn ich dem Vampir damit drohte, ihm die Polizei auf den Hals zu hetzen, würde er die Spinne bestimmt herausrücken!

Aber der Gedanke, Mr. Crepsley von Angesicht zu Angesicht gegenüberzutreten, machte mir Angst. Ich wusste, dass ich dazu nicht die Nerven hatte. Also blieb nur eine Möglichkeit übrig: Ich musste die Spinne *stehlen!*

KAPITEL 17

Früh am Morgen war sicher die beste Zeit, die Spinne zu stehlen. Da die Vorstellung bis spät in die Nacht dauerte, schliefen die meisten Angehörigen des Cirque du Freak wahrscheinlich bis acht oder neun Uhr. Ich wollte mich in ihr Lager schleichen, Madame Octa ausfindig machen, sie mir schnappen und schleunigst das Weite suchen. Wenn das nicht möglich sein sollte – falls im Lager schon zu viele Leute auf den Beinen waren –, würde ich einfach wieder nach Hause gehen und mir die ganze Sache aus dem Kopf schlagen.

Die größte Schwierigkeit bestand darin, den richtigen Tag auszuwählen. Mittwoch war ideal: Am Abend zuvor war die letzte Vorstellung, der Zirkus würde mit größter Wahrscheinlichkeit bis Mittag die Stadt verlassen und sein nächstes Quartier erreicht haben, bevor der Vampir erwachte und den Diebstahl bemerkte. Was aber, wenn sie unsere Stadt direkt nach der letzten Vorstellung verließen, mitten in der Nacht? Dann hätte ich meine große Chance verpasst.

Es musste also gleich am folgenden Tag geschehen, am Dienstag. Was wiederum bedeutete, dass Mr. Crepsley den ganzen Dienstag Zeit blieb, um nach seiner Spinne zu suchen. Und nach *mir*. Aber dieses Risiko musste ich wohl oder übel in Kauf nehmen.

Ich ging etwas früher als sonst ins Bett. Ich war todmüde und hätte eigentlich gleich einschlafen müssen, aber ich war auch so aufgeregt, dass ich eigentlich nicht damit rechnete. Ich gab Mama einen Gutenachtkuss und Papa die Hand. Sie glaubten wahrscheinlich, ich versuchte auf diese Weise Eindruck zu schinden, um wieder Taschengeld zu bekommen, aber ich machte es, falls mir in dem Theater etwas passieren und ich sie nie wieder sehen würde.

Ich stellte an meinem Radiowecker den Alarm auf fünf Uhr, setzte mir den Kopfhörer auf und stöpselte ihn in das Gerät ein. Auf diese Weise würde ich zuverlässig geweckt, ohne die anderen aus dem Schlaf zu reißen.

Dann schlief ich doch schneller als erwartet ein und wachte erst am nächsten Morgen wieder auf. Falls ich etwas geträumt hatte, konnte ich mich nicht mehr daran erinnern.

Auf einmal sprang der Wecker an. Ich stöhnte, drehte mich auf die Seite, setzte mich auf und rieb mir die Augen. Im ersten Moment wusste ich nicht, wo ich war, und erst recht nicht, warum ich so früh geweckt wurde. Dann fielen mir die Spinne und mein Plan wieder ein, und ich lächelte glücklich.

Das Lächeln hielt nicht lange an, denn erst jetzt merkte ich, dass der Alarm nicht durch die Kopfhörer kam. Ich musste mich im Schlaf umgedreht und das Kabel herausgerissen haben! Mit einem Satz hopste ich quer über das Bett, schaltete den Wecker aus und lauschte mit klopfendem Herzen in die graue Morgendämmerung.

Nachdem ich ganz sicher war, dass meine Eltern noch schliefen, stand ich auf und zog mich so leise wie möglich an. Ich ging auf die Toilette und wollte gerade spülen, als mir einfiel, wie viel Krach das machte. Ich zog rasch die Hand vom Hebel und wischte mir den Schweiß von der Stirn. Das hätten sie garantiert gehört! Gerade noch mal Glück gehabt. Dort in dem alten Filmtheater musste ich vorsichtiger zu Werke gehen.

Ich schlich mich ins Erdgeschoss und stahl mich aus dem Haus. Die Sonne kroch bereits über den Horizont, es sah nach einem herrlichen Tag aus.

Ich schritt zügig aus und sang vor mich hin, um mir Mut zu machen. Dabei war ich das reinste Nervenbündel und wäre mehr als einmal beinahe wieder umgekehrt. Einmal drehte ich mich tatsächlich um und ging wieder in Richtung unserer Straße, aber dann fiel mir ein, wie die Spinne von Mr. Crepsleys Kinn gebaumelt und was für Kunststückchen sie vorgeführt hatte, und ich machte abermals kehrt.

Warum mir Madame Octa so viel bedeutete, kann ich nicht erklären, auch nicht, weshalb ich mich ihretwegen so unbesonnen in Lebensgefahr begab. Wenn ich jetzt zurückblicke, weiß ich nicht, was mich damals geritten hat. Ich spürte nur noch diesen Drang, gegen den kein Kraut gewachsen war.

Das baufällige alte Gemäuer sah im Tageslicht sogar noch unheimlicher aus als bei Nacht. Jetzt waren die großen Risse zu sehen, die quer über die Fassade liefen, die von Ratten oder Mäusen gebohrten Löcher, die Spinnweben in den blinden Fenstern. Mir lief ein Schauer über den Rücken, und ich ging eilig um das Gebäude herum zu dessen Rückseite. Dort war nichts Besonderes zu sehen. Alte, verlassene Häuser, Schutthalden, Müllhaufen. Später am Tag liefen hier bestimmt Leute herum, aber zu dieser frühen Morgenstunde glich das Gelände einer Geisterstadt. Nicht einmal ein Hund oder eine Katze war zu sehen.

Wie ich es mir ausgemalt hatte, gab es mehr als einen Weg, das alte Theater zu betreten. Ich hatte die Auswahl zwischen zwei Türen und einer Vielzahl von Fenstern.

Vor dem Hintereingang parkten mehrere Kleinbusse und Wohnwagen. Obwohl ich weder Beschriftungen noch Bilder darauf entdecken konnte, zweifelte ich nicht daran, dass sie zum Cirque du Freak gehörten. Erst jetzt kam mir der Gedanke, dass die Freaks höchstwahrscheinlich in ihren Wohnwagen übernachteten. Wenn Mr. Crepsley in einem von ihnen ruhte, war mein ganzer Plan hinfällig.

Ich schlich mich in das Gebäude, in dem es mir sogar noch kälter als am Samstagabend vorkam, und ging auf Zehenspitzen einen langen Gang entlang, dann noch einen und noch einen. Der hintere Teil des Hauses war verschachtelt wie ein Labyrinth, und ich machte mir Sorgen, ob ich je wieder hinausfinden würde. Vielleicht sollte ich noch einmal zurückgehen und mir ein Garnknäuel besorgen, um den Weg zu markieren ...

Nein! Dafür war es zu spät. Wenn ich noch einmal umkehrte, hätte ich garantiert nicht mehr genug Mut, um zurückzukommen. Ich musste mir den Weg nur gut einprägen und, wenn die Zeit zum Gehen gekommen war, ein kleines Gebet zum Himmel schicken.

Von den Freaks war nichts zu sehen, und ich war allmählich davon überzeugt, dass sie tatsächlich alle seelenruhig in ihren Wohnwagen oder in nahe gelegenen Hotels übernachteten. Nachdem ich zwanzig Minuten herumgesucht hatte, wurden mir die Beine vom vielen

Laufen schwer. Vielleicht sollte ich aufgeben und meinen Plan einfach vergessen.

Kurz bevor ich endgültig die Geduld verlor, entdeckte ich eine Treppe, die in den Keller führte. Ich blieb zunächst oben stehen, biss mir auf die Unterlippe und fragte mich, ob ich wirklich hinuntergehen sollte. Schließlich hatte ich schon genug Horrorfilme gesehen, um zu wissen, dass ein Vampir derartige Aufenthaltsorte bevorzugte, aber ich hatte auch schon jede Menge Filme gesehen, in denen der Held in einen ähnlichen Keller hinabstieg und dort unten angefallen, umgebracht und in kleine Stücke zerhackt wurde!

Schließlich holte ich tief Luft und betrat die erste Stufe. Meine Schuhe machten zu viel Krach, also streifte ich sie ab und tappte auf Socken weiter. Ich fing mir zwar jede Menge Holzsplitter ein, war aber viel zu aufgeregt, um den Schmerz zu spüren.

Gleich unten an der Treppe stand ein riesiger Käfig. Ich schlich mich näher heran und spähte durch das Gitter. Dahinter lag der Wolfsmann auf dem Rücken und schnarchte. Während ich ihn betrachtete, fing er zu an zu zucken und zu knurren. Ich trat sofort ein Stück zurück. Wenn er aufwachte, würde sein Geheul mir innerhalb weniger Sekunden die gesamte Freak Show auf den Hals hetzen!

Beim Zurückweichen berührte mein Fuß etwas Weiches und Schleimiges. Langsam wandte ich den Kopf und sah, dass ich direkt über dem Schlangenjungen stand! Er lag, seine Schlange um sich gewickelt, lang ausgestreckt und mit weit aufgerissenen Augen auf dem Boden!

Ich weiß nicht, wie ich es schaffte, nicht zu schreien

oder in Ohnmacht zu fallen, aber irgendwie verhielt ich mich ruhig und blieb auch auf den Beinen, und das rettete mich. Denn obwohl der Schlangenjunge die Augen offen hatte, schlief er tief und fest. Man erkannte es an seiner Atmung: Tief und regelmäßig, ein und aus.

Ich versuchte, nicht daran zu denken, was passiert wäre, wenn ich auf ihn und die Schlange gefallen wäre und die beiden geweckt hätte.

Jetzt hatte ich endgültig genug. Ich ließ noch einen letzten Blick durch den finsteren Keller schweifen und gelobte mir, auf der Stelle zu gehen, falls ich den Vampir nirgendwo entdeckte. Zuerst erkannte ich überhaupt nichts und wollte schon den Rückzug antreten, aber dann fiel mir hinten an der Kellerwand etwas auf, das wie eine große Kiste aussah.

Es sah zwar wie eine große Kiste aus, aber es war keine. Ich wusste nur zu gut, was das war. Es war ein Sarg!

Ich schluckte und ging vorsichtig darauf zu. Er war ungefähr zwei Meter lang und achtzig Zentimeter breit. Das Holz war dunkel und fleckig. Auf dem Kellerboden wuchs an manchen Stellen Moos, und in einer Ecke bemerkte ich eine Kakerlakenfamilie.

Wie gern würde ich jetzt erzählen, dass ich entschlossen zupackte, den Sargdeckel öffnete und hineinspähte, aber natürlich war ich nicht so mutig. Allein der Gedanke daran, den Sarg auch nur anzufassen, jagte mir einen eiskalten Schauer nach dem anderen über den Rücken!

Ich sah mich nach Madame Octa um. Ich hatte das Gefühl, dass sie nicht weit entfernt von ihrem Meister sein konnte, und richtig, dort stand der mit einem roten

125

Tuch bedeckte Käfig, gleich neben dem Kopfende des Sarges auf dem Kellerboden.

Zur Sicherheit warf ich einen kurzen Blick hinein. Da hockte sie, mit ihrem pulsierenden Körper und ihren acht zuckenden Beinen. Aus der Nähe sah sie grässlich und Furcht erregend aus, und ich überlegte mir sogar einen Moment, ob ich sie einfach stehen lassen sollte. Mit einem Mal kam mir alles wie eine ziemlich dumme Idee vor, und die Vorstellung, ihre haarigen Beine zu berühren oder sie auch nur in die Nähe meines Gesichts kommen zu lassen, erfüllte mich mit Abscheu.

Aber zu diesem Zeitpunkt hätte nur ein ausgemachter Feigling aufgegeben. Also nahm ich den Käfig hoch und setzte ihn in der Kellermitte wieder ab. Der Schlüssel baumelte am Schloss, und eine der Flöten war seitlich an den Gitterstäben festgebunden.

Dann zog ich den Zettel mit der Nachricht hervor, die ich am Vorabend zu Hause verfasst hatte. Ich hatte Ewigkeiten gebraucht, die wenigen kurzen Sätze zu formulieren. Jetzt klebte ich das Blatt mit einem Stück Kaugummi auf den Sargdeckel und las das Geschriebene noch einmal durch:

Mr. Crepsley,
Ich weiß, wer und was Sie sind.
Ich habe Madame Octa gestohlen und werde sie behalten. Suchen Sie nicht nach ihr.
Kommen Sie nie wieder in diese Stadt.
Wenn Sie es doch tun, erzähle ich jedem,
dass Sie ein Vampir sind, und dann
wird man Sie jagen und töten.
Ich bin nicht Steve.

Steve weiß nichts von dieser Sache.

Ich werde mich gut um die Spinne kümmern.

Natürlich hatte ich die Nachricht nicht unterschrieben!

Steves Namen zu erwähnen war vielleicht keine gute Idee, aber ich zweifelte nicht daran, dass der Vampir ihn ohnehin verdächtigen würde, und so war es nicht mehr als korrekt, ihn aus der Sache herauszuhalten.

Nachdem der Zettel an Ort und Stelle klebte, war es höchste Zeit aufzubrechen. Ich packte den Käfig und stieg, so schnell und leise ich konnte, die Treppe hinauf. Oben angekommen, schlüpfte ich in meine Schuhe und suchte den Weg nach draußen, was leichter als befürchtet war, denn nach dem finsteren Keller wirkten die Gänge vergleichsweise hell. Draußen ging ich langsam um das Gebäude herum und fing erst auf der Straße zu laufen an. Ich rannte und rannte, machte nirgendwo Halt und ließ das Gemäuer, den Vampir und meine ganze Angst hinter mir. Ich ließ alles weit hinter mir zurück. Alles, bis auf Madame Octa!

KAPITEL 18

Ich kam rechtzeitig wieder zu Hause an, sogar zwanzig Minuten, bevor Mama und Papa aufstanden. Den Spinnenkäfig versteckte ich ganz hinten in meinem Schrank unter einem Kleiderstapel, aber ich ließ genug Lücken, damit Madame Octa noch Luft bekam. Im Kleiderschrank war sie sicher: Mama überließ es mir, mein Zimmer aufzuräumen, und wühlte nur selten in meinen Sachen herum.

Ich schlüpfte unter die Bettdecke und tat, als ob ich schliefe. Papa weckte mich um Viertel vor acht. Ich zog meine Schulklamotten an und ging nach unten, wobei ich mich ausgiebig streckte und laut gähnte, als wäre ich eben erst aufgewacht. Hastig schlang ich das Frühstück herunter, dann rannte ich wieder hinauf, um nach Madame Octa zu sehen. Seit ich sie gestohlen hatte, hatte sie sich nicht von der Stelle gerührt. Ich stieß vorsichtig an den Käfig, doch sie bewegte sich nicht.

Am liebsten wäre ich zu Hause geblieben und hätte sie im Auge behalten, aber das ging nicht. Mama weiß immer gleich, wenn ich nur so tue, als ob ich krank wäre. Sie lässt sich nicht reinlegen, dazu ist sie viel zu schlau.

Dieser Tag zog sich wie eine Woche. Die Sekunden dehnten sich zu Stunden, und sogar die Hofpausen und die große Mittagspause vergingen elend langsam. Ich versuchte es mit Fußballspielen, aber ich war nicht richtig bei der Sache. Im Unterricht konnte ich mich erst recht nicht konzentrieren und gab sogar auf die einfachsten Fragen falsche Antworten.

Endlich war die Schule aus. Ich flitzte sofort nach Hause und hinauf in mein Zimmer.

Madame Octa war noch dort, wo ich sie zurückgelassen hatte. Ich fürchtete schon fast, sie sei tot, aber dann sah ich, dass sie atmete. Auf einmal fiel es mir ein: Sie wartete darauf, gefüttert zu werden! Ich hatte schon öfters Spinnen in dieser Haltung gesehen. Sie konnten stundenlang reglos auf einem Fleck hocken und warten, bis ihre nächste Mahlzeit vorbeikam.

Ich wusste nicht genau, womit ich sie füttern sollte, aber ich nahm an, es würde sich nicht sehr von dem unterscheiden, was normale Spinnen fraßen. Also ging ich schnurstracks in den Garten und nahm aus der Küche ein leeres Marmeladenglas mit.

Kurz darauf hatte ich mehrere tote Fliegen, ein paar Käfer und einen langen Regenwurm gesammelt. Auf dem Rückweg steckte ich das Marmeladenglas unter mein T-Shirt, damit Mama es nicht sah und am Ende peinliche Fragen stellte.

Ich machte die Zimmertür hinter mir zu und klemmte einen Stuhl unter die Klinke, damit niemand hereinkonnte, dann stellte ich Madame Octas Käfig auf mein Bett und zog das Tuch weg.

So plötzlich dem hellen Sonnenlicht ausgesetzt, zuckte die Spinne zusammen und presste den Leib flach auf den Boden. Gerade, als ich die kleine Tür öffnen und das Futter in den Käfig werfen wollte, fiel mir ein, dass

129

ich es hier mit einer hochgiftigen Spinne zu tun hatte, die mich mit wenigen Bissen töten konnte.

Ich hielt das Glas über den Käfig, holte ein lebendiges Insekt heraus und ließ es los. Es landete im Käfig auf dem Rücken. Seine Beinchen zappelten in der Luft, dann gelang es ihm, sich auf den Bauch zu drehen, und sofort machte es sich auf den Weg in Richtung Freiheit. Es kam nicht weit.

Kaum hatte sich der Käfer in Bewegung gesetzt, schlug Madame Octa zu. Eben noch hatte sie reglos wie ein Kokon mitten im Käfig verharrt, im nächsten Augenblick war sie über dem Käfer und entblößte ihre Giftzähne.

Sie verspeiste das Insekt in Windeseile. Einer normalen Spinne hätte das Mahl für einen oder zwei Tage gereicht, aber für Madame Octa war es nicht mehr als ein Appetithäppchen. Sie kroch an ihren Ausgangspunkt zurück und sah mich an, als wollte sie sagen: »War ja nicht schlecht, aber was gibt's als Hauptgericht?«

Ich verfütterte den gesamten Inhalt des Glases an sie. Der Wurm gab sich nicht so leicht geschlagen, er drehte und wand sich wie wild, doch dann schlug sie ihre Zähne in seinen Körper, riss ihn zuerst in der Mitte auseinander, um ihn dann in Viertel zu zerteilen. Der Wurm schien ihr eindeutig am besten zu schmecken.

Einem plötzlichen Einfall folgend, zog ich mein Tagebuch unter der Matratze hervor. Mein Tagebuch ist mein kostbarster Besitz, und nur, weil ich alles darin festgehalten habe, bin ich überhaupt in der Lage, dieses Buch hier zu schreiben. An das meiste kann ich mich zwar gut erinnern, aber wenn ich hängen bleibe, brauche ich die fraglichen Sachen nur in meinem Tagebuch nachzuschlagen.

Ich blätterte bis zur letzten Seite und schrieb alles auf, was ich über Madame Octa wusste: das, was Mr. Crepsley bei der Vorführung von ihr erzählt hatte, die Tricks, die sie beherrschte, und was sie am liebsten fraß. Hinter das Essen, das ihr schmeckte, machte ich einen Punkt, hinter die Sachen, die ihr besonders gut schmeckten, machte ich zwei Punkte (bis jetzt nur hinter den Wurm). Auf diese Art und Weise konnte ich am besten herausfinden, womit ich sie füttern musste und was ich ihr als Belohnung geben konnte, wenn sie ein Kunststück vorgeführt hatte.

Als Nächstes holte ich ein paar Sachen aus dem Kühlschrank: Käse, Schinken, Salat und Dosenfleisch. Sie fraß einfach alles, was ich ihr anbot. Es sah ganz so aus, als hätte ich alle Hände voll zu tun, wenn ich diese hässliche Dame nicht verhungern lassen wollte!

Der Dienstagabend war schrecklich. Ich fragte mich, was Mr. Crepsley wohl dachte, wenn er aufwachte, bemerkte, dass seine Spinne weg war, und an ihrer Stelle meinen Zettel fand. Würde er einfach weiterziehen, wie ich es ihm geraten hatte, oder würde er nach seinem Liebling suchen? Da die beiden anscheinend in der Lage waren, telepathisch miteinander in Verbindung zu treten, konnte er sie womöglich hier bei mir aufspüren!

Ich saß stundenlang aufrecht und mit einem Kreuz vor der Brust im Bett. Ich wusste nicht genau, ob das Kreuz etwas nützte. In den Filmen schützen Kreuze einen immer, aber ich erinnerte mich daran, dass Steve einmal erzählt hatte, ein Kreuz allein bringe überhaupt nichts. Seiner Meinung nach taugte es nur dann etwas, wenn derjenige, der es benutzte, selbst ein guter Mensch war.

Gegen zwei Uhr nachts schlief ich schließlich doch ein. Wäre Mr. Crepsley um diese Zeit gekommen, hätte er mich völlig hilflos angetroffen, aber als ich am Morgen aufwachte, entdeckte ich keinerlei Anzeichen für seine Anwesenheit, und auch Madame Octa hockte immer noch reglos im Kleiderschrank.

An jenem Mittwoch ging es mir wesentlich besser, besonders nachdem ich nach der Schule bei dem alten Theater vorbeigeschaut und mich vergewissert hatte, dass der Cirque du Freak abgereist war. Die Autos und Wohnwagen waren verschwunden, von der Freak Show keine Spur mehr zu sehen.

Ich hatte es geschafft! Madame Octa gehörte mir!

Zur Feier des Tages kaufte ich mir eine Pizza. Mit Schinken und Peperoni. Mama und Papa wollten wissen, was es zu feiern gebe, und ich sagte, ich hätte einfach Lust auf etwas anderes gehabt. Ich bot jedem von ihnen, auch Annie, ein Stück davon an, und sie fragten nicht weiter.

Die Reste verfütterte ich an Madame Octa. Sie war begeistert. Sie rannte im Käfig auf und ab, bis sie auch den allerletzten Krümel verputzt hatte. Sofort vermerkte ich in meinem Tagebuch: »Als besondere Belohnung: ein Stück Pizza!«

Die nächsten paar Tage verbrachte ich damit, die Spinne mit ihrer neuen Umgebung vertraut zu machen. Ich ließ sie zwar nicht aus dem Käfig, trug sie jedoch überall im Zimmer herum, damit sie jede Ecke inspizieren und das Zimmer kennen lernen konnte. Ich wollte nicht, dass sie nervös wurde, wenn ich sie irgendwann einmal freiließ.

Ich redete ständig mit ihr, erzählte ihr von meinem Leben, von meiner Familie, unserem Haus. Ich erzählte ihr, wie sehr ich sie bewunderte, was ich ihr zu essen holen und welche Kunststücke sie vorführen würde. Sie verstand vielleicht nicht alle meine Worte, aber ich hatte trotzdem den Eindruck, als hörte sie zu.

Am Donnerstag und Freitag ging ich nach der Schule in die Bibliothek und las alles über Spinnen, was ich auftreiben konnte. Es gab alles Mögliche, das ich noch nicht gewusst hatte. Zum Beispiel, dass sie acht Augen haben können und dass ihre Fäden eigentlich klebrige Flüssigkeiten sind, die erst an der Luft hart werden. In keinem der Bücher stand jedoch etwas über dressierte Spinnen oder Spinnen mit telepathischen Fähigkeiten. Ich fand auch keine Abbildungen von Madame Octa. Es sah ganz so aus, als hätte keiner der Leute, die diese Bücher geschrieben haben, jemals eine vergleichbare Spinne zu Gesicht bekommen. Sie war einzigartig!

Am Samstag beschloss ich, es sei an der Zeit, sie aus ihrem Käfig herauszulassen und es mit ein paar Kunststückchen zu versuchen. Ich hatte auf der Flöte geübt und konnte einige einfache Melodien recht gut spielen. Besonders schwierig war es sicher, Madame Octa während des Flötespielens Gedanken zu übermitteln. Es würde knifflig werden, aber meiner Meinung nach war die Zeit reif. Ich musste es endlich ausprobieren!

Ich schloss Tür und Fenster. Es war Samstagnachmittag. Papa arbeitete, Mama war mit Annie einkaufen. Ich war ganz allein im Haus. Wenn etwas schief ging, war es ausschließlich meine Schuld, und ich war dann auch der Einzige, der es ausbaden musste.

Ich stellte den Käfig mitten im Zimmer auf den Fußboden. Madame Octa hatte seit Freitagabend nichts mehr zu fressen bekommen, weil ich dachte, mit vollem Bauch hätte sie bestimmt keine Lust, Kunststückchen vorzuführen. Auch Tiere können faul sein, genau wie Menschen.

Ich zog das Tuch weg, setzte die Flöte an den Mund, drehte den Schlüssel um und öffnete die kleine Käfigtür. Anschließend trat ich einen Schritt zurück und hockte mich im Schneidersitz auf den Boden, damit sie mich sehen konnte.

Eine ganze Zeit lang tat Madame Octa rein überhaupt nichts. Dann kroch sie zur Tür, blieb kurz stehen und nahm Witterung auf. Es sah aus, als wäre sie zu fett, um durch die Öffnung zu passen. Ich dachte schon, ich hätte sie überfüttert. Doch irgendwie schaffte sie es, den Körper einzuziehen, sich hindurchzuquetschen und herauszukrabbeln.

Jetzt saß sie vor dem Käfig auf dem Teppich. Ihr großer, runder Leib pulsierte. Ich dachte, sie würde um den Käfig herumlaufen und das Zimmer inspizieren, aber sie zeigte nicht das geringste Interesse an ihrer Umgebung.

Ihre Augen waren ausschließlich auf *mich* gerichtet!

Ich schluckte vernehmlich und versuchte, sie meine Angst nicht spüren zu lassen. Es war nicht leicht, aber ich schaffte es, weder zu zittern noch zu weinen.

Die Flöte war mir aus dem Mund geglitten, aber ich hielt sie noch immer in der Hand. Der Zeitpunkt war gekommen, hineinzublasen, und so steckte ich sie wieder zwischen die Lippen und machte mich bereit.

Genau in diesem Augenblick setzte Madame Octa sich in Bewegung. Mit einem Riesensatz sprang sie quer durch den Raum und katapultierte sich mit aufgerissenem Maul und zum Zuschnappen bereiten Giftzähnen durch die Luft – *direkt auf mein ungeschütztes Gesicht zu!*

KAPITEL 19

Wenn sie mich erwischt hätte, hätte sie ihre Zähne in mich geschlagen, und ich wäre jetzt tot. Aber das Glück war auf meiner Seite, und so landete sie nicht in meinem Gesicht, sondern prallte gegen das untere Ende der Flöte und wurde seitlich weggeschleudert.

Sie landete zu einer Kugel zusammengerollt auf dem Boden und verharrte einige Sekunden lang völlig perplex. Da mir klar war, dass mein Leben von meiner Schnelligkeit abhing, reagierte ich sofort, schob mir die Flöte zwischen die Lippen und fing wie ein Verrückter zu spielen an. Obwohl mein Mund schon bald trocken wurde, hörte ich nicht auf, ja ich wagte nicht einmal, mir kurz über die Lippen zu lecken.

Als Madame Octa die Musik hörte, legte sie den Kopf ein wenig schief, streckte die Beine aus und fing an, wie betrunken hin und her zu schaukeln. Ich holte kurz Luft und ging dann zu einer langsameren Melodie über, die meine Finger und meine Lungen nicht so anstrengte.

»Hallo, Madame Octa«, sagte ich in Gedanken und schloss dabei die Augen, um mich besser konzentrieren zu können. »Ich heiße Darren Shan. Das habe ich dir schon einmal gesagt, aber ich weiß nicht, ob du es gehört hast. Ich weiß nicht einmal, ob du mich jetzt hören kannst.

Ich bin dein neuer Besitzer. Ich werde dich sehr gut behandeln, und du bekommst von mir jede Menge Fleisch und Insekten. Aber nur, wenn du dich anständig benimmst und alles tust, was ich dir sage. Und nur, wenn du mich nie wieder angreifst.«

Madame Octa hatte zu schaukeln aufgehört und starrte mich regungslos an. Ich war mir nicht sicher, ob sie meinen Gedanken lauschte oder sich auf den nächsten Sprung vorbereitete.

»Ich möchte jetzt, dass du dich auf die Hinterbeine stellst«, übermittelte ich ihr. »Ich möchte, dass du dich auf deine beiden hinteren Beine stellst und eine kleine Verbeugung machst.«

Einige Sekunden vergingen. Ich spielte weiter auf der Flöte und bat sie in Gedanken, sich aufzustellen. Erst bat ich sie, dann befahl ich es ihr, und schließlich flehte ich sie an. Als ich schon völlig außer Atem war, erhob sie sich schließlich und stellte sich genau so, wie ich wollte, auf ihre beiden hinteren Beine. Dann machte sie eine kleine Verbeugung und wartete ruhig auf meinen nächsten Befehl.

Sie gehorchte mir!

Als nächstes wies ich sie an, in ihren Käfig zurückzukrabbeln.

Sie tat, wie geheißen, und diesmal musste ich es nur einmal denken. Sobald sie im Käfig war, machte ich die Tür zu und ließ mich erschöpft auf den Rücken fallen. Die Flöte rutschte mir aus dem Mund.

Dieser Schreck, als sie mich angesprungen hatte! Mein Herz pochte noch immer so wild, dass ich Angst hatte, es würde mir bis zum Hals heraufschlagen und aus dem Mund springen! Ich lag Ewigkeiten so da, starrte die Spinne an und dachte daran, wie nahe ich dem Tod gewesen war.

Das alles hätte mir eine Warnung sein sollen. Jeder vernünftige Mensch hätte die Käfigtür für immer verschlossen und keinen Gedanken mehr daran verschwendet, mit einem so tödlichen Haustier zu spielen. Es war einfach zu gefährlich. Was, wenn sie nicht gegen die Flöte geprallt wäre? Was, wenn mich Mama und Papa tot auf dem Fußboden gefunden hätten? Was, wenn die Spinne Papa angegriffen hätte, oder Annie? Nur der größte Dummkopf auf der ganzen Welt würde dieses Risiko ein zweites Mal eingehen.

Darf ich vorstellen: Darren Shan, der größte Dummkopf der Welt!

Ich war verrückt, aber ich konnte nicht anders. Außerdem war ich der Meinung, dass ich sie gar nicht erst hätte stehlen brauchen, wenn ich sie ohnehin nur in dem lächerlichen alten Käfig halten wollte.

Diesmal stellte ich es jedoch ein bisschen schlauer an. Ich sperrte das Schloss auf, ließ die Tür aber noch zu. Stattdessen spielte ich auf der Flöte und befahl Madame Octa, die Tür aufzudrücken. Was sie auch tat, und als sie herausgekrabbelt kam, wirkte sie so harmlos wie ein Kätzchen und tat alles, was ich ihr kraft meiner Gedanken befahl.

Ich ließ sie jede Menge Kunststückchen vorführen. Ich ließ sie wie ein Känguru im Zimmer herumhüpfen. Dann befahl ich ihr, sich von der Decke abzuseilen und mit ihren Spinnweben Bilder zu malen. Als nächstes ließ ich sie Gewichte stemmen (einen Kugelschreiber, eine Schachtel Streichhölzer und eine Murmel). Danach wies ich sie an, sich in eins meiner ferngesteuerten

Autos zu setzen. Ich schaltete es an, und es sah aus, als würde sie selbst fahren! Ich ließ das Auto gegen einen Bücherstapel rasen, erlaubte der Spinne jedoch, im letzten Augenblick herauszuspringen, damit sie sich nicht verletzte.

Ich spielte ungefähr eine Stunde mit ihr und hätte wohl auch noch mit Begeisterung den ganzen Nachmittag weitergemacht, aber ich hörte Mama nach Hause kommen und wusste, dass sie Verdacht schöpfen würde, wenn ich mich den ganzen Tag in meinem Zimmer verbarrikadierte. Das Letzte, was ich jetzt gebrauchen konnte, war, dass sie oder Papa sich in meine Privatangelegenheiten einmischten.

Deshalb verstaute ich Madame Octa wieder in meinem Schrank und ging nach unten, wobei ich versuchte, mich so normal wie möglich zu benehmen.

»Hast du da oben CDs gehört?«, fragte Mama. Sie hatte vier Tüten voller Kleider und Hüte vor sich auf den Küchentisch gestellt, die sie zusammen mit Annie auspackte.

»Nein«, sagte ich.

»Ich dachte, ich hätte Musik gehört.«

»Ich habe Flöte gespielt«, erwiderte ich, als sei es das Selbstverständlichste von der Welt.

Sie hielt inne. »*Du*?«, fragte sie erstaunt. »Du spielst *Flöte*?«

»Ich weiß, wie es geht«, beschwichtigte ich. »Du hast es mir beigebracht, als ich fünf oder so war, erinnerst du dich denn nicht mehr?«

»Doch, ich erinnere mich daran«, lachte sie. »Ich erinnere mich auch noch daran, als du sechs wurdest und fandest, Flötespielen sei nur etwas für Mädchen. Du hast geschworen, nie wieder eine in die Hand zu nehmen.«

Ich zuckte die Achseln, als wäre das nichts Besonderes. »Ich hab's mir anders überlegt«, sagte ich. »Auf dem Heimweg von der Schule habe ich gestern eine Flöte gefunden und mich gefragt, ob ich immer noch spielen kann.«

»Wo hast du sie gefunden?«, wollte sie wissen.

»Auf der Straße.«

»Hoffentlich hast du sie abgewaschen, bevor du sie in den Mund gesteckt hast. Man kann nie wissen, wo sie vorher herumgelegen hat.«

»Ja, ich hab sie gewaschen«, log ich.

»Das ist wirklich eine nette Überraschung«, lächelte sie, fuhr mir über den zerstrubbelten blauen Haarschopf und verpasste mir einen dicken Schmatzer auf die Wange.

»He! Sofort aufhören!«, rief ich.

»Vielleicht machen wir doch noch einen Mozart aus dir«, grinste sie. »Ich sehe es schon vor mir: du in einem großen Konzertsaal, in einem wunderschönen weißen Anzug, dein Vater und ich in der ersten Reihe …«

»Ich bitte dich, Mama!«, gluckste ich. »Es ist doch nur eine Flöte.«

»Früh übt sich, was ein Meister werden will«, erwiderte sie.

»Da kann er noch lange üben«, kicherte Annie.

Als Antwort darauf streckte ich ihr die Zunge heraus.

Die folgenden Tage waren einfach herrlich. Ich spielte, so oft es irgend ging, mit Madame Octa, fütterte sie jeden Nachmittag. Sie brauchte nur eine Mahlzeit pro Tag, Hauptsache, es war genug. Ich musste mir auch keine Sorgen machen und die Zimmertür abschließen, denn Mama und Papa hatten mir versprochen, nicht hereinzukommen, wenn sie mich Flöte üben hörten.

Ich zog in Erwägung, Annie von Madame Octa zu erzählen, beschloss aber, noch eine Weile damit zu warten. Ich kam mit der Spinne gut voran, merkte jedoch, dass sie mit mir noch nicht völlig vertraut war, und ich wollte Annie erst einweihen, wenn ich mir meiner Sache absolut sicher war.

Im Lauf der folgenden Woche wurde ich in der Schule immer besser und schoss beim Fußball sogar noch mehr Tore als sonst. Von Montag bis Freitag erzielte ich insgesamt achtundzwanzig Treffer. Sogar Mr. Dalton war beeindruckt.

»Mit deinen guten Noten und deinem Können auf dem Platz«, lobte er mich eines Vormittags, »könntest du der erste Profi-Fußballer werden, der einen Professorentitel trägt! Eine Mischung aus Pelé und Einstein!«

Ich wusste, dass er mich nur auf den Arm nahm, aber es war trotzdem nett von ihm, so etwas zu sagen.

Es dauerte ewig, bis ich mich traute, Madame Octa über meinen Körper und mein Gesicht krabbeln zu lassen, aber am Freitagnachmittag gelang es mir schließlich. Ich zog meinen Lieblings-Kapuzenpulli an, der mir Glück bringt, spielte mein bestes Lied und ließ sie erst loslaufen, nachdem ich ihr mehrere Male erklärt hatte, was sie tun sollte. Dann nickte ich ihr zu, und sie machte sich daran, mein Hosenbein heraufzukriechen.

Alles war soweit in Ordnung, bis sie meinen Hals erreichte. Das Kitzeln ihrer langen, dünnen, haarigen Beine auf meiner nackten Haut hätte mich fast veranlasst, die Flöte fallen zu lassen. Damit wäre ich mausetot gewesen, denn gerade dort befand sie sich an der idealen Stelle, um ihre Giftzähne in meine Haut zu bohren. Zum Glück behielt ich die Nerven und spielte einfach weiter.

Sie kletterte über mein linkes Ohr weiter nach oben auf meinen Kopf, wo sie sich zum Ausruhen niederließ. Meine Kopfhaut juckte wie verrückt, aber ich war vernünftig genug, mich nicht zu kratzen. Ich betrachtete mich im Spiegel und grinste. Die Spinne sah aus wie eine Baskenmütze, diese schiefen Käppis, wie sie die Franzosen aufhaben.

Ich ließ sie an meinem Gesicht herunterrutschen und an einem ihrer Fäden von meiner Nase herabbaumeln. In meinen Mund ließ ich sie nicht, aber ich brachte sie dazu, wie bei Mr. Crepsley hin und her zu schaukeln, und sie durfte mich mit den Beinen am Kinn kitzeln.

Vorsichtshalber ließ ich sie nicht zu sehr kitzeln, damit ich nicht etwa zu lachen anfing und die Flöte doch noch fallen ließ!

Als ich Madame Octa an diesem Freitagabend in den Käfig zurücksetzte, fühlte ich mich wie ein König. Nichts konnte mehr schief gehen, von nun an würde mein ganzes Leben perfekt verlaufen! In der Schule war ich gut, beim Fußball auch, und außerdem hatte ich genau das Haustier, für das jeder Junge sein gesamtes weltliches Hab und Gut hergeben würde. Selbst wenn ich beim Lotto gewonnen oder eine ganze Schokoladenfabrik geerbt hätte, ich hätte nicht glücklicher sein können.

Und selbstverständlich ging genau ab jenem Moment absolut alles schief. Meine ganze Welt stürzte ein und flog mir in Fetzen um die Ohren.

KAPITEL 20

Am späten Samstagnachmittag kam mich Steve besuchen. Wir hatten die ganze Woche über nicht viel miteinander geredet, und er war der Letzte, den ich erwartet hätte. Mama ließ ihn rein und rief mich.

Ich sah ihn, als ich halb die Treppe herunter war, blieb stehen und forderte ihn dann auf, heraufzukommen.

Er schaute sich in meinem Zimmer um, als wäre er seit Monaten nicht mehr hier gewesen. »Ich hab schon fast vergessen, wie es hier aussieht«, bemerkte er.

»Hör auf mit dem Quatsch«, wehrte ich ab. »Du warst doch erst vor ein paar Wochen hier.«

»Kommt mir viel länger vor.« Er setzte sich aufs Bett und sah mich an. Seine Miene wirkte ernst und einsam. »Warum bist du mir in letzter Zeit aus dem Weg gegangen?«, fragte er leise.

»Was meinst du damit?« Ich tat, als wüsste ich nicht, was er meinte.

»Du hast dich in den vergangenen beiden Wochen kaum mit mir abgegeben«, erklärte er. »Zuerst ist es mir nicht so aufgefallen, aber dann hast du jeden Tag weniger Zeit für mich gehabt. Du hast mich nicht mal in deine Mannschaft gewählt, als wir letzten Donnerstag in Turnen Basketball hatten.«

»Du bist ja auch nicht besonders gut in Basketball«, erwiderte ich. Es war eine lahme Entschuldigung, aber mir fiel keine bessere ein.

»Zuerst wusste ich nicht, was los war«, fuhr Steve fort, »aber dann bin ich drauf gekommen. Du hast dich in jener Nacht nach der Freak Show gar nicht verlaufen, stimmt's? Du bist dort geblieben, wahrscheinlich oben auf der Empore, und hast mit angesehen, was zwischen mir und Vur Horston vorgefallen ist.«

»Ich habe gar nichts gesehen!«, fuhr ich ihn an.

»Nein?«, fragte er.

»Nein!«, log ich.

»Du hast nicht gesehen, wie ich mich mit Vur Horston unterhalten habe?«

»Nein!«

»Du hast nicht …«

»Hör mal zu, Steve«, unterbrach ich ihn. »Was zwischen dir und Mr. Crepsley vorgefallen ist, geht mich nichts an. Ich war nicht dort, und ich habe auch nichts gesehen, ich weiß nicht einmal, wovon du redest. Wenn du jetzt vielleicht …«

»Lüg mich nicht an, Darren«, fiel er mir ins Wort.

»Ich lüge nicht!«, log ich.

»Woher weißt du dann, dass ich von Mr. Crepsley gesprochen habe?«, fragte er.

»Weil …« Ich biss mir auf die Zunge.

»Ich habe nämlich nur gesagt, ich hätte mich mit *Vur Horston* unterhalten.« Steve lächelte. »Wenn du nicht dort gewesen bist, woher kannst du dann wissen, dass Vur Horston und Larten Crepsley ein und dieselbe Person sind?«

Meine Schultern sanken herab. Ich ließ mich neben Steve aufs Bett fallen.

»Also gut«, murmelte ich, »ich geb's zu. Ich war oben auf der Empore.«

»Was hast du alles gesehen und gehört?«

»Alles. Was er genau tat, als er dir das Blut aussaugte, konnte ich nicht sehen, und auch nicht hören, was er dabei sagte. Aber abgesehen davon ...«

»... alles«, beendete Steve den Satz mit einem Seufzer. »Deshalb bist du mir also aus dem Weg gegangen. Weil er gesagt hat, ich wäre böse.«

»Zum Teil, ja«, gab ich zu. »Aber hauptsächlich wegen dem, was *du* gesagt hast, Steve. Du hast ihn gebeten, dich in einen Vampir zu verwandeln! Wenn er es nun tatsächlich getan hätte – dann wärst du hinter mir her gewesen! Die meisten Vampire machen sich an Leute heran, die sie kennen, oder nicht?«

»In Büchern und in Filmen schon«, bestätigte Steve. »Aber das hier ist etwas anderes. Es ist echt. Das wirkliche Leben. Ich hätte dir niemals etwas zu Leide getan, Darren.«

»Kann sein, kann auch nicht sein«, erwiderte ich. »Die Sache ist die: Ich will es nicht darauf ankommen lassen. Ich will nicht mehr dein Freund sein. Du könntest gefährlich werden. Was ist, wenn du einen anderen Vampir triffst, der dir deinen Wunsch erfüllt? Oder wenn Mr. Crepsley Recht hat und du wirklich böse bist und ...«

»Ich bin nicht böse!«, schrie Steve, schubste mich rücklings aufs Bett, sprang mir auf die Brust und stieß mir seinen Zeigefinger ins Gesicht. »Nimm das zurück!«, brüllte er. »Nimm das zurück, oder, so wahr mir Gott helfe, ich reiße dir den Kopf ab und ...«

»Ich nehm's zurück! Ich nehm's zurück!«, kreischte

ich. Steve quetschte mir fast die Rippen, und sein Gesicht war dunkelrot und wutverzerrt. Ich hätte alles gesagt, um ihn loszuwerden.

Er blieb noch ein paar Sekunden auf meiner Brust hocken, dann grunzte er und ließ sich herunterrollen. Ich setzte mich auf, rang nach Luft und rieb mir das Gesicht an den Stellen, in die er seinen drohenden Zeigefinger gebohrt hatte.

»Tut mir Leid«, murmelte Steve. »Das war ein bisschen zu heftig. Aber ich bin stinksauer! Was Mr. Crepsley gesagt hat, hat mir wehgetan, und dann fängst du auch noch an, mich in der Schule links liegen zu lassen. Du bist mein bester Freund, Darren, der einzige Mensch, mit dem ich wirklich reden kann. Wenn du mir die Freundschaft kündigst, weiß ich nicht mehr, was ich machen soll.«

Er fing an zu weinen. Hin- und hergerissen zwischen Angst und Mitleid, sah ich ihm einen Augenblick lang zu. Dann gewann mein besseres Ich die Oberhand, und ich legte ihm den Arm um die Schulter. »Alles in Ordnung«, sagte ich tröstend. »Ich bin immer noch dein Freund. Komm schon, Steve, hör auf zu weinen, ja?«

Er gab sich Mühe, aber es dauerte eine Weile, bis seine Tränen versiegten. »Ich sehe bestimmt wie der letzte Schwachkopf aus«, schniefte er schließlich.

»Quatsch«, widersprach ich. »*Ich* bin der Schwachkopf. Ich hätte zu dir stehen sollen. Ich war der Feigling. Ich habe nicht einmal versucht, mir vorzustellen, was du alles durchmachen musstest. Ich dachte immer nur an mich und Madame …« Ich verzog das Gesicht und hörte zu reden auf.

Steve blickte mich neugierig an. »Was wolltest du gerade sagen?«

»Nichts. Hab mich nur versprochen.«

»Du bist ein schlechter Lügner, Shan«, grunzte er. »Immer schon gewesen. Verrate mir, was du gerade sagen wolltest.«

Ich musterte sein Gesicht und fragte mich, ob ich ihm wirklich alles erzählen sollte. Ich wusste, dass ich es besser sein ließ, dass ich mir damit nur Ärger einhandelte, aber er tat mir Leid. Abgesehen davon musste ich es endlich jemandem erzählen. Ich wollte jemandem mein tolles Haustier und die großartigen Kunststücke, die wir eingeübt hatten, vorführen.

»Kannst du ein Geheimnis für dich behalten?«, fragte ich.

»Klar doch«, schnaubte er.

»Es ist ein riesengroßes Geheimnis. Du darfst niemandem davon erzählen. Abgemacht? Wenn ich es dir verrate, muss es zwischen dir und mir bleiben. Wenn du jemals etwas davon weitererzählst …«

»… dann erzählst *du* die Sache von mir und Mr. Crepsley«, ergänzte Steve und grinste endlich wieder. »Du hast mich in der Hand. Was du mir auch anvertraust, du weißt genau, ich kann dich nicht verpfeifen, selbst wenn ich wollte. Wie lautet also das große Geheimnis?«

»Augenblick noch«, sagte ich, sprang vom Bett und öffnete die Zimmertür. »Mama?«, rief ich.

»Ja?«, ertönte die gedämpfte Antwort.

»Ich führe Steve meine Flöte vor«, brüllte ich. »Ich will ihm zeigen, wie man spielt, aber nur, wenn wir nicht dabei gestört werden, ja?«

»Alles klar!«, rief sie zurück.

Ich machte die Tür wieder zu und grinste Steve an. Er sah verdutzt aus. »Eine Flöte?«, fragte er. »Dein Riesengeheimnis ist eine Flöte?«

»Sie ist nur ein Teil davon«, antwortete ich. »Hör zu: Erinnerst du dich noch an Madame Octa? Die Spinne von Mr. Crepsley?«

»Na klar«, sagte er. »Als sie dran war, habe ich zwar nicht besonders auf sie geachtet, aber ich glaube, so ein Vieh kann wohl niemand vergessen. Diese haarigen Beine: Brrrr!«

Noch während er redete, machte ich die Tür zu meinem Kleiderschrank auf und holte den Käfig heraus. Als Steve ihn erblickte, blinzelte er zuerst, dann riss er die Augen weit auf. »Sag mir, dass das hier nicht das ist, wofür ich es halte!«, rief er.

»Kommt drauf an«, entgegnete ich und zog das Tuch beiseite. »Wenn du es zufällig für eine dressierte, tödliche Spinne hältst – dann hast du Recht!«

»Heiliges Kanonenrohr!«, keuchte Steve und wäre vor Schreck beinahe vom Bett gefallen. »Das ist eine ... sie ist eine ... woher hast du ... Mannomann!«

Ich war hoch zufrieden mit seiner Reaktion. Ich stand über dem Käfig und lächelte wie ein stolzer Vater. Madame Octa lag ruhig wie immer auf dem Käfigboden und schenkte weder mir noch Steve Beachtung.

»Sie ist wirklich Furcht erregend!«, sagte Steve und rutschte näher heran, um die Spinne besser betrachten zu können. »Und sie sieht genau wie die bei der Vorstellung aus. Ich kann kaum glauben, dass du eine aufgetrieben hast, die ihr so ähnlich sieht. Wo hast du sie her? Aus einer Tierhandlung? Aus dem Zoo?«

149

Mein Lächeln verrutschte. »Ich habe sie natürlich aus dem Cirque du Freak«, erwiderte ich gequält.

»Aus der Freak Show?« Er schnitt eine Grimasse. »Die haben dort lebende Spinnen verkauft? Hab ich gar nicht gesehen. Wie viel hat die gekostet?«

Ich schüttelte den Kopf und seufzte: »Ich habe sie nicht gekauft, Steve. Ich ... Kommst du nicht von alleine drauf? Hast du's denn immer noch nicht geschnallt?«

»Was denn geschnallt?«, fuhr er mich an.

»Das ist keine *ähnliche* Spinne«, sagte ich. »Es ist dieselbe. Es *ist* Madame Octa.«

Steve starrte mich an, als hätte er gar nicht gehört, was ich gesagt hatte. Ich wollte es schon wiederholen, aber er kam mir zuvor: »Es ... ist ... dieselbe?«, fragte er wie in Zeitlupe und mit zitternder Stimme.

»Genau«, bestätigte ich.

»Du meinst ... das hier ... ist ... Madame Octa? *Die* Madame Octa?«

»Genau«, bestätigte ich noch einmal und lachte über seinen erschrockenen Gesichtsausdruck.

»Das ... ist ... Mr. Crepsleys Spinne?«

»Was ist denn mit dir los, Steve? Wie oft soll ich es denn noch sagen, damit du ...«

»Moment mal«, fiel er mir ins Wort und schüttelte den Kopf. »Wenn das hier wirklich Madame Octa ist ... Wie hast du sie in die Finger bekommen? Hast du sie draußen gefunden? Haben sie sie verkauft?«

»Eine so prima Spinne würde niemand verkaufen«, antwortete ich.

»Genau das habe ich mir auch gedacht«, nickte Steve. »Wie also ...« Er ließ die Frage in der Luft hängen.

»Ich habe sie geklaut«, verkündete ich stolz. »Ich bin

am Dienstagmorgen zu dem Kino gegangen, habe mich reingeschlichen, sie gesucht und gefunden, und dann bin ich mit ihr wieder raus. Für Mr. Crepsley habe ich eine Nachricht hinterlassen, dass er sie lieber nicht suchen soll, weil ich sonst der Polizei erzähle, dass er ein Vampir ist.«

»Du ... du ...«, keuchte Steve. Sein Gesicht war kreidebleich geworden, und er sah aus, als würde er jeden Augenblick zusammenbrechen.

»Geht's dir nicht gut?«, erkundigte ich mich.

»Du ... du ... Blödmann!«, brüllte er mich an. »Du Schwachkopf! Du Gehirnamputierter!«

»He!«, rief ich aufgebracht.

»Idiot! Rindvieh! Volltrottel!«, schrie er. »Ist dir eigentlich klar, was du da getan hast? Hast du auch nur die geringste Vorstellung davon, in welche Gefahr du uns damit gebracht hast?«

»Hä?«, fragte ich verdutzt.

»Du hast einem Vampir seine Spinne geklaut!«, rief Steve. »Du hast einen Untoten bestohlen! Was glaubst du wohl, was er mit dir anstellt, wenn er dich ausfindig gemacht hat, Darren? Dir den Hintern versohlen und dich eine Strafarbeit schreiben lassen? Wir haben es hier mit einem *Vampir* zu tun! Der reißt dir die Kehle raus und wirft dich der Spinne zum Fraß vor! Er zerfetzt dich in lauter kleine Stücke und ...«

»Nein. Das wird er nicht tun«, unterbrach ich ihn gelassen. »Weil er mich nicht finden wird. Ich habe die Spinne vorletzten Dienstag gestohlen. Er hat also bereits zwei volle Wochen Zeit gehabt, mich ausfindig zu machen, aber bislang hat er sich noch nicht blicken lassen. Er ist mit dem Zirkus abgereist und kommt nie

151

wieder in unsere Stadt. Nicht, wenn er weiß, was gut für ihn ist.«

»Da wäre ich mir nicht so sicher«, meinte Steve. »Vampire haben ein verdammt gutes Gedächtnis. Kann sein, dass er erst zurückkehrt, wenn du erwachsen bist und schon längst selber Kinder hast.«

»Darüber mache ich mir Sorgen, wenn es soweit ist«, erklärte ich. »Bis jetzt bin ich damit durchgekommen. Da war ich mir nämlich nicht so sicher. Ich dachte, Mr. Crepsley würde mich aufspüren und umbringen, aber das hat er nicht getan. Also hör auf, mich zu beschimpfen, ja?«

»Du bist mir vielleicht einer!«, lachte er kopfschüttelnd. »Dabei dachte ich immer, *ich* wäre mit allen Wassern gewaschen. Aber einem Vampir sein Haustier klauen! So was hätte ich mich niemals getraut. Warum hast du das überhaupt gemacht?«

»Ich musste sie einfach haben«, gestand ich. »Als ich sie auf der Bühne sah, wusste ich sofort, dass ich alles tun würde, um sie zu bekommen. Dann fand ich heraus, dass Mr. Crepsley ein Vampir ist, und mir wurde klar, dass ich ihn damit erpressen konnte. Es ist nicht anständig, das weiß ich auch, aber er ist nun mal ein Vampir, und deshalb ist es nicht ganz so fies, oder? Wenn man einem Bösewicht etwas klaut, dann ist das doch gewissermaßen schon wieder eine gute Tat, oder nicht?«

Steve lachte. »Ich weiß nicht, ob es eine gute oder eine schlechte Tat ist«, meinte er. »Ich weiß nur eins: Falls er jemals zurückkommt und seine Spinne sucht, möchte ich nicht mit dir tauschen.«

Dann betrachtete er wieder die Spinne. Er schob sein

Gesicht dicht ans Gitter (aber nicht so nahe, dass sie ihn hätte beißen können) und beobachtete, wie sie den Bauch einzog und aufblähte.

»Hast du sie schon mal herausgelassen?«, wollte er wissen.

»Ich lasse sie jeden Tag raus«, antwortete ich. Ich nahm die Flöte in den Mund und blies einen Ton. Madame Octa sprang ein paar Zentimeter vorwärts. Steve stieß einen Schrei aus und fiel nach hinten auf den Allerwertesten. Wir tobten vor Lachen.

»Kannst du ihr etwa Befehle erteilen?«, keuchte er atemlos.

»Ich lasse sie all das machen, was sie auch bei Mr. Crepsley getan hat«, erklärte ich und versuchte dabei nicht angeberisch zu klingen. »Es ist ziemlich einfach. Solange man sich konzentriert, kann absolut nichts passieren. Aber sobald man seine Gedanken auch nur eine Sekunde lang abschweifen lässt …« Ich fuhr mir mit dem Finger quer über die Kehle und gab ein gurgelndes Geräusch von mir.

»Hast du sie auch schon ein Netz über deinen Mund weben lassen?«, fragte Steve. Seine Augen glänzten.

»Noch nicht«, erwiderte ich. »Ich habe Probleme damit, sie in meinen Mund zu lassen. Allein der Gedanke, sie würde mir den Hals hinunterrutschen, macht mir Angst. Außerdem bräuchte ich einen Partner, der sie unter Kontrolle hält, während sie das Netz spinnt. Bis jetzt war ich ja immer allein mit ihr.«

»Bis jetzt«, grinste Steve. »Aber ab heute nicht mehr.« Er stand auf und klatschte in die Hände. »Los, wir machen es. Zeig mir, wie man auf dieser komischen Blechflöte spielt, dann erledige ich das schon. Ich habe keine

Angst davor, sie in meinen Mund zu lassen. Los, komm schon, los, los, los, LOS!«

Eine derartige Begeisterung konnte ich nicht ignorieren. Ich wusste, dass es unklug war, Steve so unvorbereitet an die Spinne heranzulassen. Ich hätte dafür sorgen müssen, dass er sie erst besser kennen lernte, aber ich schaltete jeglichen gesunden Menschenverstand aus und fügte mich seinen Wünschen.

Ich erklärte ihm, dass er das Flötenspiel erst üben müsse, aber dass er mit Madame Octa spielen dürfe, solange sie sich in meiner Gewalt befinde. Ich erzählte ihm, welche Kunststückchen wir vorführen würden, und vergewisserte mich, dass er auch alles richtig verstanden hatte.

»Du musst ganz leise sein. Das ist lebenswichtig«, warnte ich. »Sag nichts. Du darfst nicht einmal laut pfeifen. Denn wenn du meine Aufmerksamkeit ablenkst und ich die Kontrolle über sie verliere …«

»Ja, ja, schon klar«, stöhnte Steve genervt. »Ich hab's kapiert. Keine Bange, wenn ich will, bin ich mucksmäuschenstill.«

Als ich soweit war, sperrte ich Madame Octas Käfig auf und fing zu spielen an. Auf meinen Befehl hin setzte sie sich in Bewegung. Ich hörte, wie Steve die Luft anhielt. Jetzt, wo sie draußen war, hatte er wohl doch ein bisschen Angst, aber er machte mir kein Zeichen aufzuhören, deshalb spielte ich weiter und ließ Madame Octa mit ihrer Vorstellung beginnen.

Bevor ich ihr erlaubte, sich Steve zu nähern, ließ ich sie eine ganze Reihe Kunststückchen allein vorführen. Im Verlauf der vergangenen Woche hatten wir gelernt, uns besser zu verstehen. Die Spinne hatte sich an meinen

154

Geist und meine Art zu denken gewöhnt und gelernt, meinen Befehlen zu gehorchen, fast noch bevor ich sie ihr übermitteln konnte. Ich hatte festgestellt, dass sie auch dem kleinsten Wink folgte: Wenige Worte genügten, sie zu irgendetwas zu veranlassen.

Steve verfolgte die Vorstellung, ohne einen Mucks von sich zu geben. Einige Male hätte er beinahe geklatscht, erinnerte sich jedoch immer wieder rechtzeitig an unsere Abmachung, bevor seine Hände aufeinander treffen und ein Geräusch verursachen konnten. Statt zu klatschen reckte er den Daumen und formte mit den Lippen stumm die Worte: »toll«, »super«, »astrein« und so weiter.

Als ich fand, dass Steve bei der Nummer mitmachen sollte, nickte ich ihm kurz zu, wie wir es vorher vereinbart hatten. Er schluckte, holte tief Luft und nickte bestätigend. Dann erhob er sich langsam und trat ein paar Schritte vor, wobei er einen Bogen um mich machte, damit ich Madame Octa nicht aus den Augen verlor. Dann kniete er sich hin und wartete.

Ich spielte eine andere Melodie und übermittelte Madame Octa eine Reihe neuer Anweisungen. Die Spinne saß ruhig da und lauschte. Nachdem sie begriffen hatte, was ich von ihr wollte, kroch sie sofort auf Steve zu. Ich sah, wie er zitterte und sich nervös die Lippen befeuchtete. Gerade als ich die Nummer abblasen und die Spinne zurück in den Käfig schicken wollte, hörte er zu zittern auf und wurde ruhiger, deshalb machte ich weiter.

Er erschauerte leicht, als sie an seinem Hosenbein hinaufkrabbelte, aber das war eine natürliche Reaktion. Selbst mir lief es manchmal noch kalt den Rücken hinunter, wenn ich sie mit ihren haarigen Beinen über meine Haut wandern spürte.

Ich ließ Madame Octa in seinen Nacken klettern und ihn mit den Beinen an den Ohren kitzeln. Er kicherte leise, und der letzte Rest seiner Furcht verschwand. Auch ich fühlte mich selbstbewusster, nachdem er ruhiger geworden war, und ließ die Spinne jetzt nach vorne zu seinem Gesicht kriechen, wo sie kleine Spinnweben über seine Augen spann, sich an seiner Nase hinabgleiten und von seinen Lippen baumeln ließ.

Steve machte es Spaß und mir auch. Mit einem Partner konnte ich jetzt endlich viele neue Sachen ausprobieren.

Madame Octa saß gerade auf seiner rechten Schulter und machte sich bereit, an seinem Arm hinabzugleiten, als die Tür aufging und Annie hereinkam.

Normalerweise betritt Annie mein Zimmer nie, ohne anzuklopfen. Sie ist ein prima Kind, nicht wie die anderen Blagen in ihrem Alter, sie klopft immer höflich an und wartet auf Antwort. Ausgerechnet an diesem Abend, aus schierem Pech, kam sie einfach so hereingeplatzt.

»He, Darren, weißt du, wo mein …«, sagte sie noch, bevor sie verstummte.

Sie erblickte Steve und die ungeheuerliche Spinne auf seiner Schulter, deren Giftzähne schimmerten, als wäre sie kurz davor zuzubeißen. Annie tat das, was jeder getan hätte.

Sie schrie.

Das Geräusch ging mir durch Mark und Bein. Mein Kopf flog herum, die Flöte entglitt meinen Lippen, meine Konzentration war unterbrochen. Meine Ver-

156

bindung zu Madame Octa riss ab. Die Spinne schüttelte den Kopf, krabbelte ein paar Zentimeter näher an Steves Kehle heran und entblößte ihre Giftzähne. Sie schien boshaft zu grinsen.

Steve brüllte vor Angst und sprang auf. Er wischte sich mit der Hand über die Kehle, doch Madame Octa duckte sich, und seine Hand verfehlte sie. Bevor er es noch einmal versuchen konnte, senkte Madame Octa so blitzschnell den Kopf, wie eine Schlange zustößt, und *grub ihre Zähne mit den Giftspitzen tief in seinen Hals!*

KAPITEL 21

Kaum hatte die Spinne ihn gebissen, wurde Steve ganz starr. Der Schrei blieb ihm in der Kehle stecken, seine Lippen färbten sich blau, und er riss die Augen weit auf. Er schwankte eine kleine Ewigkeit (obwohl es nicht mehr als drei oder vier Sekunden gewesen sein können) hin und her. Dann klappte er wie eine Vogelscheuche zusammen und sank zu Boden.

Der Fall rettete ihn. Wie bei der Ziege in der Vorstellung des Cirque du Freak hatte Madame Octas erster Biss Steve nur betäubt, ihn aber nicht sofort getötet. Bevor er zu Boden ging, sah ich noch, wie sie an seinem Hals entlangkrabbelte und die richtige Stelle suchte, um sich auf den zweiten, den tödlichen Biss vorzubereiten.

Der Aufprall hatte sie verunsichert. Sie rutschte von Steves Hals ab, und es dauerte einige Sekunden, bis sie wieder hinaufgekrochen war.

Mehr Zeit brauchte ich nicht.

Ich war zwar vor Schreck wie gelähmt, doch der Anblick, wie Madame Octa wie ein entsetzliches achtbeiniges Verderben hinter seiner Schulter hervorkam, erweckte mich wieder zum Leben. Ich bückte mich hastig nach der Flöte, stieß sie mir beinahe bis in den Rachen und blies den lautesten Ton meines ganzen Lebens.

»STOP!«, schrie ich in Gedanken, und Madame Octa sprang fast einen halben Meter in die Luft.

»Zurück in den Käfig!«, befahl ich. Sie hüpfte von Steves Körper und flitzte über den Teppich. Kaum hatte sie das Türgitter hinter sich gelassen, stürzte ich zum Käfig und knallte es hinter ihr zu.

Nachdem ich Madame Octa sicher verwahrt wusste, wandte ich mich wieder Steve zu. Annie schrie immer noch, aber mit ihr konnte ich mich erst befassen, nachdem ich mich um meinen vergifteten Freund gekümmert hatte.

»Steve?«, fragte ich, kroch neben sein Ohr und betete darum, dass er mich hörte. »Alles in Ordnung, Steve?«

Keine Antwort. Da er atmete, wusste ich wenigstens, dass er am Leben war, aber das war auch alles. Ich konnte nichts für ihn tun. Er konnte weder sprechen noch die Arme bewegen. Er konnte nicht einmal blinzeln.

Ich merkte, dass Annie hinter mir stand. Sie hatte zu schreien aufgehört, aber ich spürte, wie sie zitterte.

»Ist ... ist er ... tot?«, keuchte sie.

»Natürlich nicht!«, fuhr ich sie an. »Du siehst doch, dass er atmet, oder nicht? Sieh dir doch seinen Bauch und die Brust an!«

»Aber ... warum bewegt er sich nicht?«

»Weil er gelähmt ist«, erwiderte ich. »Das Spinnengift sorgt dafür, dass ihm seine Glieder nicht mehr gehorchen. Es ist so, als würde man ihn in Tiefschlaf versetzen, nur dass sein Gehirn noch voll aktiv ist und er alles sehen und hören kann.«

Ich wusste nicht, ob das stimmte. Ich hoffte es jedenfalls. Wenn das Gift nicht bis zum Herzen und in die Lungen vorgedrungen war, hatte es hoffentlich auch Steves Gehirn unbehelligt gelassen. Wenn es jedoch bis in den Kopf gelangt war ...

Der Gedanke war zu schrecklich.

»Ich helfe dir auf, Steve«, sagte ich laut. »Ich glaube, wenn wir dich bewegen, verliert das Gift seine Wirkung.«

Ich schlang meine Arme um Steves Taille und zog ihn auf die Beine. Er war schwer, aber ich achtete überhaupt nicht auf sein Gewicht. Ich zerrte ihn durchs Zimmer, schüttelte seine Arme und Beine, redete zwischendurch auf ihn ein und erzählte ihm, alles würde wieder gut werden, er habe nicht genug Gift abbekommen und sei bald schon wieder fit.

Nach ungefähr zehn Minuten trat noch immer keine Veränderung ein, und ich war zu erschöpft, um ihn noch weiter herumzuschleppen. Also ließ ich ihn aufs Bett fallen und rückte seinen Körper so zurecht, dass er bequem lag. Seine Lider standen offen. Es sah eigenartig aus und machte mir Angst, also drückte ich sie zu, aber so sah er wie eine Leiche aus, daher schob ich die Augenlider wieder hoch.

»Wird er wieder gesund?«, fragte Annie.

»Klar doch«, sagte ich und versuchte optimistisch zu klingen. »Die Wirkung des Gifts lässt bald nach, und dann ist er wieder ganz der Alte. Es ist nur eine Frage der Zeit.«

Vermutlich glaubte sie mir nicht, aber sie sagte nichts, sondern saß einfach nur auf dem Bettrand und fixierte Steves Gesicht wie ein Raubvogel. Ich fragte mich allmählich, warum Mama noch nicht heraufgekommen war, um nachzusehen. Ich schlich mich zur offenen Tür und horchte am Treppenabsatz. Unten in der Küche dröhnte die Waschmaschine. Das erklärte alles: Unsere Waschmaschine ist nicht gerade das neueste

Modell. Wenn sie läuft, hört man außer ihrem Lärm in der Küche nichts anderes mehr.

Als ich zurückkam, saß Annie nicht mehr auf dem Bett. Sie kauerte auf dem Boden und musterte Madame Octa.

»Das ist die Spinne aus der Freak Show, stimmt's?«, fragte sie.

»Ja.«

»Die giftige?«

»Ja.«

»Woher hast du sie?«

»Das spielt keine Rolle«, sagte ich und wurde rot.

»Wie hat sie sich befreit?«, wollte Annie wissen.

»Ich habe sie rausgelassen.«

»Du hast sie *was*?«

»Es war nicht das erste Mal«, gestand ich. »Ich habe sie schon fast zwei Wochen und schon oft mit ihr gespielt. Es ist völlig ungefährlich, solange niemand ein lautes Geräusch macht. Wenn du nicht hereingeplatzt wärst, hätte sie nicht einmal …«

»Hör sofort auf!«, fauchte sie. »Hör auf, mir die Schuld in die Schuhe zu schieben! Warum hast du mir nichts davon erzählt? Wenn ich es gewusst hätte, wäre ich nicht einfach so hereingekommen.«

»Das wollte ich ja«, verteidigte ich mich. »Ich wollte nur warten, bis es wirklich sicher ist. Und dann kam Steve und …« Ich konnte nicht weitersprechen.

Ich verstaute den Käfig wieder im Kleiderschrank, denn dort musste ich Madame Octa nicht dauernd ansehen. Ich setzte mich neben Annie aufs Bett und betrachtete Steves reglosen Körper. Fast eine ganze Stunde saßen wir so da und sahen ihn einfach nur an.

»Ich glaube nicht, dass er wieder zu sich kommt«, bemerkte sie schließlich.

»Lass ihm noch ein bisschen Zeit«, bettelte ich.

»Ich glaube nicht, dass ihm mit Zeit geholfen ist«, sagte Annie unerbittlich. »Wenn er wirklich wieder zu sich kommen würde, könnte er sich jetzt wenigstens schon ein bisschen bewegen.«

»Was verstehst du denn schon davon?«, fuhr ich sie grob an. »Du bist nur ein kleines Kind. Du weißt überhaupt nichts!«

»Stimmt«, gab sie seelenruhig zu. »Aber *du* weißt auch nicht mehr als ich, oder?« Ich schüttelte unglücklich den Kopf. »Dann tu nicht so als ob!«

Sie legte mir eine Hand auf den Arm und lächelte mutig, um zu zeigen, dass sie nicht versuchte, mir ein schlechtes Gewissen einzureden. »Wir müssen es Mama beichten«, meinte sie. »Wir müssen sie holen. Vielleicht weiß sie ja, was zu tun ist.«

»Und wenn nicht?«, fragte ich.

»Dann müssen wir ihn ins Krankenhaus bringen.«

Ich wusste, dass sie Recht hatte. Ich wusste es die ganze Zeit über schon. Ich wollte es nur nicht zugeben.

»Warten wir noch eine Viertelstunde«, bat ich. »Wenn er sich dann immer noch nicht bewegt hat, rufen wir sie.«

»Eine Viertelstunde?«, fragte sie unsicher.

»Keine Minute länger«, versprach ich.

»Na gut«, nickte sie.

Wieder saßen wir schweigend da und beobachteten unseren Freund. Ich dachte an Madame Octa und wie ich Mama die ganze Geschichte erklären sollte. Den Ärzten. Und der Polizei. Würden sie mir glauben, wenn ich ihnen erzählte, dass Mr. Crepsley ein Vampir sei? Ich bezweifelte es. Sie würden mich für einen Lügner halten. Vielleicht steckten sie mich ins Gefängnis. Vielleicht sagten sie, ich sei an allem schuld, weil die Spinne mir gehört. Vielleicht klagten sie mich sogar wegen Mordes an und verurteilten mich!

Ich schaute auf die Uhr. Drei Minuten noch. Steve lag immer noch unverändert da. »Annie, ich muss dich um einen Gefallen bitten«, sagte ich.

Sie sah mich skeptisch an. »Was denn?«

»Ich möchte nicht, dass du Madame Octa erwähnst.«

»Spinnst du?«, rief sie. »Wie willst du denn sonst erklären, was passiert ist?«

»Ich weiß es nicht«, gab ich zu. »Ich erzähle ihnen einfach, ich wäre nicht im Zimmer gewesen. Die Bisswunden sind ganz winzig. Sie sehen aus wie kleine Mückenstiche und schwellen schon wieder ab. Vielleicht fallen sie den Ärzten nicht einmal auf.«

»Das können wir nicht machen«, wandte Annie ein. »Vielleicht müssen sie die Spinne untersuchen. Vielleicht ...«

»Annie, wenn Steve stirbt, kriege ich die Schuld«, flüsterte ich. »Es gibt noch so manches, was ich dir von dieser Sache nicht erzählen kann, was ich überhaupt niemandem erzählen darf. Ich kann nur sagen, dass ich, wenn das Schlimmste passiert, die ganze Sache am Hals habe. Weißt du, was man mit Mördern macht?«

»Du bist zu jung, um als Mörder verurteilt zu werden«, widersprach sie, aber sie klang nicht sehr überzeugt.

»Bin ich nicht«, wies ich sie zurecht. »Ich bin zu jung, um in ein richtiges Gefängnis zu kommen, aber es gibt besondere Anstalten für Kinder. Dort behalten sie mich, bis ich achtzehn bin, und dann ... Bitte, Annie.« Ich fing zu weinen an. »Ich will nicht ins Gefängnis.«

Jetzt weinte sie auch. Wir hielten einander umarmt und schluchzten wie zwei Babys. »Ich will nicht, dass sie dich von hier wegholen«, schniefte sie. »Ich will dich nicht verlieren.«

»Dann versprichst du also, dass du nichts verrätst?«, fragte ich. »Gehst du zurück in dein Zimmer und tust so, als hättest du nichts gesehen und nichts gehört?«

Sie nickte bekümmert. »Aber nicht, wenn ich glaube, dass die Wahrheit ihn retten könnte«, fügte sie hinzu.

»Wenn die Ärzte sagen, dass sie ihn nicht retten können, weil sie nicht wissen, was ihn gebissen hat, dann sage ich es. Einverstanden?«

»Einverstanden.«

Sie stand auf und ging zur Tür. Mitten im Zimmer blieb sie stehen, kam zurück und gab mir einen Kuss auf die Stirn. »Ich hab dich lieb, Darren«, sagte sie. »Aber es war sehr dumm von dir, diese Spinne ins Haus zu bringen, und wenn Steve stirbt, bist du wirklich schuld daran.«

Damit rannte sie schluchzend aus dem Zimmer.

Ich wartete noch ein paar Minuten, hielt Steves Hand und flehte ihn an, wieder zu sich zu kommen, wenigstens ein kleines Lebenszeichen von sich zu geben. Als meine Gebete nicht erhört wurden, stand ich auf, öffnete das Fenster (um eine Erklärung dafür zu haben, wie der geheimnisvolle Angreifer herein gekommen war), holte tief Luft und rannte dann, laut nach Mama rufend, die Treppe hinunter.

KAPITEL 22

Die Rettungssanitäterinnen fragten meine Mama, ob Steve Diabetiker oder Epileptiker sei. Sie wusste es nicht genau, sagte aber, dass sie das nicht glaube. Dann fragten sie nach Allergien und all so was, aber sie erklärte ihnen, dass sie nicht seine Mutter sei und es nicht wisse.

Ich dachte, sie würden uns im Krankenwagen mitnehmen, aber sie meinten, es sei nicht genug Platz. Sie notierten sich Steves Telefonnummer und den Namen seiner Mutter, doch als sie anriefen, war sie nicht zu Hause. Eine der Sanitäterinnen bat meine Mama, ihnen im Auto ins Krankenhaus zu folgen, um dort so viele Formulare auszufüllen, wie sie konnte, damit sie wenigstens etwas in der Hand hätten. Sie erklärte sich dazu bereit und packte mich und Annie ins Auto. Papa war noch nicht zurück, also riefen wir ihn über sein Handy an, um ihm mitzuteilen, wo wir waren. Er meinte, er komme auch gleich rüber.

Es war eine grässliche Fahrt. Ich saß hinten im Auto und versuchte, Annies Blicken auszuweichen, wusste, dass ich eigentlich die Wahrheit sagen sollte, und traute mich trotzdem nicht. Was die Sache noch schlimmer machte, war die Gewissheit, dass Steve, wenn ich an seiner Stelle im Koma liegen würde, alles sofort zugegeben hätte.

165

»Was habt ihr da drin bloß gemacht?«, fragte Mama über die Schulter. Sie fuhr so schnell, wie es gerade noch erlaubt war, deshalb konnte sie sich nicht umdrehen und mich ansehen. Darüber war ich froh, denn ich glaube nicht, dass ich ihr direkt ins Gesicht hätte lügen können.

»Ich weiß nicht genau«, wich ich aus. »Wir haben uns nur unterhalten, und dann musste ich zur Toilette. Als ich zurückkam ...«

»Du hast überhaupt nichts gesehen?«, fragte sie.

»Nein«, log ich und spürte, wie meine Ohren vor Scham rot anliefen.

»Ich verstehe das nicht«, murmelte sie. »Er fühlte sich so steif an, und seine Haut war ganz blau. Ich dachte schon, er wäre tot.«

»Ich glaube, etwas hat ihn gestochen«, sagte Annie. Ich hätte ihr ums Haar einen Rippenstoß verpasst, doch im letzten Moment fiel mir ein, dass ich darauf angewiesen war, dass sie mein Geheimnis nicht ausplauderte.

»Gestochen?«, fragte Mama.

»Ich hab so was wie Einstiche an seinem Hals gesehen«, erklärte Annie.

»Ja, ich auch«, nickte Mama. »Aber ich glaube nicht, dass das die Ursache ist.«

»Warum nicht?«, fragte Annie. »Falls eine Schlange oder eine ... Spinne ins Haus gekrochen ist und ihn gebissen hat ...« Sie sah zu mir herüber und errötete ein wenig, als sie sich wieder an ihr Versprechen erinnerte.

»Eine Spinne?« Mama schüttelte den Kopf. »Nein, Kind, Spinnen stürzen sich nicht auf Menschen und lähmen sie. Nicht bei uns.«

»Aber was war es dann?«, fragte Annie.

»Ich bin mir nicht sicher«, erwiderte Mama. »Vielleicht hat er etwas gegessen, das ihm nicht bekommen ist, oder er hatte einen Herzanfall.«

»Kinder kriegen keine Herzanfälle!«, widersprach Annie heftig.

»Doch, das gibt es schon«, beharrte Mama. »Es kommt selten vor, aber es kann passieren. Aber das müssen die Ärzte herausfinden. Schließlich verstehen sie mehr davon als wir.«

Ich kannte mich mit Krankenhäusern nicht aus, deshalb schaute ich mich eine Zeit lang um, während Mama die Formulare ausfüllte. Alles ringsum war so weiß, wie ich es noch nirgendwo gesehen hatte: weiße Wände, weiße Fußböden, weiße Kleidung. Es war zwar nicht besonders voll, aber es herrschte ein allgemeines Summen und Stimmengewirr, das Geräusch von Bettfedern und angestrengtem Husten, brummenden Maschinen, schneidenden Skalpellen und gedämpft raunenden Ärzten.

Während wir dort warteten, sprachen wir nicht viel. Mama berichtete, sie hätten Steve aufgenommen und er werde gerade untersucht, aber es dauere bestimmt noch eine Weile, bis sie herausfanden, was mit ihm nicht in Ordnung war. »Sie hörten sich ganz optimistisch an«, sagte sie.

Annie hatte Durst, und Mama schickte mich mit ihr los, um aus dem Automaten im Flur um die Ecke etwas zu trinken zu holen. Während ich die Münzen einwarf, vergewisserte sich Annie nach allen Seiten, dass uns niemand hören konnte.

»Wie lange willst du noch warten?«, fragte sie dann.

»Bis ich weiß, was sie herausgefunden haben«, antwortete ich. »Erst einmal sollen sie ihn untersuchen. Mit ein bisschen Glück kommen sie selbst darauf, um welche Art von Gift es sich handelt, und können ihn ohne unsere Hilfe kurieren.«

»Und wenn nicht?«

»Dann sage ich es ihnen«, versprach ich.

»Und wenn er vorher stirbt?«, raunte sie.

»Das wird er schon nicht.«

»Aber wenn doch …«

»Nein!«, fuhr ich sie an. »Hör auf mit dem Gerede. So etwas darfst du nicht einmal denken. Wir müssen ihm nur die Daumen drücken. Wir müssen ganz fest daran glauben, dass er es schafft. Mama und Papa sagen immer, gute Gedanken helfen kranken Menschen, wieder gesund zu werden, stimmt's? Er braucht uns. Wir müssen an ihn glauben.«

»Die Wahrheit braucht er noch viel dringender«, grollte sie, ließ das Thema aber fallen. Wir trugen die Becher zu unserer Bank zurück und tranken schweigend.

Kurz darauf traf Papa ein. Er hatte immer noch seine Arbeitskleidung an. Er küsste Mama und Annie und drückte mir kumpelhaft die Schulter. Seine schmutzigen Hände hinterließen Fettflecken auf meinem T-Shirt, aber das machte mir nichts aus.

»Gibt's was Neues?«, erkundigte er sich.

»Bis jetzt noch nicht«, antwortete Mama. »Sie untersuchen ihn gerade. Es kann noch Stunden dauern, bevor wir etwas erfahren.«

»Was ist mit ihm passiert, Angela?«, fragte er.

»Wir wissen es noch nicht«, erwiderte Mama. »Wir müssen uns gedulden.«

»Ich warte nicht gern«, brummte Papa, aber da er keine

andere Wahl hatte, musste er wohl oder übel warten, wie wir anderen auch.

Dann geschah ein paar Stunden lang nichts, bis Steves Mama ankam. Ihr Gesicht war so weiß wie das ihres Sohnes, sie hatte die Lippen fest zusammengepresst. Sie kam direkt auf mich zu, packte mich an den Schultern und schüttelte mich unsanft. »Was hast du mit ihm angestellt?«, kreischte sie. »Was hast du mit meinem Jungen gemacht? Hast du meinen Steve umgebracht?«

»Moment mal!«, mischte sich mein Vater verdutzt ein. »Lassen Sie den Jungen los!«

Steves Mama kümmerte sich gar nicht um ihn. »Was hast du mit ihm gemacht?«, kreischte sie wieder und schüttelte mich noch fester. Ich versuchte »Nichts« zu sagen, aber meine Zähne schlugen aufeinander. »Was hast du getan? Was hast du getan?«, rief sie wieder und wieder, bis sie auf einmal damit aufhörte, mich losließ und zusammenbrach. Sie kauerte auf dem Boden und heulte wie ein kleines Kind.

Mama stand von der Bank auf und kniete sich neben Mrs. Leonard. Sie streichelte ihr den Hinterkopf und redete leise und beruhigend auf sie ein, dann half sie ihr hoch und führte sie neben sich auf die Bank. Mrs. Leonard weinte immer noch, doch jetzt jammerte sie, was für eine schlechte Mutter sie gewesen sei und wie sehr Steve sie hasse.

»Geht ihr zwei mal irgendwohin spielen«, forderte Mama Annie und mich auf. Wir zogen los. »Darren!«, Mama rief mich zurück. »Nimm dir das, was sie gesagt hat, nicht so zu Herzen. Sie gibt nicht dir die Schuld. Sie hat einfach nur schreckliche Angst.«

Ich nickte kläglich. Was würde Mama wohl sagen,

wenn sie wüsste, dass Mrs. Leonard Recht hatte und ich tatsächlich die Schuld an allem trug?

Annie und ich entdeckten ein paar Spielautomaten, die uns eine Zeit lang ablenkten. Eigentlich dachte ich, ich sei nicht in der Verfassung zu spielen, aber schon nach wenigen Minuten nahmen mich die Spiele so gefangen, dass ich Steve ganz vergaß. Es war angenehm, sich eine Weile den Problemen der wirklichen Welt zu entziehen, und wenn mir nicht die Münzen ausgegangen wären, hätte ich mich den ganzen Abend dort aufgehalten.

Als wir zu unseren Stühlen zurückkehrten, hatte sich Mrs. Leonard einigermaßen beruhigt und war mit Mama unterwegs, um die Formulare zu vervollständigen. Annie und ich setzten uns wieder, und die Warterei ging von vorne los.

Ungefähr um zehn Uhr gähnte Annie herzhaft und steckte mich sofort an. Mama warf uns nur einen Blick zu und beschloss, dass wir sofort nach Hause fahren müssten. Ich protestierte, doch sie fiel mir ins Wort.

»Du kannst hier ohnehin nichts ausrichten«, sagte sie. »Ich rufe an, sobald ich etwas erfahren habe, und wenn es mitten in der Nacht ist. Einverstanden?«

Ich zögerte. Es war meine letzte Chance, die Spinne zu erwähnen. Ich war kurz davor, alles auszuplaudern, aber ich war furchtbar müde und fand nicht die richtigen Worte. »Einverstanden«, murmelte ich niedergeschlagen und trottete los.

Papa fuhr uns nach Hause. Ich fragte mich, was er wohl tun würde, wenn ich ihm von der Spinne, von Mr. Crepsley und allem anderen erzählte. Er würde mich sicher bestrafen, daran hatte ich keinen Zweifel, aber ich hielt nicht nur deswegen den Mund: Ich sagte nichts, weil Papa sich dafür schämen würde, dass ich so lange gelogen und mein eigenes Wohlergehen über das von Steve gestellt hatte. Ich hatte Angst, er würde mich deshalb verstoßen.

Als wir zu Hause ankamen, war Annie eingeschlafen. Papa hob sie vom Rücksitz und trug sie ins Bett. Ich ging langsam hinauf in mein Zimmer und zog mich aus. Dabei fluchte ich leise vor mich hin.

Papa schaute herein, als ich gerade meine Kleider wegräumte. »Kommst du klar?«, fragte er. Ich nickte. »Steve wird schon wieder«, sagte er. »Da bin ich ganz sicher. Die Ärzte verstehen ihr Geschäft. Die kriegen ihn schon wieder hin.«

Ich nickte abermals, traute mich aber nicht zu antworten. Papa blieb noch einen Augenblick in der Tür stehen, dann seufzte er und ging nach unten in sein Arbeitszimmer.

Als ich meine Hose in den Schrank hängte, fiel mir Madame Octas Käfig ins Auge. Langsam zog ich ihn heraus. Sie lag wie immer gleichmäßig atmend in der Käfigmitte.

Ich musterte die bunte Spinne und war von dem, was ich sah, nicht mehr besonders angetan. Sie war klug, das schon, aber sie war hässlich und haarig und hinterlistig. Ich fing an, sie zu hassen. Sie war der eigentliche Übeltäter, sie hatte schließlich Steve ohne triftigen Grund gebissen. Ich hatte sie gefüttert, mich um sie gekümmert und mit ihr gespielt. Und so vergalt sie mir das alles.

»Du elendes Monster!«, fauchte ich sie an und schüttelte ihren Käfig. »Du undankbares Ungetüm!«

Wieder rüttelte ich den Käfig heftig. Sie klammerte sich mit den Beinen an den Gitterstäben fest. Das machte mich noch wütender, und ich schleuderte den Käfig von einer Seite zur anderen, in der Hoffnung, sie dadurch loszureißen und ihr wehzutun.

Ich drehte mich wild im Kreis, wirbelte den Käfig an seinem Griff herum, bedachte sie mit sämtlichen Schimpfwörtern, die mir einfielen, und wünschte, sie wäre tot, wünschte, ich hätte sie niemals zu Gesicht bekommen, wünschte, ich hätte den Mut, sie aus dem Käfig zu holen und auf der Stelle zu zerquetschen.

Als meine Wut ihren Höhepunkt erreicht hatte, schleuderte ich den Käfig so weit von mir, wie ich konnte. Ich achtete nicht darauf, wohin er flog, und erschrak tüchtig, als ich sah, wie er aus dem offenen Fenster hinaus in die Nacht sauste.

Ich sah ihn wegfliegen und rannte eilig ans Fenster. Ich hatte Angst, er könnte zerbrechen, wenn er auf dem Boden aufprallte, denn ich wusste, wenn die Ärzte Steve von sich aus nicht helfen konnten, dann gelang es ihnen vielleicht mit Hilfe von Madame Octa. Wenn sie die Spinne untersuchten, fanden sie vielleicht heraus, wie sie Steve heilen konnten. Wenn sie jedoch entkam …

Ich konnte den Käfig zwar nicht mehr festhalten, aber ich konnte wenigstens nachsehen, wo er landete. Ich schaute ihm hinterher, wie er in weitem Bogen hinaus und dann nach unten fiel, und ich betete, dass er nicht zerbrach. Der Fall schien eine Ewigkeit zu dauern.

Bevor der Käfig den Boden berührte, zuckte eine Hand aus dem Dunkel der Nacht und fing ihn noch in der Luft auf.

Eine Hand?

Ich beugte mich weiter aus dem Fenster, um besser sehen zu können. Es war finstere Nacht, und zuerst konnte ich nicht erkennen, wer dort unten stand. Aber dann trat die Gestalt aus dem Schatten heraus, und mit einem Mal wurde mir alles klar.

Zuerst erkannte ich die runzlige Hand, die den Käfig hielt. Dann das lange rote Gewand, das kurzgeschorene, karottenfarbene Haar und die lange, hässliche Narbe. Und schließlich sah ich das scharfzahnige Lachen.

Es war Mr. Crepsley. Der Vampir.

Und er lächelte zu mir herauf!

KAPITEL 23

Ich stand am Fenster und wartete darauf, dass er sich in eine Fledermaus verwandelte und zu mir heraufgeflogen kam, aber er schüttelte nur vorsichtig den Käfig, um sich zu vergewissern, dass Madame Octa unversehrt war.

Dann drehte er sich immer noch lächelnd um und ging davon. Innerhalb von Sekunden hatte ihn die Nacht verschluckt.

Ich machte das Fenster zu und flüchtete mich in die Sicherheit meines Bettes, wo ich mein Hirn mit Tausenden von Fragen quälte: Wie lange hatte er schon dort unten gewartet? Wenn er wusste, wo Madame Octa war, warum hatte er sie nicht schon vorher zurückgeholt? Eigentlich hätte er außer sich vor Zorn sein müssen, aber er wirkte eher amüsiert. Warum hatte er mir nicht, wie Steve prophezeit hatte, die Kehle herausgerissen?

An Schlaf war nicht zu denken. Ich fürchtete mich noch mehr als in der ersten Nacht, nachdem ich die Spinne gestohlen hatte. Damals hatte ich mir wenigstens einreden können, Mr. Crepsley kenne den Dieb nicht und könne mich deshalb auch nicht finden.

Ich dachte sogar daran, Papa einzuweihen. Schließlich wusste ein Vampir, wo wir wohnten, und hatte Grund genug, uns mit seinem Hass zu verfolgen. Es wäre sicher besser, wenn Papa darüber Bescheid wusste. Ich müsste ihn warnen und ihm die Chance geben zu überlegen, wie wir uns am besten dagegen wehren können. Aber ...

Er hätte mir nicht geglaubt. Jetzt, nachdem Madame Octa fort war, schon gar nicht. Ich versuchte mir vorzustellen, wie ich ihn davon überzeugen wollte, dass es Vampire wirklich gab, dass einer von ihnen hinter unserem Haus gelauert hatte und vielleicht wiederkam. Er würde mich für übergeschnappt halten.

Als der Morgen dämmerte, gelang es mir, wenigstens ein wenig zu dösen, da ich wusste, dass der Vampir nicht nach Sonnenaufgang angreifen konnte. Es war kein besonders erquickender Schlaf, aber jedes bisschen Ruhe tat mir gut, und nachdem ich aufgewacht war, konnte ich sogar wieder einigermaßen klar denken. Beim Nachdenken kam ich zu dem Schluss, dass ich keinen Grund hatte, mich zu fürchten. Wenn mich der Vampir töten wollte, hätte er es gleich in der vergangenen Nacht getan, als ich unvorbereitet war. Aus irgendeinem Grund wollte er mich nicht töten, zumindest jetzt noch nicht.

Nachdem ich diese Sorge los war, konnte ich mich auf Steve und mein eigentliches Problem konzentrieren: Sollte ich die Wahrheit preisgeben oder nicht? Mama war die ganze Nacht im Krankenhaus geblieben, hatte sich um Mrs. Leonard gekümmert und herumtelefoniert, damit Freunde und Nachbarn von Steves Krankheit erfuhren. Wäre sie zu Hause gewesen, hätte ich ihr vielleicht alles erzählt, aber die Vorstellung, es meinem Papa zu beichten, machte mir Angst.

In unserem Haus war es an jenem Sonntag sehr still.

175

Papa briet Spiegeleier und Würstchen zum Frühstück und ließ sie anbrennen, was ihm jedes Mal passiert, wenn er kocht, aber wir beschwerten uns nicht. Ich schmeckte das Essen ohnehin kaum und würgte es einfach hinunter. Ich hatte keinen Hunger. Ich aß allein aus dem Grund, weil ich so tun wollte, als wäre dieser Sonntag ein ganz normaler Sonntag.

Als wir mit dem Frühstück fertig waren, rief Mama an. Sie redete lange mit Papa. Er sagte nicht viel, sondern nickte nur und brummte hin und wieder. Annie und ich verhielten uns ganz still, weil wir hören wollten, worum es ging. Nachdem er aufgelegt hatte, kam Papa an den Tisch zurück und setzte sich.

»Wie geht es ihm?«, fragte ich.

»Nicht gut«, seufzte Papa. »Die Ärzte wissen nicht, was sie davon halten sollen. Es sieht ganz so aus, als hätte Annie Recht. Es handelt sich um ein Gift. Aber um keins von denen, die sie kennen. Sie haben Proben an andere Krankenhäuser geschickt und hoffen, dass man dort aus der Substanz schlau wird. Aber ...« Er schüttelte den Kopf.

»Muss er sterben?«, flüsterte Annie.

»Vielleicht«, antwortete Papa ehrlich. Ich war ihm dafür dankbar. Die Erwachsenen lügen den Kindern bei ernsten Angelegenheiten viel zu oft etwas vor. Mir ist es lieber, die Wahrheit über den Tod zu wissen, als angelogen zu werden.

Annie fing an zu weinen. Papa nahm sie in die Arme und zog sie auf seinen Schoß. »Schon gut, Annie, du musst nicht weinen«, tröstete er sie. »Noch ist es nicht entschieden. Noch ist er am Leben. Er atmet noch, und auch sein Gehirn scheint nicht in Mitleidenschaft gezogen zu sein. Wenn sie erst einmal wissen, wie sie das Gift in seinem Körper bekämpfen können, wird er bestimmt wieder gesund.«

»Wie lange hat er noch?«, wollte ich wissen.

Papa zuckte die Achseln. »So wie es ihm jetzt geht, können sie ihn mit Hilfe der Maschinen wahrscheinlich noch ewig am Leben erhalten.«

»Du meinst, wie bei jemandem, der im Koma liegt?«, fragte ich.

»Genau.«

»Wie viel Zeit bleibt ihm noch, bis sie die Maschinen einsetzen müssen?«, erkundigte ich mich.

»Wahrscheinlich noch ein paar Tage«, antwortete Papa. »Sie können es nicht mit Bestimmtheit sagen, da sie nicht genau wissen, womit sie es zu tun haben, aber sie glauben, dass er noch ein paar Tage durchhält, bevor seine Respiration und sein Kreislauf allmählich zusammenbrechen.«

»Seine was?«, fragte Annie schluchzend.

»Seine Lungen und sein Herz«, erläuterte Papa. »Solange die noch funktionieren, bleibt er am Leben. Sie müssen ihn zwar an den Tropf hängen, um ihm Nahrung zuzuführen, aber ansonsten geht es ihm soweit gut. Nur wenn – *falls* – er aufhört, selbständig zu atmen, wird es wirklich ernst.«

Ein paar Tage. Das war nicht viel. Gestern noch hatte er ein ganzes Leben vor sich gehabt. Jetzt nur noch ein paar Tage.

»Kann ich ihn besuchen?«, erkundigte ich mich.

»Wenn dir danach ist, ja. Heute Nachmittag«, sagte Papa.

»Mir ist danach«, erklärte ich feierlich.

Dieses Mal war im Krankenhaus mehr los. Es war voller Besucher, und noch nie in meinem ganzen Leben hatte ich so viele Pralinenschachteln und Blumen auf einem Haufen gesehen. Es gab so gut wie niemanden, der weder das eine noch das andere in der Hand hielt. Ich wollte im Krankenhausladen etwas für Steve kaufen, hatte aber kein Geld dabei.

Ich hatte Steve auf der Kinderstation vermutet, aber er lag in einem Einzelzimmer, weil die Ärzte ihn beobachten wollten und auch, weil sie immer noch nicht sicher waren, was er sich eingefangen hatte. Wir mussten Mundschutze, Handschuhe und lange, grüne Kittel überstreifen, bevor wir zu ihm durften.

Mrs. Leonard saß auf einem Stuhl und schlief. Mama gab uns ein Zeichen, uns still zu verhalten. Sie umarmte uns einen nach dem anderen und redete dann mit Papa.

»Von den anderen Krankenhäusern sind ein paar Ergebnisse gekommen«, sagte sie mit von der Gesichtsmaske gedämpfter Stimme. »Alle negativ.«

»Aber *irgendjemand* muss doch wissen, worum es sich handelt«, schnaubte Papa. »Wie viele unterschiedliche Giftarten kann es denn geben?«

»Tausende«, antwortete sie. »Sie haben sogar Proben an Krankenhäuser im Ausland geschickt. Hoffentlich ist das Gift in einem von ihnen bekannt, aber es dauert natürlich einige Zeit, bis die Ergebnisse hier eintreffen.«

Während sie sich unterhielten, betrachtete ich Steve. Er lag reglos unter der links und rechts ordentlich eingeschlagenen Bettdecke. An einem Arm hing ein Tropf, seine Brust war mit Kabeln und anderem Zeug verstrippt. Ich sah Einstiche an den Stellen, an denen ihm

178

die Ärzte Blut abgenommen hatten. Sein Gesicht war weiß und starr. Er sah schrecklich aus!

Auf einmal fing ich an zu weinen und konnte nicht mehr aufhören. Mama schlang die Arme um mich und drückte mich fest, aber das machte alles nur noch schlimmer. Ich versuchte, ihr von der Spinne zu erzählen, aber ich schluchzte so heftig, dass meine Worte nicht zu verstehen waren. Mama drückte und küsste mich und redete beruhigend auf mich ein, und schließlich gab ich es auf.

Dann kamen neue Besucher herein, Verwandte von Steve, und Mama hielt es für besser, sie mit ihm und seiner Mutter allein zu lassen. Sie führte uns hinaus, zog mir den Mundschutz vom Gesicht und wischte mir mit einem Papiertaschentuch die Tränen ab.

»Na siehst du«, sagte sie tröstend. »So ist es schon besser.« Sie lächelte und kitzelte mich so lange, bis ich zurückgrinste. »Er wird es schon schaffen«, versprach sie. »Ich weiß, dass es nicht gut aussieht, aber die Ärzte tun alles, was in ihrer Macht steht. Wir müssen ihnen vertrauen und dürfen die Hoffnung nicht aufgeben.«

»Ja«, seufzte ich.

»Ich fand, er sah ganz gut aus«, meinte Annie und drückte meine Hand. Ich lächelte sie dankbar an.

»Kommst du mit nach Hause?«, fragte Papa Mama.

»Ich weiß nicht recht«, antwortete sie. »Ich glaube, ich bleibe lieber noch eine Weile hier, nur für den Fall, dass …«

»Angela, du hast auch so schon mehr als genug getan«, entgegnete Papa bestimmt. »Ich wette, du hast in der vergangenen Nacht keine Minute geschlafen, stimmt's?«

»Nicht viel«, gab Mama zu.

»Und wenn du noch länger hier bleibst, bekommst du heute wieder keinen Schlaf. Komm schon, Angie. Wir fahren.« Immer wenn Papa Mama zu etwas überreden will, nennt er sie ›Angie‹. »Es gibt noch andere Leute, die sich um Steve und seine Mutter kümmern können. Niemand erwartet, dass du alles allein machst.«

»Na schön«, willigte sie ein. »Aber heute Abend komme ich noch einmal her und frage, ob sie mich brauchen.«

»In Ordnung«, sagte er und ging voraus zum Auto. Der Besuch hatte nicht besonders lange gedauert, aber ich beschwerte mich nicht darüber. Ich war froh, wieder gehen zu dürfen.

Auf der Heimfahrt dachte ich an Steve, wie er aussah und *warum* er so aussah. Ich dachte an das Gift in seinen Adern und war mir ziemlich sicher, dass die Ärzte es nicht schaffen würden, ein Gegenmittel zu finden. Ich wäre jede Wette eingegangen, dass noch kein Arzt auf der ganzen Welt jemals mit dem Gift einer Spinne wie Madame Octa zu tun gehabt hatte.

Steve hatte wirklich schlimm ausgesehen, aber ich wusste, dass er in ein paar Tagen noch viel schlimmer aussehen würde. Ich stellte ihn mir vor, wie er an eine Beatmungsmaschine angeschlossen war, das Gesicht unter einer Maske und überall Schläuche in seinem Körper. Es war ein grässlicher Gedanke.

Es gab nur eine einzige Möglichkeit, Steve zu retten, nur eine einzige Person, die womöglich etwas über das Gift und wie man es besiegen konnte wusste.

Mr. Crepsley.

Als wir in unserer Einfahrt aus dem Auto stiegen, fasste ich einen Entschluss: Ich wollte Mr. Crepsley ausfindig machen und ihn dazu bringen, Steve zu helfen. Sobald es dunkel war, würde ich mich aus dem Haus schleichen und den Vampir finden, egal wo er sich aufhielt. Und wenn ich ihn nicht mit Drohungen dazu zwingen konnte, mir ein Heilmittel auszuhändigen ...

... dann würde ich nie mehr nach Hause zurückgehen.

KAPITEL 24

Ich musste bis fast elf Uhr warten. Ich wäre schon früher losgegangen, während Mama wieder im Krankenhaus war, aber ein paar von Papas Freunden kamen mit ihren Kindern vorbei, und ich musste den Gastgeber spielen.

Mama kam so gegen zehn Uhr zurück. Sie war sehr müde, woraufhin Papa die Besucher eilig verabschiedete. Sie tranken in der Küche noch eine Tasse Tee und unterhielten sich, dann gingen sie hinauf ins Bett. Ich wartete, bis sie eingeschlafen waren, schnappte mir meinen Kapuzenpulli, schlich nach unten und zur Hintertür hinaus.

Ich raste wie ein Komet durch die Dunkelheit, bewegte mich so schnell, dass mich niemand sah oder hörte. In einer Hosentasche trug ich ein Kreuz, das ich in Mamas Schmuckkästchen gefunden hatte, in der anderen die Flasche Weihwasser, die uns einer von Papas Brieffreunden vor Jahren mal geschickt hatte. Einen Holzpfahl hatte ich in der Eile nicht auftreiben können. Ich hatte erwogen, stattdessen ein scharfes Messer mitzunehmen, aber wahrscheinlich hätte ich mich damit nur selbst geschnitten. Mit Messern stelle ich mich ziemlich ungeschickt an.

Das alte Filmtheater lag stockdunkel und verlassen da. Diesmal benutzte ich die Vordertür.

Ich hatte keine Ahnung, was ich machen sollte, wenn ich den Vampir nicht antraf, aber irgendwie hatte ich das Gefühl, dass er da war. Es war wie an dem Tag, an dem Steve die Papierschnipsel samt der Eintrittskarte in die Luft geworfen und ich die Augen zugemacht und blind zugegriffen hatte. Es war *Schicksal*.

Ich brauchte eine Weile, bis ich den Keller gefunden hatte. Ich hatte zwar eine Taschenlampe mitgebracht, doch eine Batterie war schon so gut wie leer, und so flackerte die Birne nur kurz auf und ging nach wenigen Sekunden ganz aus. Nun musste ich mich wie ein Maulwurf durch die Dunkelheit tasten. Als ich die Treppe erreicht hatte, stieg ich sofort hinunter, bevor mich meine eigene Angst einholen konnte.

Je tiefer ich kam, umso heller wurde es, bis ich den Fuß der Treppe erreicht hatte und fünf dicke, hohe Kerzen brennen sah. Ich war überrascht – hatten Vampire denn keine Angst vor Feuer? – und erleichtert zugleich.

An der gegenüberliegenden Kellerwand wartete Mr. Crepsley auf mich. Er saß an einem kleinen Tisch und spielte Karten gegen sich selbst.

»Guten Morgen, Mr. Shan«, begrüßte er mich, ohne aufzublicken.

Ich räusperte mich, bevor ich antwortete. »Es ist nicht Morgen«, erwiderte ich. »Es ist mitten in der Nacht.«

»Für mich ist das früh am Morgen«, meinte er, hob den Kopf und grinste. Seine Zähne waren lang und spitz. So nah war ich ihm noch nie gewesen und machte mich darauf gefasst, alle möglichen Einzelheiten zu erkennen – rote Zähne, lange Ohren, schmale Augen –, aber er sah eigentlich wie ein normaler Mensch aus, wenn auch wie ein besonders hässlicher.

»Sie haben auf mich gewartet«, stellte ich fest. »Habe ich Recht?«

Er nickte. »Allerdings.«

»Wie lange wussten Sie schon, wo Madame Octa ist?«

»Ich habe sie noch in der gleichen Nacht gefunden, in der du sie gestohlen hast.«

»Warum haben Sie die Spinne nicht sofort mitgenommen?«

Er zuckte die Achseln. »Das wollte ich zuerst, aber dann dachte ich eine Weile darüber nach, was das wohl für ein Junge sein mag, der einen Vampir beklaut. Ich kam zu dem Schluss, dass es nicht schaden könnte, dich ein wenig genauer unter die Lupe zu nehmen.«

»Aus welchem Grund denn?«, fragte ich und versuchte dabei, meine Knie daran zu hindern, gegeneinander zu schlagen.

»Richtig! Aus welchem Grund eigentlich?«, erwiderte er spöttisch. Er schnippte mit den Fingern, und die Spielkarten schoben sich von selbst ineinander und in die Schachtel zurück. Dann steckte er sie weg und ließ die Fingerknöchel knacken. »Verrate mir eines, Darren Shan: Warum bist du hergekommen? Willst du mich ein zweites Mal bestehlen? Verlangt es dich immer noch nach Madame Octa?«

Ich schüttelte den Kopf. »Ich will dieses Untier nie wieder sehen!«, knurrte ich.

Er lachte. »Da wird sie aber traurig sein.«

»Machen Sie sich nicht lustig über mich«, warnte ich. »Ich kann es nicht vertragen, wenn man mich aufzieht!«

»Nicht?«, höhnte er. »Und was willst du machen, wenn ich es trotzdem tue?«

Ich zog das Kreuz und das Weihwasser heraus und streckte ihm beides entgegen. »Dann berühre ich Sie damit!«, brüllte ich in der Erwartung, ihn starr vor Schreck zurücktaumeln zu sehen. Aber das geschah nicht. Stattdessen lächelte er, schnippte wieder mit den Fingern, und plötzlich befanden sich Kreuz und Plastikflasche nicht mehr in meinen Händen – sondern in *seinen*.

Er betrachtete das Kreuz, lachte in sich hinein und quetschte es zu einer kleinen Kugel zusammen, als wäre es aus Alufolie. Anschließend entkorkte er die Weihwasserflasche und trank sie in einem Zug aus.

»Weißt du, was mir immer am besten gefällt?«, fragte er. »Am besten gefallen mir Menschen, die jede Menge Horrorfilme sehen und Horrorgeschichten lesen. Denn sie glauben alles, was sie lesen und hören, und kommen dann mit lächerlichem Zeug wie Kreuzen und Weihwasser ausgerüstet an, statt mit Waffen wie Maschinenpistolen und Handgranaten, die wirklich Schaden anrichten könnten.«

»Sie meinen … Kreuze … Kreuze können Ihnen nichts anhaben?«, stammelte ich.

»Warum sollten sie?«, fragte er zurück.

»Weil Sie … böse sind«, erwiderte ich.

»Bin ich das?«

»Ja«, sagte ich. »Sie müssen böse sein. Sie sind ein Vampir. Vampire sind böse.«

»Du solltest nicht alles glauben, was man dir erzählt«, tadelte er. »Es stimmt zwar, dass unser Geschmack ein wenig exotisch ist. Aber nur, weil wir Blut trinken, heißt das noch lange nicht, dass wir böse sind. Sind Vampir-Fledermäuse etwa böse, weil sie das Blut von Rindern und Pferden trinken?«

»Nein«, entgegnete ich. »Das ist etwas anderes. Das sind Tiere.«

»Auch Menschen sind manchmal Tiere«, wies er mich zurecht. »Wenn ein Vampir tötet, um seinen knurrenden Magen zu füllen … Was ist so schlimm daran?«

Ich konnte nicht antworten. Ich war wie vor den Kopf gestoßen und wusste nicht mehr, was ich glauben sollte. Ich war ihm ausgeliefert, allein und wehrlos.

»Du bist wohl nicht zum Diskutieren aufgelegt«, stellte er fest. »Auch gut. Ich spare mir meine Vorträge für ein anderes Mal auf. Dann erzähl mir doch mal, Darren, was du eigentlich von mir willst, wenn es nicht um meine Spinne geht.«

»Sie hat Steve Leonard gebissen«, sagte ich.

»Denjenigen, der als Steve Leopard bekannt ist«, erklärte er und nickte. »Schlimme Geschichte. Andererseits sollten sich kleine Jungs, die mit Sachen spielen, von denen sie nichts verstehen, nicht darüber beschweren, wenn …«

»Ich möchte, dass Sie ihm helfen!«, fiel ich ihm lautstark ins Wort.

»Ich?«, fragte er und tat erstaunt. »Ich bin kein Arzt. Ich bin auch kein Spezialist. Ich bin nur ein Zirkusartist. Ein Freak. Schon vergessen?«

»Nein«, beharrte ich. »Sie sind mehr. Ich weiß, dass Sie ihn retten können. Ich weiß, dass Sie die Macht dazu besitzen.«

»Kann schon sein«, meinte er. »Madame Octas Biss ist tödlich, aber für jedes Gift gibt es ein Gegenmittel.

Vielleicht habe ich dieses Mittel. Vielleicht besitze ich sogar eine Flasche mit Serum, das die Körperfunktionen deines Freundes wieder in Gang bringt.«

»Ja!«, jubelte ich. »Ich wusste es! Ich wusste es! Ich …«

»Aber vielleicht«, fuhr Mr. Crepsley fort und reckte einen langen, knochigen Finger in die Luft, um mich zum Schweigen zu bringen, »vielleicht ist es nur eine kleine Flasche. Vielleicht gibt es nur eine sehr begrenzte Menge Serum. Vielleicht ist es sehr kostbar. Vielleicht möchte ich es mir für einen wirklichen Notfall aufheben, falls Madame Octa *mich* einmal beißt. Vielleicht will ich es nicht an einen bösartigen kleinen Rotzlöffel verschwenden.«

»Nein«, flüsterte ich. »Sie müssen es mir geben. Sie müssen es für Steve hergeben. Es geht ihm furchtbar schlecht. Sie können ihn nicht einfach sterben lassen!«

Mr. Crepsley lachte auf. »Das kann ich ohne weiteres! Was bedeutet mir dein Freund denn schon? Du hast ihn ja gehört, an dem Abend, als er bei mir war: Wenn er groß ist, will er Vampirjäger werden!«

»Das hat er nicht so gemeint!«, keuchte ich. »Er hat es nur gesagt, weil er wütend war.«

»Kann schon sein«, meinte Mr. Crepsley wieder, zupfte sich am Kinn und strich sich mit dem Finger über die Narbe. »Aber ich frage dich noch einmal: Warum sollte ich Steve Leopard retten? Das Serum war teuer und ist nicht zu ersetzen.«

»Ich kann dafür bezahlen«, rief ich, und genau darauf hatte er gewartet. Ich sah es seinem Blick an, wie sich seine Augen verengten, als er sich lächelnd vorbeugte. Das war auch der Grund, weshalb er Madame Octa nicht gleich in der ersten Nacht zurückgeholt hatte.

Das war der Grund, weshalb er die Stadt nicht verlassen hatte.

»Dafür bezahlen?«, zischte er verschlagen. »Du bist doch nur ein kleiner Junge. Du kannst unmöglich so viel Geld haben, um das Mittel zu kaufen.«

»Ich zahle es in Raten ab«, versprach ich. »Jede Woche etwas, fünfzig Jahre lang, oder so lange Sie wollen. Wenn ich groß bin, suche ich mir einen Beruf und gebe Ihnen mein ganzes Geld. Ich schwöre es.«

Er schüttelte den Kopf. »Nein«, erwiderte er dann leise. »Dein Geld interessiert mich nicht.«

»Was interessiert Sie dann?«, fragte ich verunsichert.

»Ich bin davon überzeugt, dass Sie sich bereits einen Preis überlegt haben. Deshalb haben Sie doch hier auf mich gewartet, oder nicht?«

»Du bist ein schlaues Kerlchen«, antwortete er. »Ich wusste es von dem Augenblick an, als ich aufwachte und an Stelle meiner Spinne deinen Zettel vorfand. Larten, sagte ich mir, da haben wir mal ein richtig außergewöhnliches Kind, einen wahren Wunderknaben. Dieser Junge wird es im Leben noch weit bringen.«

»Hören Sie mit dem Unsinn auf, und sagen Sie mir, was Sie von mir wollen«, knurrte ich.

Er lachte hässlich, wurde aber sofort wieder ernst. »Erinnerst du dich an das, worüber Steve Leopard und ich gesprochen haben?«

»Selbstverständlich«, erwiderte ich. »Er wollte Vampir werden. Sie sagten, er wäre zu jung, und er meinte, er könnte erst einmal Ihr Gehilfe werden. Sie waren damit einverstanden, doch dann fanden Sie heraus, dass er böse ist, und lehnten ab.«

»Im Großen und Ganzen war es so, ja«, nickte er. »Mit

der Ausnahme, dass ich, wenn du dich besinnst, nicht sonderlich begeistert von der Vorstellung war, einen Gehilfen zu haben. Gehilfen können recht nützlich sein, aber auch eine ziemliche Plage.«

»Worauf wollen Sie hinaus?«, fragte ich misstrauisch.

»Ich habe mir die Sache noch einmal gründlich durch den Kopf gehen lassen«, erklärte er, »und bin zu dem Schluss gekommen, dass die Idee vielleicht doch nicht so übel ist. Besonders jetzt, nachdem ich vom Cirque du Freak getrennt bin und mich allein durchschlagen muss. Ein Gehilfe wäre womöglich genau das, was mir der Hexendoktor verschreiben würde.« Er lächelte über seinen kleinen Scherz.

Ich blickte ihn verständnislos an. »Sie meinen ... Sie würden Steve jetzt doch erlauben, Ihr Assistent zu werden?«

»Um Himmels willen, niemals!«, kreischte er. »Dieses Ungeheuer? Niemand kann voraussagen, was der Junge alles anstellt, wenn er erst einmal erwachsen ist. Nein, Darren Shan, diesen Steve Leopard möchte ich auf keinen Fall zum Gehilfen haben.« Abermals zeigte er mit seinem langen knochigen Finger auf mich, und noch bevor er es aussprechen konnte, wusste ich, was er als Nächstes sagen würde.

»Sie wollen *mich*?«, stieß ich hervor und verpfuschte ihm damit die Pointe. Sein finsteres, unheilverkündendes Lächeln bestätigte mir, dass ich richtig geraten hatte.

KAPITEL 25

Sie sind verrückt!«, schrie ich ihn an und wich zurück. »Auf gar keinen Fall werde ich Ihr Gehilfe! Sie müssen wahnsinnig sein, so etwas auch nur zu denken!«

Mr. Crepsley zuckte mit den Schultern. »Dann muss Steve Leopard eben sterben«, verkündete er unbewegt.

Ich blieb stehen und flehte ihn an: »Bitte, Mr. Crepsley! Es muss noch eine andere Möglichkeit geben!«

»Das steht hier nicht zur Debatte«, erwiderte er. »Wenn du deinen Freund retten willst, musst du mit mir kommen. Wenn du dich weigerst, haben wir nichts mehr miteinander zu bereden.«

»Und wenn ich ...«

»Stiehl mir nicht die Zeit!«, fuhr er mich an und schlug mit der Faust auf den Tisch. »Seit zwei Wochen hause ich schon in diesem Loch in Gesellschaft von Flöhen, Läusen und Kakerlaken. Wenn du an meinem Angebot nicht interessiert bist, sag einfach nein, und ich verschwinde. Aber verschwende meine Zeit nicht mit anderen Eventualitäten, denn es gibt keine.«

Bedächtig nickend ging ich wieder ein paar Schritte auf ihn zu. »Erzählen Sie mir mehr. Was bedeutet es, der Gehilfe eines Vampirs zu sein?«

Er lächelte. »Du wirst mein Reisegefährte sein«, erklärte er. »Du ziehst mit mir durch die ganze Welt. Tagsüber bist du meine rechte und meine linke Hand, und meine Augen. Du wachst über mich, wenn ich schlafe. Wenn es darauf ankommt, suchst du Nahrung für mich. Du bringst meine Wäsche in die Reinigung. Du putzt meine Schuhe. Du kümmerst dich um Madame Octa. Kurz gesagt, du bist mir in jeder Hinsicht zu Diensten. Im Gegenzug lehre ich dich, was es heißt, ein Vampir zu sein.«

»Muss ich dabei *selbst* einer werden?«, fragte ich.

»Letztendlich schon. Zunächst werden dir nur wenige Vampirfähigkeiten verliehen. Ich mache dich zu einem Halbvampir. Das heißt, du kannst dich immer noch bei Tageslicht bewegen. Du brauchst auch nicht so viel Blut, um bei Kräften zu bleiben. Du erwirbst gewisse Fähigkeiten, aber nicht alle. Und du alterst nur mit etwa einem Fünftel der normalen Geschwindigkeit statt einem Zehntel, wie ein echter Vampir.«

»Was bedeutet das?«, fragte ich verwirrt.

»Vampire leben nicht ewig«, erläuterte er, »aber wir leben viel länger als gewöhnliche Menschen. Wir altern nur etwa ein Zehntel so schnell, was bedeutet, dass wir alle zehn Jahre nur ein Jahr älter werden. Als Halbvampir altert man nur alle fünf Jahre um ein Jahr.«

»Sie meinen, wenn fünf Jahre vergangen sind, bin ich nur ein Jahr älter geworden?«

»Genau.«

»Ich weiß nicht«, murmelte ich. »Klingt irgendwie nicht ganz hasenrein.«

»Die Entscheidung liegt bei dir«, sagte er. »Ich kann dich nicht dazu zwingen, mein Gehilfe zu werden. Wenn du meinst, dieses Leben entspricht nicht deinen

Vorstellungen, steht es dir frei, auf der Stelle und unbehelligt nach Hause zu gehen.«

»Wenn ich das tue, muss Steve sterben!«, schrie ich.

»Allerdings«, nickte er. »Entweder du wirst mein Gehilfe, oder es kostet ihn das Leben.«

»Da bleibt mir ja keine große Wahl!«, knurrte ich.

»Nein«, gab er zu, »da hast du Recht. Aber eine andere Möglichkeit gibt es nicht. Akzeptierst du meine Bedingungen?«

Ich dachte fieberhaft nach. Ich wollte nein sagen, davonlaufen und nie wieder zurückkehren. Aber dann musste Steve sterben. War er einen solchen Pakt wirklich wert? Fühlte ich mich schuldig genug, um mein Leben für seines aufs Spiel zu setzen? Die Antwort lautete:

Ja.

»Also gut«, seufzte ich. »Es passt mir zwar nicht, aber mir sind die Hände gebunden. Ich möchte nur, dass Sie eines wissen: Ich werde die erstbeste Gelegenheit wahrnehmen, Sie zu hintergehen. Ich werde jede Chance ergreifen, die sich bietet, um es Ihnen heimzuzahlen. Sie werden mir niemals ganz vertrauen können.«

»Soll mir recht sein«, stimmte er zu.

»Ich meine es ernst«, warnte ich.

Er nickte. »Das weiß ich. Genau deshalb möchte ich dich ja als Gehilfen haben. Ein Vampirgehilfe muss Feuer haben. Eben dieser Kampfgeist war es, der mich auf dich aufmerksam gemacht hat. Es wird nicht ganz ungefährlich mit dir werden, da bin ich mir sicher, aber im Kampf, wenn es hart auf hart kommt, wirst du mir gerade deshalb ein wertvoller Verbündeter sein.«

Ich holte tief Luft. »Wie wird es gemacht?«, fragte ich.

Er erhob sich und schob den Tisch zur Seite, dann kam er auf mich zu, bis er nur noch ungefähr einen halben Meter entfernt war. Er kam mir so hoch wie ein Haus vor. Er verströmte einen aufdringlichen Geruch, der mir zuvor nicht aufgefallen war ... Den Geruch von *Blut*.

Er streckte mir seinen rechten Handrücken entgegen. Seine Fingernägel waren nicht besonders lang, aber sie sahen sehr spitz aus. Er hob die linke Hand und bohrte die Nägel der rechten in ihre fleischigen Fingerspitzen. Dann vollführte er das Gleiche umgekehrt mit den Fingernägeln der linken Hand. Dabei zuckte er leicht zusammen.

»Streck die Hände aus«, ächzte er. Ich sah das Blut aus seinen Fingern tropfen und schenkte seinem Befehl keine Beachtung. »Sofort!«, schrie er, packte meine Hände und riss sie hoch.

Dann grub er seine Nägel in meine weichen Fingerspitzen, alle zehn auf einmal. Vor Schmerz schrie ich laut auf und wich zurück, zog die Hände an den Körper und presste sie gegen meine Jacke.

»Benimm dich nicht wie ein Kleinkind«, spottete er und riss meine Hände wieder an sich.

»Das tut weh!«, heulte ich auf.

»Natürlich tut es weh«, lachte er. »Mir auch. Hast du gedacht, man wird einfach so zum Vampir? Gewöhn dich beizeiten an die Schmerzen. Die meisten stehen dir noch bevor.«

Er steckte sich ein paar von meinen Fingern in den Mund und saugte daran. Ich sah zu, wie er das Blut im Mund hin und her bewegte und seinen Geschmack untersuchte. Schließlich nickte er und schluckte es hinunter. »Es ist gutes Blut«, sagte er. »Wir können weitermachen.«

Er drückte seine Finger fest an meine, Wunde an Wunde. Zuerst nahm ich nur ein taubes Gefühl in den Unterarmen wahr, dann spürte ich etwas Überwältigendes und begriff, dass mein Blut von meinem Körper durch die linke Hand in seinen floss, während sein Blut durch die rechte in meinen überwechselte.

Es war ein seltsames, prickelndes Gefühl. Ich spürte sein Blut meinen rechten Arm hinaufsteigen, dann seitlich an meinem Körper hinunter und hinüber zur linken Seite fließen. Als es mein Herz erreichte, durchfuhr mich ein stechender Schmerz, und ich wäre beinahe zusammengebrochen. Mr. Crepsley erging es nicht besser. Ich sah, wie er die Zähne zusammenbiss und der Schweiß ihm auf die Stirn trat.

Der Schmerz hielt an, bis Mr. Crepsleys Blut meinen linken Arm hinunterkroch und anfing, in seinen Körper zurückzufließen. Wir blieben noch einige Sekunden länger miteinander verbunden, bis er sich mit einem Aufschrei losriss. Ich fiel rücklings zu Boden. Mir war schwindlig und ziemlich übel.

»Gib mir deine Finger«, wiederholte Mr. Crepsley. Ich schaute zu ihm hinüber und sah, wie er seine Finger ableckte. »Mein Speichel verschließt die Wunden. Andernfalls verblutest du und stirbst.«

Ich senkte den Blick auf meine Hände und sah, wie das Blut im Rhythmus meines Herzschlags aus den Fingern strömte. Sofort streckte ich sie dem Vampir entgegen und ließ zu, dass er sie in den Mund nahm und mit seiner rauen Zunge über die Kuppen fuhr.

Als er sie wieder losließ, hatte die Blutung aufgehört. Ich wischte das restliche Blut mit einem Lappen ab, untersuchte meine Finger und bemerkte, dass jede Kuppe mit einer winzigen Narbe versehen war.

»Daran erkennt man einen Vampir«, teilte mir Mr. Crepsley mit. »Es gibt andere Methoden, einen Menschen zu verwandeln, aber über die Finger geht es am einfachsten und schmerzlosesten.«

»Das ist alles?«, fragte ich. »Bin ich jetzt ein Halbvampir?«

»Ja«, bestätigte er.

»Ich fühle mich überhaupt nicht anders«, gestand ich.

»Es dauert ein paar Tage, bis die Wirkung zu spüren ist«, meinte er. »Man braucht immer eine Zeit lang, um sich anzupassen. Andernfalls wäre der Schock zu stark.«

»Und wie wird man ein richtiger Vampir?«, wollte ich wissen.

»Auf die gleiche Weise. Man bleibt nur länger miteinander verbunden, damit noch mehr Vampirblut in den Körper des Kandidaten gelangt.«

»Was kann ich mit meinen neuen Kräften alles anfangen? Kann ich mich bald in eine Fledermaus verwandeln?«

Sein Lachen hallte dröhnend von den Kellerwänden wider. »Eine Fledermaus?«, gellte er. »Glaubst du wirklich an diese kindischen Geschichten? Wie um alles auf der Welt könnte sich jemand von deiner oder meiner Größe in eine kleine, fliegende Ratte verwandeln? Denk doch mal nach, mein Junge! Wir können uns so wenig in Fledermäuse, Ratten oder Nebel verwandeln wie in Schiffe, Flugzeuge oder Affen!«

»Was können wir dann?«, fragte ich.

Er kratzte sich am Kinn. »Zuerst muss ich dir eine Menge anderer Dinge erklären«, sagte er. »Wir müssen uns um deinen Freund kümmern. Wenn ich ihm das Gegengift nicht bis morgen früh verabreiche, wirkt das Serum nicht mehr. Danach bleibt uns noch immer genug Zeit, um über deine geheimen Kräfte zu reden.« Er grinste. »Man könnte fast sagen, uns bleibt noch alle Zeit der Welt.«

KAPITEL 26

Mr. Crepsley stieg vor mir die Treppe hinauf und führte mich durch die Gänge. Er bewegte sich völlig sicher durch die Dunkelheit. Ich bildete mir ein, ich könnte schon ein bisschen besser sehen als auf dem Hinweg, aber vielleicht lag das nur daran, dass sich meine Augen inzwischen an die Dunkelheit gewöhnt hatten, und nicht an dem Vampirblut in meinen Adern.

Kaum waren wir draußen, forderte Mr. Crepsley mich auf, auf seinen Rücken zu springen. »Schling die Arme um meinen Hals«, befahl er. »Nicht loslassen. Und keine abrupten Bewegungen.«

Als ich aufstieg, fiel mein Blick auf seine Füße, und ich sah, dass er Pantoffeln trug. Es kam mir merkwürdig vor, aber ich sagte nichts.

Kaum saß ich auf seinem Rücken, rannte er auch schon los. Zuerst fiel mir nichts auf, aber schon bald bemerkte ich, wie schnell die Gebäude an uns vorüberhuschten. Dabei schienen sich Mr. Crepsleys Beine nicht einmal besonders schnell zu bewegen, eher kam es mir vor, als bewegte sich die Welt selbst schneller und wir glitten nur durch sie hindurch!

In kürzester Zeit hatten wir das Krankenhaus erreicht. Normalerweise hätte es mindestens zwanzig Minuten dauern müssen, und das auch nur, wenn man den ganzen Weg im Dauerlauf zurücklegte.

»Wie machen Sie das?«, fragte ich und rutschte von seinem Rücken.

»Geschwindigkeit ist relativ«, erwiderte er, rückte seinen roten Umhang an den Schultern zurecht und zog sich in die Dunkelheit zurück, damit uns niemand sehen konnte. Eine ausführlichere Antwort bekam ich nicht.

»In welchem Zimmer liegt dein Freund?«, erkundigte er sich.

Ich nannte ihm Steves Zimmernummer. Er blickte an der Fassade hoch und zählte die Fenster, dann nickte er und forderte mich auf, wieder auf seinen Rücken zu springen. Als ich richtig saß, ging er hinüber zur Hauswand, zog die Pantoffeln aus und setzte Finger und Zehen auf die raue Wand. Und dann grub er seine Finger- und Zehennägel ins Mauerwerk!

»Hmmm«, murmelte er. »Ziemlich bröckelig, aber es wird uns aushalten. Nicht erschrecken, falls wir wegrutschen. Ich weiß, wie man auf den Füßen landet. Um zu sterben, muss ein Vampir viel, viel tiefer fallen.«

Er kletterte die Wand hinauf, indem er seine Nägel in die Steine bohrte, bewegte erst eine Hand weiter, dann einen Fuß, dann die andere Hand und den anderen Fuß, immer abwechselnd. Er kletterte sehr schnell, und nach wenigen Augenblicken hatten wir Steves Fenster erreicht, kauerten uns auf das Fensterbrett und spähten hinein.

Ich wusste nicht genau, wie viel Uhr es war, aber es muss schon sehr spät gewesen sein. Außer Steve hielt sich niemand im Zimmer auf. Mr. Crepsley versuchte, das Fenster zu öffnen. Es war verschlossen. Er legte die

Finger einer Hand auf das Glas über dem Griff, dann schnippte er mit den Fingern der anderen Hand.

Der Hebel bewegte sich und sprang auf! Mr. Crepsley schob das Fenster hoch und stieg ins Zimmer. Ich ließ mich von seinem Rücken herabgleiten. Während er die Tür überprüfte, sah ich mir Steve an. Sein Atem ging fahriger als zuvor, und überall an seinem Körper waren Schläuche befestigt, die an unangenehm aussehenden Maschinen hingen.

»Das Gift hat rasch gewirkt«, stellte Mr. Crepsley fest, der Steve über meine Schulter hinweg kritisch musterte. »Kann sein, dass wir zu spät gekommen sind.« Bei diesen Worten kam es mir vor, als verwandelte sich mein Innerstes in Eis.

Mr. Crepsley beugte sich über Steve und schob ihm die Augenlider hoch, musterte einige Sekunden lang die Augäpfel und befühlte Steves rechtes Handgelenk. Schließlich stieß er ein leises Grunzen aus.

»Ich glaube, wir sind gerade noch rechtzeitig gekommen«, sagte er, und ich fühlte, wie ich wieder Mut fasste. »Aber du hast gut daran getan, nicht noch länger zu warten. Ein paar Stunden noch, und er wäre verloren gewesen.«

»Dann reden Sie nicht lange! Machen Sie ihn wieder gesund«, drängte ich. Noch genauer wollte ich gar nicht wissen, wie nahe mein bester Freund dem Tode bereits gekommen war.

Mr. Crepsley fasste in eine seiner vielen Taschen und zog ein kleines Glasröhrchen heraus. Er schaltete die Nachttischlampe an und hielt das Fläschchen gegen das Licht, um sich das Serum genauer anzusehen. »Ich muss sehr vorsichtig sein«, erklärte er mir. »Dieses Gegenmittel ist fast so tödlich wie das Gift selbst. Ein paar Tropfen zu viel, und …« Er brauchte den Satz nicht zu beenden.

Er drehte Steves Kopf auf die Seite und wies mich an, ihn in dieser Stellung festzuhalten. Dann drückte er einen Fingernagel gegen Steves Hals und ritzte die Haut ein wenig auf. Blut quoll hervor. Mr. Crepsley legte einen Finger auf die Wunde und zog mit der anderen Hand den Korken aus der kleinen Flasche.

Dann hob er sie an den Mund und machte Anstalten, daraus zu trinken. »Was tun Sie denn da?«, fragte ich erstaunt.

»Es muss über den Mund weitergegeben werden«, erklärte er. »Ein Arzt könnte es injizieren, aber ich verstehe mich nicht auf Spritzen und dergleichen.«

»Geht das denn auch gut? Übertragen Sie ihm damit nicht gleichzeitig jede Menge Bazillen?«

Mr. Crepsley grinste. »Wenn du lieber einen Arzt rufen möchtest, bitte schön. Ansonsten solltest du einem Mann, der derlei Dinge schon getan hat, bevor dein Großvater geboren wurde, ein bisschen mehr Vertrauen schenken.«

Er goss sich das Serum in den Mund und schob es mit der Zunge von einer Wange in die andere. Dann beugte er sich vor und stülpte die Lippen über den kleinen Einschnitt an Steves Hals. Seine Wangen blähten sich mehrmals kurz auf, als er das Serum in Steve hineinpresste.

Sobald er fertig war, setzte er sich auf und wischte sich über den Mund. Den Rest der Flüssigkeit spuckte er auf den Boden. »Ich habe immer Angst, das Zeug aus Versehen herunterzuschlucken«, sagte er. »Eines schönen Nachts besuche ich einen Kurs und lasse mir zeigen, wie es einfacher geht.«

Ich wollte gerade etwas erwidern, als sich Steve plötzlich bewegte. Erst zuckte sein Hals, dann ruckte sein Kopf zur Seite, schließlich hoben sich seine Schultern. Seine Arme fingen an zu zittern, und er strampelte mit den Beinen. Sein Gesicht verzog sich, und er begann zu stöhnen.

»Was geschieht mit ihm?«, erkundigte ich mich. Ich hatte Angst, dass etwas schief gegangen war.

»Alles in Ordnung«, beschwichtigte Mr. Crepsley und verstaute das Fläschchen wieder in seinem Umhang. »Er ist dem Tod noch einmal von der Schippe gesprungen. Die Reise zurück ist niemals angenehm. Er wird noch eine Zeit lang Schmerzen haben, aber er bleibt am Leben.«

»Gibt es irgendwelche Nebenwirkungen?«, wollte ich wissen. »Er bleibt doch nicht querschnittsgelähmt oder so etwas?«

»Nein«, beruhigte mich Mr. Crepsley. »Er wird wieder ganz gesund. Zuerst fühlt er sich ein wenig steif und ist eine Zeit lang besonders anfällig für Erkältungen, aber sonst wird er ganz der Alte sein.«

Plötzlich schlug Steve die Augen auf. Sein Blick konzentrierte sich auf mich und Mr. Crepsley. Ein verwirrter Ausdruck huschte über sein Gesicht, und er versuchte zu sprechen. Aber sein Mund versagte ihm den Dienst, und dann wurde sein Blick wieder ausdruckslos, und die Augen fielen ihm wieder zu.

»Steve?«, rief ich und rüttelte ihn. »Steve?«

»Das wird jetzt noch eine ganze Weile so gehen«, erklärte Mr. Crepsley. »Er wird in dieser Nacht noch öfter aufwachen und sofort wieder einschlummern. Gegen Morgen müsste er dann endgültig wach sein, und schon am Nachmittag wird er sich aufsetzen und eine richtige Mahlzeit verlangen.«

Er lächelte. »Komm, Darren«, sagte er dann. »Lass uns gehen.«

»Ich möchte noch eine Weile hier bleiben, um ganz sicherzugehen, dass er wieder gesund wird«, erwiderte ich.

»Du meinst, du willst dich vergewissern, dass ich dich nicht hereingelegt habe«, lachte Mr. Crepsley. »Wir kommen morgen wieder, dann kannst du nachsehen, ob es ihm gut geht. Jetzt müssen wir aber wirklich los. Wenn wir noch länger bleiben …«

In diesem Augenblick flog die Tür auf, und eine Krankenschwester kam herein!

»Was geht hier vor?«, rief sie verdutzt. »Wer zum Teufel sind …«

Mr. Crepsley reagierte sofort. Er packte Steves Deckbett und stülpte es der Krankenschwester über den Kopf. Bei dem Versuch, sich zu befreien, stürzte sie zu Boden und verheddderte sich mit den Händen in den Falten.

»Los jetzt!«, zischte Mr. Crepsley und rannte zum Fenster. »Wir müssen hier verschwinden.«

Ich starrte auf die Hand, die er mir entgegenstreckte, dann auf Steve, dann auf die Krankenschwester und zuletzt auf die offene Tür.

Mr. Crepsley ließ die Hand sinken. »Verstehe«, sagte er mit tonloser Stimme. »Du willst dich nicht an unsere Abmachung halten.«

Ich zögerte, wollte etwas antworten, doch dann, ohne

zu überlegen, drehte ich mich um und flitzte zur offenen Tür!

Ich dachte, Mr. Crepsley würde mich daran hindern, aber er unternahm nichts, sondern heulte mir lediglich hinterher: »Von mir aus! Lauf nur davon, Darren Shan! Es nützt dir ja doch nichts. Du bist jetzt ein Geschöpf der Nacht. Du bist einer von uns! Du wirst zurückkommen. Auf allen vieren wirst du angekrochen kommen und um Hilfe betteln. Lauf nur, du Narr, lauf!«

Und dann fing er an zu lachen.

Sein Gelächter verfolgte mich durch den Korridor, die Treppen hinter und zur Vordertür hinaus. Immer wieder warf ich beim Laufen einen Blick zurück, erwartete fast, dass er wie ein Raubvogel aus der Luft auf mich herabschoss, aber es war von ihm weder etwas zu sehen noch zu hören.

Alles, was von ihm blieb, war sein Gelächter, das in meinem Kopf noch lange nachhallte, wie der keckernd ausgestoßene Fluch einer Hexe.

KAPITEL 27

Als Mama an diesem Montagmorgen den Telefon-
hörer auflegte und mir erzählte, dass es Steve schon
besser gehe, tat ich überrascht. Sie war ganz aus dem
Häuschen und tanzte mit mir und Annie durch die
Küche.

»Ist er von ganz allein wieder zu sich gekommen?«,
fragte Papa.

»Ja«, antwortete sie. »Die Ärzte haben keine Erklärung
dafür, aber bis jetzt hat sich noch niemand deswegen
beschwert.«

»Unglaublich«, murmelte Papa.

»Vielleicht ist es ein Wunder«, meinte Annie, und ich
musste das Gesicht abwenden, um mein Grinsen zu
verbergen. Ein schönes Wunder!

Mama fuhr los, um Mrs. Leonard zu besuchen, und ich
machte mich auf den Weg zur Schule. Als ich das Haus
verließ, hatte ich fast ein bisschen Angst, das Tageslicht
würde mich verbrennen, aber natürlich geschah das
nicht. Mr. Crepsley hatte mir ja angekündigt, dass ich
mich auch bei Tag bewegen könne.

Ab und zu fragte ich mich, ob alles nur ein böser
Traum gewesen sei. Im Nachhinein kam es mir ziemlich verrückt vor. Tief in mir drin wusste ich, dass es
stimmte, versuchte aber trotzdem, mich vom Gegenteil
zu überzeugen, und manchmal klappte es auch fast.

Am meisten verabscheute ich den Gedanken, so viele Jahre in meinem jetzigen Körper festzusitzen. Wie sollte ich das Mama und Papa und allen anderen erklären? Nach ein paar Jahren würde ich lächerlich wirken, besonders in der Schule, wenn alle in meiner Klasse deutlich älter als ich aussahen.

Am Dienstag ging ich Steve besuchen. Er saß im Bett, schaute Fernsehen und futterte eine Schachtel Pralinen. Er war hocherfreut, mich zu sehen, und erzählte mir alles über seinen Aufenthalt im Krankenhaus, das Essen, die Spiele, die ihm die Schwestern ans Bett brachten, und über die Geschenke, die sich auf seinem Nachttisch stapelten.

»Ich glaube, ich muss mich öfter mal von einer giftigen Spinne beißen lassen«, scherzte er.

»An deiner Stelle würde ich es mir nicht zur Gewohnheit werden lassen«, widersprach ich energisch. »Könnte sein, dass du beim nächsten Mal nicht wieder gesund wirst.«

Er musterte mich eindringlich. »Weißt du was? Die Ärzte sind völlig baff«, sagte er dann. »Sie wissen weder, was meinen Zustand eigentlich ausgelöst hat, noch können sie sich erklären, warum ich plötzlich wieder gesund bin.«

»Du hast ihnen doch hoffentlich nichts von Madame Octa erzählt?«

»Nein. Das wäre wohl ziemlich unklug gewesen, und du hättest jede Menge Ärger gekriegt.«

»Vielen Dank.«

»Was ist eigentlich aus der Spinne geworden?«, fragte er. »Was hast du mit ihr gemacht, nachdem sie mich gebissen hatte?«

»Ich habe sie getötet«, log ich ihn an. »Ich bin ausgerastet und habe sie zertrampelt.«

»Echt?«

»Ja, echt.«

Er nickte nachdenklich, wandte aber den Blick nicht von mir. »Als ich aufgewacht bin, dachte ich, ich hätte dich gesehen«, murmelte er. »Ich muss mich getäuscht haben, denn es war mitten in der Nacht. Aber der Traum wirkte unheimlich echt. Ich habe sogar noch jemanden gesehen, einen großen, hässlichen Kerl, ganz rot angezogen, mit karottenrotem Haar und einer langen Narbe quer über die linke Gesichtshälfte.«

Ich sagte nichts. Ich konnte nichts sagen. Ich senkte den Blick und presste die Hände fest gegeneinander.

»Und noch was Komisches ist passiert«, fuhr Steve fort. »Die Krankenschwester, die als Erste bemerkt hat, dass ich aufgewacht war, schwört, sie hätte zwei weitere Menschen in meinem Zimmer gesehen, einen Mann und einen Jungen. Die Ärzte meinen, sie bildet sich das nur ein, es wäre völlig unmöglich. Trotzdem komisch, findest du nicht?«

»Sehr komisch«, nickte ich und konnte ihm nicht in die Augen sehen.

An den folgenden Tagen stellte ich immer neue Veränderungen an mir fest. Ich konnte nur sehr schlecht einschlafen, wenn ich mich abends ins Bett legte, und ich verstand deutlich, was jemand in großer Entfernung sagte. In der Schule konnte ich mithören, was in den beiden angrenzenden Klassenzimmern gesprochen wurde, fast so, als gäbe es keine Wände dazwischen.

Ich wurde auch körperlich immer fitter. In den Pausen konnte ich die ganze Zeit auf dem Schulhof herumtollen, ohne auch nur ein einziges Mal ins Schwitzen zu geraten. Niemand konnte mit mir mithalten. Außerdem war ich mir meines Körpers viel bewusster, hatte ihn wesentlich besser unter Kontrolle. Mit dem Fußball gelang mir so ziemlich alles, was ich wollte, ich umdribbelte die gegnerischen Spieler nach Lust und Laune. Am Donnerstag schoss ich sechzehn Tore.

Und ich wurde kräftiger. Ich konnte so viele Liegestütze und Kniebeugen machen, wie ich wollte. Ich hatte keine neuen Muskeln – jedenfalls konnte ich keine entdecken –, aber ich spürte, dass mich eine ungewohnte Kraft durchströmte. Ich hatte sie noch nicht richtig auf die Probe gestellt, vermutete jedoch, dass sie ungeahnte Reserven barg.

Es war nicht einfach, meine neuen Talente zu verbergen. Was das Laufen und das Fußballspielen betraf, so behauptete ich einfach, ich würde in letzter Zeit mehr trainieren. Andere Dinge ließen sich nicht so leicht erklären.

Etwa am Donnerstag, als es zum Ende der Mittagspause klingelte. Der Torhüter, dem ich bereits sechzehn Tore reingeknallt hatte, hatte den Ball gerade in die Luft geschossen. Er senkte sich direkt auf mich, und ich streckte die Hand aus, um ihn aufzufangen. Ich erwischte ihn auch, doch als ich ein wenig fester zupackte, gruben sich meine Finger in das Leder, und er platzte!

Am Abend, als ich zu Hause beim Abendbrot saß, war ich nicht recht bei der Sache, denn ich lauschte unseren Nachbarn nebenan, die sich heftig stritten. Ich aß Pommes und Würstchen, und nach einer Weile fiel mir auf, dass das Essen zäher als gewöhnlich war. Als ich auf meinen Teller blickte, merkte ich, dass ich das Ende der Gabel abgebissen hatte und auf den Zinken herumkaute! Zum Glück hatte es niemand gesehen, so dass ich den Stiel beim Geschirrspülen heimlich in den Müll werfen konnte.

Am gleichen Donnerstagabend rief Steve an. Er war endlich aus dem Krankenhaus entlassen worden, sollte sich allerdings noch ein paar Tage ausruhen und erst nach dem Wochenende wieder zur Schule gehen, aber er sagte, ihm sei grässlich langweilig und er habe seine Mutter überredet, schon gleich morgen wieder in die Schule gehen zu dürfen.

»Du meinst, du willst *freiwillig* zur Schule?«, fragte ich schockiert.

»Hört sich krass an, was?«, lachte er. »Normalerweise suche ich immer nach Gründen, um zu Hause zu bleiben. Und jetzt, wo ich endlich einen guten Grund habe, will ich in die Schule! Aber du hast ja keine Ahnung, wie öde es ist, die ganze Zeit allein im Haus bleiben zu müssen. Ein paar Tage war es ja noch lustig, aber die ganze Woche ... Brrr!«

Ich überlegte kurz, ob ich Steve die Wahrheit sagen sollte, war mir aber nicht sicher, wie er reagieren würde. Schließlich wollte *er* unbedingt Vampir werden. Ich konnte mir nicht vorstellen, dass ihm der Gedanke gefiel, dass Mr. Crepsley mich an seiner statt als Gehilfen angenommen hatte.

Es stand auch völlig außer Frage, Annie davon zu erzählen. Seit Steve wieder gesund war, hatte sie Madame Octa nicht mehr erwähnt, aber ich ertappte sie oft dabei, wie sie mich heimlich beobachtete. Ich weiß nicht, was ihr dabei durch den Kopf ging, aber ich vermute, es war etwas in der Art wie: »Steve ist wieder gesund, aber nicht *deinetwegen*. Du hättest ihn retten können, aber du hast es nicht getan. Du hast gelogen und sein Leben aufs Spiel gesetzt, nur damit du keinen Ärger kriegst. Hättest du dich genauso verhalten, wenn es um *mich* gegangen wäre?«

Am Freitag stand Steve in der Schule absolut im Mittelpunkt. Die ganze Klasse drängte sich um ihn und wollte alles genau erzählt bekommen. Sie wollten wissen, was ihn vergiftet und wie er überlebt hätte, wie es im Krankenhaus war, und ob sie ihn operiert hätten, ob es Narben gab und so weiter.

»Ich weiß nicht, was mich gebissen hat«, sagte er. »Ich war gerade bei Darren und saß am Fenster. Ich hörte ein Geräusch, aber bevor ich sehen konnte, was es war, hat es mich auch schon gestochen, und dann wurde ich ohnmächtig.« Auf diese Geschichte hatten wir uns noch im Krankenhaus geeinigt.

An jenem Freitag fühlte ich mich merkwürdiger als je zuvor. Ich sah mich den ganzen Vormittag immer wieder im Klassenzimmer um und kam mir völlig fehl am Platze vor. »Eigentlich habe ich hier nichts mehr zu suchen«, dachte ich ein ums andere Mal. »Ich bin kein normales Kind mehr. Ich müsste draußen sein und mir meinen Lebensunterhalt als Vampirgehilfe verdienen. Was nützen mir jetzt noch Deutsch, Englisch, Geschichte und Erdkunde? Das ist nicht mehr meine Welt.«

Tommy und Alan erzählten Steve von meinen neuesten Heldentaten auf dem Fußballplatz. »In letzter Zeit rennt er wie der Wind«, sagte Alan.

»Und spielt wie Pelé«, ergänzte Tommy.

»Echt?«, fragte Steve und sah mich eigenartig an. »Wie kommt das, Darren?«

»Ach, halb so wild. Es läuft halt grade gut. Reine Glücksache.«

»Nanu, warum so bescheiden?«, lachte Tommy. »Mr. Dalton hat schon gesagt, vielleicht bringt er ihn in der U-17 unter. Stellt euch das mal vor: Einer von uns in der U-17! Bis jetzt hat noch nie einer aus unserem Jahrgang in dieser Mannschaft mitgespielt.«

»Allerdings nicht«, murmelte Steve.

»Ach was, das ist doch nur Erwachsenengerede«, wehrte ich ab.

»Vielleicht«, meinte Steve. »*Vielleicht auch nicht.*«

In der Mittagspause spielte ich absichtlich schlecht, merkte aber, dass Steve trotzdem misstrauisch war. Ich glaube nicht, dass er wusste, was vor sich ging, aber er spürte, dass mit mir etwas nicht stimmte. Ich spurtete betont langsam und ließ mir gute Torchancen entgehen, die ich normalerweise selbst ohne meine besonderen Fähigkeiten verwandelt hätte.

Mein Trick funktionierte. Gegen Ende des Spiels hörte er auf, mich ständig zu beobachten und fing wieder an, mit mir herumzublödeln. Aber dann passierte etwas, das alles zunichte machte.

Alan und ich rannten beide auf den Ball zu. Er hätte nicht losrennen brauchen, denn ich war ohnehin näher dran. Aber Alan war etwas jünger als wir anderen und benahm sich manchmal ein bisschen blöd. Ich überlegte noch kurz, ob ich mich zurückhalten sollte, war es aber leid, immer absichtlich mies zu spielen. Die Pause war fast vorbei, und ich wollte wenigstens ein Tor geschossen haben. Also dachte ich mir: Zur Hölle mit

210

Alan Morris! Das ist mein Ball, und wenn er mir in die Quere kommt, hat er eben Pech!

Noch bevor wir den Ball erreichten, prallten wir zusammen. Alan stieß einen Schrei aus und flog zur Seite. Ich lachte, stoppte den Ball mit dem Fuß und machte mich auf den Weg zum Tor.

Der Anblick von Blut ließ mich mitten im Lauf innehalten.

Alan war unglücklich gefallen und hatte sich das linke Knie verletzt. Es war ein schlimmer Riss, aus dem das Blut nur so strömte. Er hatte angefangen zu weinen und machte keinerlei Anstalten, die Verletzung mit einem Taschentuch oder etwas anderem abzudecken.

Jemand trat mir den Ball unter dem Fuß weg und stürmte davon. Ich bemerkte es kaum. Mein Blick war starr auf Alan gerichtet. Genauer gesagt, auf Alans Knie. Noch genauer gesagt, auf Alans *Blut*.

Ich machte einen Schritt auf ihn zu. Dann noch einen. Jetzt stand ich direkt vor ihm, mein Schatten fiel über den heulenden Jungen. Er blickte hoch und musste etwas Ungewöhnliches in meinem Gesicht gesehen haben, denn er hörte sofort auf zu weinen und starrte mich verunsichert an.

Ich ließ mich auf die Knie fallen, und noch bevor ich wusste, was ich da eigentlich tat, presste ich meinen Mund auf die Wunde an seinem Bein, saugte das Blut heraus und schluckte es herunter!

Einige Sekunden vergingen. Meine Augen waren geschlossen, mein Mund voller Blut. Es schmeckte köstlich. Ich kann nicht sagen, wie viel ich davon getrunken hätte, wenn man mich unbehelligt gelassen hätte, oder was ich Alan damit womöglich angetan hätte. Zum Glück kam es nicht so weit.

Ich merkte, dass Leute um uns herumstanden, und schlug die Augen wieder auf. Fast alle hatten aufgehört zu spielen und starrten mich entsetzt an. Ich löste die Lippen von Alans Knie, blickte von einem meiner Freunde zum anderen und fragte mich, wie um alles in der Welt ich mein Verhalten erklären sollte.

Auf einmal fiel mir die Lösung ein. Ich sprang auf und breitete die Arme aus. »Ich bin der Herr der Vampire!«, brüllte ich. »Ich bin der König der Untoten! Ich werde euch allen das Blut aussaugen!«

Sie starrten mich schockiert an, aber dann lachten sie. Sie hielten es für einen Witz! Sie dachten, ich würde nur zum Spaß so tun, als wäre ich ein Vampir.

»Du bist echt ein Schwachkopf, Shan«, sagte jemand.

»Das ist ja krass!«, quiekte ein Mädchen, als mir ein kleines Blutrinnsal am Kinn herunterlief. »Du gehörst eingesperrt!«

Dann klingelte es, und es war Zeit, wieder ins Klassenzimmer zu gehen. Ich war mit meinem Auftritt zufrieden, denn ich dachte, ich hätte sie alle an der Nase herumgeführt. Doch dann sah ich jemanden weiter hinten in der Menge, und meine Genugtuung löste sich in Luft auf. Es war Steve. Sein finsteres Gesicht verriet mir, dass er genau wusste, was soeben vorgefallen war. Ihn hatte ich nicht zum Narren halten können.

Er *wusste* es.

KAPITEL 28

Den Rest des Nachmittags ging ich Steve aus dem Weg und eilte nach Schulschluss sofort nach Hause. Ich war ziemlich durcheinander. Warum hatte ich Alan angegriffen? Ich wollte sein Blut nicht trinken, weder seins noch das von irgendjemand anderem. Ich hatte keineswegs nach einem Opfer Ausschau gehalten. Warum also hatte ich mich wie ein wildes Tier auf Alan gestürzt? Was sollte ich machen, wenn es wieder passierte? Und was, wenn beim nächsten Mal niemand in der Nähe war, um mich aufzuhalten und ich immer weiter und weiter saugte ...

Nein, das war verrückt. Der Anblick des Blutes hatte mich einfach überrascht, mehr nicht. Ich hatte nicht damit gerechnet. Ich würde aus dieser Erfahrung lernen und mich beim nächsten Mal besser beherrschen.

Zu Hause angekommen, spürte ich immer noch den Blutgeschmack und ging sofort ins Bad, spülte mir den Mund mit einigen Gläsern Wasser aus und putzte mir gründlich die Zähne.

Ich betrachtete mich im Spiegel. Mein Gesicht sah aus wie immer. Meine Haare standen genauso wirr vom Kopf ab wie immer, und blau waren sie auch noch. Meine Zähne waren weder länger noch spitzer geworden, Augen und Ohren unverändert. Ich besaß immer noch meinen guten alten Körper. Ich hatte

213

weder zusätzliche Muskeln entwickelt noch Gewicht zugelegt, und ich entdeckte auch keine zusätzliche Körperbehaarung. Der einzige sichtbare Unterschied waren meine härter und dunkler gewordenen Fingernägel.

Warum führte ich mich dann so merkwürdig auf?

Ich fuhr mit dem Fingernagel über das Spiegelglas und hinterließ einen langen, tiefen Kratzer. »Damit werde ich in Zukunft sehr vorsichtig umgehen müssen«, schoss es mir durch den Kopf.

Abgesehen von meiner Attacke auf Alan, schien ich bei der Sache noch ganz gut weggekommen zu sein. Je länger ich darüber nachdachte, um so harmloser kam mir die Angelegenheit vor. Zugegeben, es würde ungewöhnlich lange dauern, bis ich erwachsen war, und ich musste aufpassen, wenn irgendwo frisches Blut austrat. Das waren die Nachteile.

Aber sonst müsste mein Leben von nun an eigentlich wunderbar verlaufen. Ich war stärker als alle anderen in meinem Alter, dazu schneller und leistungsfähiger. Ich könnte Leichtathlet werden, Boxer oder Fußballer. Mein Alter würde zwar gegen mich arbeiten, aber wenn ich mich geschickt anstellte, machte das kaum etwas aus.

Man muss sich das mal vorstellen: ein Vampirfußballer! Ich würde Millionen verdienen. Ich würde im Fernsehen in Talkshows auftreten, man würde Bücher über mich schreiben, einen Film über mein Leben drehen, und vielleicht bat man mich sogar, mit einer berühmten Band einen Song aufzunehmen. Vielleicht konnte ich auch beim Film arbeiten, als Stuntman oder bei Sendungen für andere Kinder. Oder …

Ein Klopfen an der Badezimmertür riss mich aus meinen Gedanken. »Wer ist da?«, fragte ich.

»Annie«, lautete die Antwort. »Bist du endlich so weit? Ich warte schon seit Stunden. Ich will in die Wanne!«

»Komm rein«, rief ich. »Ich bin fertig.«

Sie machte die Tür auf. »Bewunderst du dich wieder im Spiegel?«, spottete sie.

»Klar«, grinste ich. »Warum auch nicht?«

»Wenn ich dein Gesicht hätte, würde ich um jeden Spiegel einen großen Bogen machen«, kicherte sie. Sie hatte sich ein Handtuch um die Hüften geschlungen, drehte beide Hähne an der Badewanne auf und ließ sich das Wasser über die Hand laufen, um zu prüfen, ob es nicht zu heiß war. Dann setzte sie sich auf den Wannenrand und blickte mich an.

»Du siehst merkwürdig aus«, stellte sie nach einer Weile fest.

»Quatsch!«, erwiderte ich, drehte mich wieder zum Spiegel um und fragte: »Meinst du wirklich?«

»Ja«, erwiderte sie. »Ich kann nicht sagen, wieso, aber du kommst mir irgendwie verändert vor.«

»Das bildest du dir nur ein«, widersprach ich. »Ich sehe genauso aus wie immer.«

»Nein«, erwiderte sie kopfschüttelnd. »Du bist eindeutig ...« Die Wanne war fast voll, deshalb wandte sie sich zur Seite, um das Wasser abzudrehen. Als sie sich zu den Armaturen hinüberbeugte, heftete sich mein Blick sofort auf die Rundung ihres Halses, und auf einmal wurde mein Mund ganz trocken.

»Was ich sagen wollte, du siehst ...«, fing sie noch einmal an und drehte sich wieder nach mir um.

Als ihr Blick den meinen traf, verstummte sie.

»Darren?«, fragte sie dann besorgt. »Darren, was machst ...«

Ich hob die rechte Hand, und ihre Stimme erstarb. Ihr Blick weitete sich, und sie starrte stumm auf meine Finger, die ich langsam hin und her und dann in kleinen Kreisen bewegte. Ich wusste nicht, was ich da tat, aber ich hypnotisierte sie!

»Komm her!«, knurrte ich mit einer tieferen Stimme als gewöhnlich. Annie erhob sich und gehorchte. Sie bewegte sich wie eine Schlafwandlerin, mit leerem Blick und steifen Gliedmaßen.

Als sie vor mir stehen blieb, fuhr ich mit dem Finger die Wölbung ihres Nackens nach. Ich atmete schwer und sah sie wie durch dichten Nebel. Mit der Zunge fuhr ich mir immer wieder über die Lippen, und mein Magen knurrte. Mir kam es im Bad auf einmal so heiß wie in einem Hochofen vor, und ich sah, dass auch Annie Schweißtropfen über das Gesicht rannen.

Ich ging um sie herum, ohne die Hände von ihr zu nehmen. Ich berührte ihre Venen, spürte das Blut darin pulsieren, und als ich leicht auf eine Ader weiter unten an ihrem Hals drückte, hob sie sich sogleich von der Haut ab, bläulich und wunderschön. Sie flehte geradezu darum, aufgerissen und ausgesaugt zu werden.

Ich entblößte die Zähne und beugte mich mit weit aufgerissenem Mund über Annie.

Erst im letzten Augenblick, als meine Lippen ihren Hals schon berührten, erblickte ich zufällig mein Spiegelbild, und dieser kurze Anblick reichte glücklicherweise aus, um mir Einhalt zu gebieten.

Das Gesicht im Spiegel war eine verzerrte, fremde

216

Fratze, mit roten Augen, tiefen Falten und einem boshaften Grinsen. Ich hob den Kopf, um mich eingehender zu betrachten. Das war ich, aber gleichzeitig war ich es auch wieder nicht. Es sah aus, als hausten zwei Menschen im selben Körper, ein normaler Menschenjunge und eine ungezähmte Kreatur der Nacht.

Noch während ich in den Spiegel starrte, verblasste das hässliche Gesicht, und der Blutdurst verging. Entsetzt senkte ich den Blick auf Annie. Ich hätte sie beinahe *gebissen*! Ich hätte mich beinahe am Blut meiner eigenen Schwester gelabt!

Mit einem Schrei wich ich zurück und bedeckte mein Gesicht mit den Händen, aus Angst vor dem Spiegel und davor, was ich noch alles zu sehen bekommen mochte. Annie taumelte einige Schritte rückwärts und sah sich dann verwundert im Badezimmer um.

»Was ist denn los?«, fragte sie mit zittriger Stimme. »Mir ist so komisch. Ich wollte doch baden, oder? Ist die Wanne schon voll?«

»Ja«, erwiderte ich leise. »Alles fertig.«

Auch ich war fertig. Meine Verwandlung war vollbracht! Ich war bereit, ein Vampir zu werden!

»Dann geh ich raus und lass dich in Ruhe«, murmelte ich und öffnete die Tür.

Draußen im Flur lehnte ich mich an die Wand. Ich musste erst einmal mehrere Minuten lang tief durchatmen und versuchen, mich zu beruhigen.

Ich hatte mich nicht mehr richtig unter Kontrolle. Die Gier nach Blut war offensichtlich etwas, wogegen ich nicht ankam. Ich brauchte nicht einmal frisch vergossenes Blut zu sehen. Der bloße Gedanke reichte aus, um das Ungeheuer in mir zu wecken.

Ich stolperte in mein Zimmer und ließ mich aufs Bett fallen. Dort weinte ich bitterlich, denn ich wusste, dass mein Leben als Mensch zu Ende gegangen war. Es war unmöglich, als der gute alte Darren Shan weiterzuleben. Früher oder später würde ich etwas Grässliches tun, vielleicht Mama, Papa oder Annie umbringen.

Das durfte ich nicht zulassen. Und ich *würde* es auch nicht zulassen. Mein Leben zählte nicht mehr, nur noch das meiner Freunde und meiner Familie. Um ihretwillen musste ich weggehen, weit weg, an einen Ort, an dem ich niemandem schaden konnte.

Ich wartete den Einbruch der Dunkelheit ab und schlich mich aus dem Haus. Diesmal geduldete ich mich nicht einmal mehr, bis meine Eltern eingeschlafen waren. Ich traute mich nicht, denn ich wusste, dass einer von ihnen noch zu mir ins Zimmer kommen würde, bevor ich ins Bett ging. Ich konnte mir lebhaft vorstellen, wie sich Mama über mich beugte, um mir einen Gutenachtkuss zu geben, nur um im nächsten Augenblick mit Entsetzen festzustellen, dass ich ihr in den Hals biss.

Ich hinterließ keine Nachricht und nahm auch nichts mit. Ich war nicht einmal in der Lage, über derlei Dinge nachzudenken. Ich wusste nur eins: Ich musste hier weg, je eher, desto besser. Alles, was meinen Abschied verzögerte, war gefährlich.

Ich ging sehr schnell und hatte das alte Kino bald erreicht. Es sah gar nicht mehr gruselig aus. Ich war daran gewöhnt. Außerdem haben Vampire von dunklen, gespenstischen Gebäuden nichts zu befürchten.

Mr. Crepsley erwartete mich gleich hinter der Tür.

»Ich habe dich kommen gehört«, begrüßte er mich.

»Du hast es länger in der Menschenwelt ausgehalten, als ich dachte.«

»Ich habe einem meiner besten Freunde Blut ausgesaugt«, beichtete ich ihm. »Und vorhin hätte ich fast meine kleine Schwester gebissen.«

»Du hast noch Glück gehabt«, erwiderte er. »Viele Vampire töten jemanden, der ihnen nahe steht, bevor sie sich bewusst werden, dass sie verloren sind.«

»Dann gibt es also keinen Weg zurück?«, fragte ich traurig. »Keinen Zaubertrank, der mich wieder zu einem Menschen macht oder zumindest verhindert, dass ich Menschen anfalle?«

»Das Einzige, was dich jetzt noch aufhalten kann«, erklärte er, »ist der gute alte Pfahl mitten durchs Herz.«

»Das gefällt mir ganz und gar nicht«, seufzte ich, »aber vermutlich bleibt mir keine andere Wahl. Ich laufe nicht mehr weg. Machen Sie mit mir, was Sie wollen.«

Er nickte bedächtig. »Du wirst es mir wahrscheinlich nicht glauben«, sagte er, »aber ich weiß nur zu gut, was du gerade durchmachst. Du hast mein ganzes Mitgefühl.« Er schüttelte den Kopf. »Aber das tut jetzt nichts zur Sache. Wir haben noch viel vor und keine Zeit zu verlieren. Komm, Darren Shan«, schloss er und nahm mich an der Hand. »Es ist noch einiges zu erledigen, bevor du deinen rechtmäßigen Platz als mein Gehilfe einnehmen kannst.«

»Was denn zum Beispiel?«, erkundigte ich mich verwirrt.

»Zuerst einmal«, antwortete er mit verschlagenem Grinsen, »müssen wir dich *umbringen*!«

KAPITEL 29

Mein letztes Wochenende verbrachte ich damit, mich stillschweigend zu verabschieden. Ich suchte fast alle meine Lieblingsorte auf: die Bibliothek, das Kino, die Parks, das Fußballstadion. Zu einigen ging ich mit Mama oder Papa, zu anderen mit Alan Morris oder Tommy Jones. Ich hätte gern noch ein paar Stunden mit Steve verbracht, konnte den Gedanken an seine Gesellschaft aber nicht ertragen.

Ab und zu hatte ich das Gefühl, dass mich jemand verfolgte oder beobachtete. Ständig standen mir die Nackenhaare zu Berge. Aber jedes Mal, wenn ich mich umdrehte, war niemand zu sehen. Schließlich schob ich es auf meine angeschlagenen Nerven und ignorierte es einfach.

Jede Sekunde, die ich mit meiner Familie und meinen Freunden teilte, war wie ein kostbares Geschenk. Ich prägte mir ihre Gesichter und Stimmen ein, um sie nie mehr zu vergessen. Die Gewissheit, dass ich sie alle nie wieder sehen würde, riss mich innerlich fast entzwei, aber so war es nun einmal. Es führte kein Weg zurück.

An diesem Wochenende konnten sie nichts falsch machen. Mamas Küsse waren mir nicht peinlich, Papas Anweisungen gingen mir nicht gegen den Strich, nicht einmal Alans blöde Witze nervten mich.

220

Die meiste Zeit verbrachte ich mit Annie, denn sie würde ich am meisten vermissen. Ich trug sie Huckepack, wirbelte sie an den Armen im Kreis herum, und Tommy und ich nahmen sie ins Fußballstadion mit. Ich spielte sogar mit ihr Puppen!

Manchmal hätte ich am liebsten geweint. Ich schaute Mama oder Papa oder Annie an, und mir wurde klar, wie sehr ich sie liebte und wie leer mein Leben ohne sie sein würde. In solchen Momenten musste ich mich immer abwenden und ein paar Mal tief durchatmen. Manchmal funktionierte es nicht, da musste ich mich irgendwohin verdrücken, um unbemerkt weinen zu können.

Ich glaube, sie vermuteten, dass irgendetwas nicht stimmte. Mama kam am Samstagabend in mein Zimmer und blieb länger als sonst, steckte die Bettdecke um mich fest, erzählte mir Geschichten und hörte zu, was ich zu sagen hatte. Schon seit Jahren hatten wir so nicht mehr zusammengesessen. Nachdem sie gegangen war, tat es mir schrecklich Leid, dass wir nicht mehr solche gemeinsame Abende verbracht hatten.

Am nächsten Morgen fragte mich Papa, ob ich etwas mit ihm besprechen wolle. Er sagte, ich sei jetzt schon bald erwachsen und hätte so manche Veränderung durchzumachen, und er könne sehr gut verstehen, wenn ich unter Stimmungswechseln leide und meiner eigenen Wege gehen wolle. Aber falls ich mit ihm darüber reden wolle, sei er immer für mich da.

»*Du* bist für mich da, aber *ich* bin bald nicht mehr da!«, hätte ich am liebsten losgeheult, aber ich nickte nur und dankte ihm.

Ich benahm mich so gut wie nur irgend möglich. Ich

wollte wenigstens zum Abschied einen guten Eindruck hinterlassen, damit sie mich als braven Sohn, lieben Bruder und guten Kumpel in Erinnerung behielten. Ich wollte nicht, dass jemand schlecht von mir dachte, nachdem ich sie verlassen hatte.

An jenem Sonntag wollte uns Papa in ein Restaurant ausführen, aber ich bat darum, dass wir zu Hause aßen. Es würde mein letztes gemeinsames Essen mit ihnen sein, und ich wollte, dass es etwas Besonderes war. Wenn ich in späteren Jahren daran zurückdachte, wollte ich uns zusammen zu Hause und als glückliche Familie sehen.

Mama kochte mein Lieblingsessen: Hühnchen, Bratkartoffeln und Maiskolben. Annie und ich bekamen frisch gepressten Orangensaft. Mama und Papa machten für sich eine Flasche Wein auf. Zum Nachtisch gab es Käse-Erdbeer-Kuchen. Alle waren bester Laune. Wir sangen sogar. Papa erzählte grässliche Witze. Mama spielte uns auf einem Paar Löffel eine Melodie vor, Annie sagte ein paar Gedichte auf. Dann stellten wir uns gegenseitig Rätselfragen.

Von mir aus hätte jener Tag nie zu enden brauchen. Aber auch er ging, wie alle anderen Tage, vorüber, die Sonne verschwand hinter dem Horizont, und die Dunkelheit kroch unaufhaltsam über den Nachthimmel heran.

Irgendwann schaute Papa auf die Uhr und sagte: »Zeit zum Schlafengehen. Ihr zwei habt morgen früh wieder Schule.«

»Nein«, dachte ich. »Ich nicht. Ich habe nie wieder Schule.« Dieser Gedanke hätte mich eigentlich aufheitern müssen, aber ich konnte nichts anderes denken als:

»Keine Schule bedeutet kein Mr. Dalton, keine Freunde, keinen Fußball, keine Wandertage.«

Ich zögerte das Zubettgehen so lange wie möglich hinaus. Es dauerte ewig, bis ich mich ausgezogen hatte und in meinen Schlafanzug geschlüpft war, und noch länger, bis ich Hände und Gesicht gewaschen und mir die Zähne geputzt hatte. Und dann, als wirklich alle Register gezogen waren, ging ich die Treppe hinunter ins Wohnzimmer, wo sich Mama und Papa noch unterhielten. Sie drehten sich um und sahen mich erstaunt an.

»Hast du etwas, Darren?«, fragte Mama.

»Nein, alles bestens«, antwortete ich.

»Ist dir vielleicht schlecht?«

»Nein, alles in Ordnung«, beruhigte ich sie. »Ich wollte nur gute Nacht sagen.« Ich schlang Papa die Arme um den Hals und gab ihm einen Kuss auf die Wange. Dasselbe macht ich bei Mama. »Gute Nacht«, sagte ich zu jedem.

»Dieser Abend wird im Goldenen Buch vermerkt«, lachte Papa und rieb sich die Stelle auf der Wange, auf die ich ihn geküsst hatte. »Wann hat er uns beide zum letzten Mal geküsst, Angie?«

»Es ist jedenfalls schon viel zu lange her«, meinte Mama lächelnd und tätschelte mir den Kopf.

»Ich hab euch lieb«, flüsterte ich. »Ich weiß, dass ich das nicht oft gesagt habe, aber es stimmt wirklich. Ich habe euch beide sehr lieb und werde euch immer lieb haben.«

»Wir haben dich auch lieb, Darren«, erwiderte Mama. »Oder etwa nicht, Dermot?«

»Aber klar doch«, antwortete Papa.

»Na, dann sag's ihm«, beharrte sie.

Papa seufzte. »Ich hab dich lieb, Darren«, sagte er und

rollte absichtlich so mit den Augen, dass ich lachen musste. Dann drückte er mich fest an sich. »Ganz ehrlich«, wiederholte er, diesmal ganz ernst.

Danach verließ ich sie. Zögernd blieb ich noch eine Weile vor der Wohnzimmertür stehen und hörte sie miteinander reden.

»Wie kommt er bloß plötzlich darauf?«, fragte Mama.

»So sind Kinder halt«, brummte Papa. »Wer weiß schon, was in ihren Köpfen vorgeht.«

»Er hat irgendetwas«, mutmaßte Mama. »Er benimmt sich schon seit einiger Zeit so merkwürdig.«

»Vielleicht hat er ja eine kleine Freundin«, meinte Papa.

»Kann sein.« Mama klang nicht sehr überzeugt.

Ich hatte den Abschied lange genug hinausgezögert. Wenn ich noch länger wartete, würde ich womöglich zurückrennen und ihnen alles erzählen. Dann würden sie verhindern, dass ich Mr. Crepsleys Plan befolgte. Sie würden mir erklären, dass es keine Vampire gibt und mich trotz der Gefahr bei sich behalten wollen.

Ich dachte an Annie und daran, dass ich sie ums Haar gebissen hätte, und ich wusste, ich durfte es nicht soweit kommen lassen, dass sie mich zurückhielten.

Ich schleppte mich nach oben in mein Zimmer. Es war eine warme Nacht, und das Fenster stand weit offen. Das war wichtig.

Mr. Crepsley wartete im Kleiderschrank auf mich. Als ich die Tür hinter mir geschlossen hatte, kam er heraus. »Ziemlich stickig da drin«, beschwerte er sich. »Madame Octa tut mir richtig Leid, wenn ich daran denke, dass sie so lange dort ...«

»Halten Sie den Mund!«, fuhr ich ihn an.

»Es besteht kein Grund, pampig zu werden«, murrte er naserümpfend. »Ich habe lediglich einer Feststellung Ausdruck verliehen.«

»Das können Sie sich sparen«, erwiderte ich. »Ihnen bedeutet das hier alles nicht viel, aber mir schon. Solange ich denken kann, war das hier mein Elternhaus, mein Zimmer, mein Schrank. Und heute Abend sehe ich alles zum letzten Mal. Machen Sie sich also gefälligst nicht darüber lustig!«

»Tut mir Leid«, sagte er.

Ich sah mich ein letztes Mal aufmerksam im Zimmer um und seufzte traurig. Dann zog ich eine Tüte unter dem Bett hervor und hielt sie Mr. Crepsley hin. »Was ist das?«, fragte er misstrauisch.

»Ein paar persönliche Sachen«, erklärte ich. »Mein Tagebuch. Ein Foto von meiner Familie. Mein Lieblingspulli. Und ein paar andere Kleinigkeiten. Nichts, was jemand vermissen wird. Passen Sie für mich darauf auf?«

»Ja«, nickte er.

»Aber nur, wenn Sie versprechen, nicht darin herumzustöbern.«

»Vampire haben keine Geheimnisse voreinander«, verkündete er. Aber als er mein Gesicht sah, schüttelte er resigniert den Kopf und zuckte die Achseln. »Ich werde es nicht öffnen. Du musst keine Angst haben«, versprach er.

»Also gut«, sagte ich und schnaufte tief durch. »Haben Sie das Mittel?« Er nickte und reichte mir eine kleine, dunkle Flasche. Ich schaute hinein. Die Flüssigkeit war ebenfalls dunkel, dickflüssig und roch widerlich.

Mr. Crepsley stellte sich hinter mich und legte mir die Hände an den Hals.

»Sind Sie sicher, dass es funktioniert?«, fragte ich besorgt.

»Vertrau mir«, raunte er.

»Ich dachte immer, wenn man sich das Genick gebrochen hat, kann man nicht mehr laufen und sich nicht einmal mehr bewegen.«

»Nein«, erwiderte er. »Die Halswirbel spielen keine Rolle. Man wird nur gelähmt, wenn das Rückenmark – ein langer Nervenstrang, der mitten durch den Hals verläuft – beschädigt wird. Ich passe auf, dass es nicht geschieht.«

»Wird es den Ärzten denn nicht sonderbar vorkommen?«, wollte ich wissen.

»Sie werden es gar nicht erst überprüfen«, entgegnete er. »Das Mittel verlangsamt deinen Herzschlag so sehr, dass sie dich garantiert für tot halten. Wenn sie dein gebrochenes Genick entdecken, zählen sie zwei und zwei zusammen. Bei einem Erwachsenen würden sie wahrscheinlich eine Autopsie anordnen. Aber kein Arzt schneidet gern Kinder auf.«

Ich nickte.

»Weißt du noch genau, was jetzt geschieht und wie du dich zu verhalten hast?«, vergewisserte er sich.

»Ja«, erwiderte ich.

»Wir dürfen keinen Fehler machen«, warnte er. »Ein einziger Ausrutscher genügt, und alle unsere Pläne sind hinfällig.«

»Ich bin kein Idiot! Ich weiß, was ich zu tun habe!«, fauchte ich ihn an.

»Dann tu's«, forderte er mich auf.

Und ich tat es.

Mit einer zornigen Handbewegung setzte ich die Flasche an die Lippen und kippte den Inhalt hinunter. Bei dem Geschmack verzog ich das Gesicht, und als mein Körper langsam steif wurde, begann ich ein wenig zu zittern. Es tat kaum weh, aber eine Eiseskälte durchdrang meine Knochen und Adern. Meine Zähne fingen an zu klappern.

Es dauerte ungefähr zehn Minuten, bis das Gift seine grausige Wirkung vollständig entfaltet hatte. Danach konnte ich keinen Muskel mehr bewegen, meine Lungen funktionierten nicht mehr (das heißt, meine Atmung ging nur noch sehr flach), und mein Herz hatte aufgehört zu schlagen (natürlich auch nicht völlig, aber man konnte den Herzschlag nicht mehr feststellen).

»Jetzt breche ich dir das Genick«, kündigte Mr. Crepsley an, und ich hörte ein kurzes Knacken, als er meinen Kopf zur Seite riss. Ich spürte überhaupt nichts: Meine gesamten Empfindungen waren abgetötet. »Gut«, murmelte Mr. Crepsley zufrieden. »Das dürfte genügen. Und jetzt werfe ich dich aus dem Fenster.«

Er trug mich hinüber, blieb mit mir einen Augenblick vor dem Fenster stehen und sog die Nachtluft ein.

»Ich muss dich kräftig hinunterschleudern, damit es auch echt aussieht«, erklärte er. »Kann sein, dass du dir bei dem Sturz ein paar Knochen brichst. Das tut aber erst weh, wenn die Wirkung des Giftes in ein paar Tagen nachlässt. Ich kümmere mich später darum.«

Und dann rief er: »Achtung ... jetzt!«

Er stemmte mich hoch, hielt mich einen Moment in der Schwebe und schleuderte mich dann zum Fenster hinaus.

Ich fiel rasch, das Haus sauste in rasendem Tempo an mir vorbei, und dann prallte ich hart auf den Rücken. Meine Augen standen offen, und ich starrte geradewegs in den Auslass der Regenrinne.

Eine Zeit lang blieb mein Körper unbemerkt liegen, und ich lauschte den nächtlichen Geräuschen. Schließlich entdeckte mich ein Nachbar auf seinem Abendspaziergang und kam näher. Ich konnte sein Gesicht nicht sehen, hörte ihn nur schnaufen, als er meinen leblosen Körper umdrehte und mich erkannte.

Er rannte sofort um das Haus herum zum Vordereingang und hämmerte gegen die Tür. Ich hörte, wie er nach meinem Papa und meiner Mama rief. Dann, als er mit ihnen im Schlepptau nach hinten in den Garten zurückkam, hörte ich auch ihre Stimmen. Sie dachten, er wolle sich einen Scherz erlauben oder habe sich getäuscht. Die Schritte meines Vaters klangen aufgebracht, und er murmelte etwas vor sich hin.

Als sie um die Ecke bogen und mich erblickten, verstummten die Schritte abrupt. Einen langen, schrecklichen Augenblick war es absolut still. Dann kamen Papa und Mama angerannt und hoben mich auf.

»Darren!«, schrie Mama und presste mich an ihre Brust.

»Lass los, Angie!«, rief Papa, entriss mich ihren Armen und ließ mich wieder ins Gras sinken.

»Was ist mit ihm, Dermot?«, wimmerte meine Mutter.

»Ich weiß es nicht. Er muss herausgefallen sein.« Papa stand auf und blickte zu meinem offenen Fenster hoch. Ich sah, wie sich seine Hände zu Fäusten ballten.

»Er bewegt sich nicht«, stellte Mama nüchtern fest,

dann packte sie mich an den Schultern und schüttelte mich. »Er bewegt sich nicht!«, schrie sie noch einmal. »Er bewegt sich nicht! Er be…«

Wieder zog Papa ihre Hände fort. Dann winkte er unseren Nachbarn heran und schob ihm Mama entgegen. »Bringen Sie meine Frau ins Haus«, sagte er leise. »Rufen Sie einen Rettungswagen. Ich bleibe hier und kümmere mich um Darren.«

»Ist … ist er tot?«, erkundigte sich der Nachbar. Mama stöhnte laut auf, als sie das hörte, und schlug die Hände vors Gesicht.

Papa schüttelte langsam den Kopf. »Nein«, entgegnete er und drückte Mama beruhigend die Schulter. »Er ist nur gelähmt, so wie damals sein Freund.«

Mama ließ die Hände sinken. »Wie Steve?«, fragte sie und schöpfte neue Hoffnung.

»Ja«, lächelte Papa. »Und genau wie Steve wird er wieder zu sich kommen. Und jetzt geht ihr beide rein und ruft einen Rettungswagen, ja?«

Mama nickte und entfernte sich rasch in Begleitung des Nachbarn.

Papa lächelte so lange, bis sie außer Sichtweite waren, dann beugte er sich über mich, sah mir in die Augen und suchte an meinem Handgelenk nach dem Puls.

Als er kein Lebenszeichen fand, ließ er es wieder sinken, strich mir eine Haarsträhne aus den Augen und tat dann etwas, was ich niemals von ihm erwartet hätte.

Er fing an zu weinen.

Und so trat ich in einen neuen, elenden Abschnitt meines Lebens ein – den Tod.

KAPITEL 30

Die Ärzte brauchten nicht lange, um zu einem Urteil zu gelangen. Sie konnten weder Atmung noch Herzschlag noch irgendein anderes Lebenszeichen feststellen. Was sie betraf, lag der Fall auf der Hand.

Das Schlimmste war, dass ich alles voll mitbekam, was um mich herum vorging. Ich wünschte, ich hätte Mr. Crepsley gebeten, mir ein anderes Mittel zu geben, eines, das mich in einen Dauerschlaf versetzte. Es war war schrecklich, Mama und Papa laut weinen zu hören und Annie, die mich schreiend wiederhaben wollte.

Nach ein paar Stunden kamen Freunde der Familie vorbei, ein Auslöser für noch mehr Schluchzen und noch mehr Tränen.

Wie gern hätte ich mir diesen Teil erspart. Lieber wäre ich mit Mr. Crepsley mitten in der Nacht weggelaufen, aber er hatte erklärt, das sei unmöglich.

»Wenn du einfach wegläufst«, hatte er gesagt, »suchen sie dich. Sie hängen überall Plakate auf, in den Zeitungen wird dein Bild abgedruckt, die Polizei fahndet nach dir. Wir hätten keine ruhige Minute mehr.«

Meinen Tod vorzutäuschen, war die einzige Möglichkeit. Erst wenn sie mich für tot hielten, war ich frei. Niemand macht sich auf die Suche nach einem Toten. Doch jetzt, als ich die Trauer rings um mich her so hautnah miterlebte, verfluchte ich sowohl Mr. Crepsley als auch mich selbst. Ich hätte nicht zustimmen sollen. Ich hätte ihnen so etwas nicht antun dürfen.

Trotzdem, anders herum betrachtet, war die Sache damit ein für alle Mal ausgestanden. Sie waren traurig und würden auch noch eine gewisse Zeit lang trauern, aber letztendlich (so hoffte ich jedenfalls) würden sie darüber hinwegkommen. Wäre ich davongelaufen, hätte ihr Kummer womöglich ewig gedauert. Sie hätten den Rest ihres Lebens gehofft, ich würde eines Tages doch noch zurückkommen, hätten mich gesucht und fest daran geglaubt, mich wiederzufinden.

Der Bestatter traf ein und bat die Besucher, das Zimmer zu verlassen. Er und eine Krankenschwester zogen mich aus und untersuchten meinen Körper. Einige meiner Empfindungen kehrten zurück, und ich konnte ihre kalten Hände spüren, die an mir herumstocherten.

»Er ist in hervorragender Verfassung«, bemerkte der Bestatter leise zu der Schwester. »Fest, frisch und ohne sichtbare Wunden. Mit dem habe ich nicht viel Arbeit. Nur ein bisschen Rouge, damit er um die Wangen herum ein wenig rosiger aussieht.«

Er schob mir die Augenlider hoch. Ich erblickte einen feisten, zufrieden aussehenden Mann. Ich hatte Angst, er würde einen Rest von Leben in meinen Augen entdecken, aber nichts dergleichen geschah. Er bewegte lediglich meinen Kopf vorsichtig hin und her, woraufhin die gebrochenen Wirbel in meinem Hals knackten.

»Was für ein zerbrechliches Geschöpf der Mensch doch ist«, seufzte er und setzte seine Untersuchung fort.

Sie brachten mich noch in der gleichen Nacht nach Hause und legten mich im Wohnzimmer auf einen langen, mit einem bis zum Boden reichenden Tuch bedeckten Tisch. Hier konnten sich die Besucher von mir verabschieden.

Es war unheimlich, all diesen Leuten dabei zuzuhören, wie sie über mich redeten, als wäre ich nicht da, wie sie über mein Leben sprachen und wie ich als Baby gewesen sei und was für ein guter Mensch ich geworden wäre, hätte ich nur länger gelebt.

Sie wären ganz schön erschrocken, wenn ich plötzlich aufgesprungen wäre und laut »Uaaah!« gebrüllt hätte.

Die Zeit verging unglaublich zäh. Ich glaube, es lässt sich nicht beschreiben, wie langweilig es war, endlose Stunden reglos dazuliegen, dazu verdammt, sich weder rühren noch lachen und auch nicht an der Nase kratzen zu dürfen. Nicht mal an die Decke konnte ich starren, weil meine Augen geschlossen waren!

Als das Gefühl nach und nach in meinen Körper zurückkehrte, musste ich aufpassen. Mr. Crepsley hatte mir erzählt, wie es sich anzukündigen pflegte: nämlich dass es, schon lange bevor ich wieder ganz hergestellt war, mit Kitzeln und Kribbeln anfing. Eigentlich konnte ich mich nicht bewegen, aber wenn ich mich sehr angestrengt hätte, hätte ich ein bisschen zucken können und mich damit natürlich sofort verraten.

Das Kribbeln brachte mich fast zum Wahnsinn. Ich versuchte es zu ignorieren, aber das war so gut wie unmöglich. Es kitzelte überall, kroch wie eine Million kleiner Spinnen an meinem Körper herauf und herunter. Am schlimmsten war es rings um meinen Kopf und Hals, dort, wo meine Knochen gebrochen waren.

Endlich gingen die ersten Leute wieder. Es muss schon spät gewesen sein, denn bald darauf war das Zimmer vollkommen leer. Ich lag eine ganze Zeit lang allein da und genoss die Stille.

Dann hörte ich ein Geräusch.

Die Zimmertür öffnete sich ganz langsam und sehr leise.

Schritte durchquerten den Raum und machten neben dem Tisch Halt. Mir wurde innerlich eiskalt, was garantiert nicht an dem Mittel lag. Wer war das? Einen Augenblick dachte ich schon, es sei Mr. Crepsley, aber der hatte keinen Grund, sich heimlich ins Haus zu schleichen. Wir hatten ausgemacht, uns erst später zu treffen.

Wer es auch sein mochte, er – oder sie – verhielt sich absolut leise. Für ein paar Minuten war überhaupt nichts mehr zu hören.

Dann spürte ich Hände auf meinem Gesicht.

Der unbekannte Besucher zog mir die Augenlider hoch und leuchtete mir mit einer kleinen Taschenlampe in die Pupillen. Es war zu dunkel im Zimmer, um zu erkennen, wer es war. Er brummte, drückte die Lider wieder zu, zwängte meine Kiefer auseinander und legte mir etwas auf die Zunge: es fühlte sich an wie ein sehr dünnes Stück Papier, aber es schmeckte merkwürdig bitter.

Nachdem er mir das Objekt wieder aus dem Mund gezogen hatte, hob er meine Hände an und untersuchte die Fingerspitzen. Anschließend vernahm ich das Geräusch einer klickenden Kamera.

Schließlich piekste er mich mit einem spitzen Objekt, das sich wie eine Nadel anfühlte. Er passte auf, dass er mich nicht dorthin stach, wo es bluten würde, und hielt sich auch von meinen lebenswichtigen Organen fern.

Mein Gefühl war zwar teilweise, aber noch längst nicht vollständig zurückgekehrt, weshalb mir die Nadel kaum Schmerzen verursachte.

Danach entfernte der Unbekannte sich wieder. Ich hörte seine Schritte, hörte, wie er den Raum durchquerte und so leise wie zuvor die Tür öffnete und hinter sich wieder schloss, und das war's. Wer es auch gewesen sein mochte, er war wieder gegangen und ließ mich einigermaßen verwirrt und auch ein bisschen verängstigt zurück.

Früh am nächsten Morgen kam Papa und setzte sich neben mich. Er sprach lange mit mir, erzählte mir all das, was er für mich noch geplant hatte, von der Hochschule, auf die er mich geschickt hätte, und von dem Beruf, den er sich für mich gewünscht hatte. Er weinte viel.

Gegen Ende kam Mama dazu und setzte sich zu ihm. Sie weinten einer an der Schulter des anderen und versuchten sich gegenseitig zu trösten. Sie sagten, immerhin hätten sie noch Annie und könnten vielleicht noch ein Kind bekommen oder eins adoptieren. Wenigstens sei es schnell gegangen, und ich hätte keine Schmerzen gehabt, und dass sie ja immer noch ihre Erinnerungen hätten.

Es war furchtbar, der Anlass für so viel Elend und Schmerz zu sein. Ich hätte alles dafür gegeben, um ihnen das zu ersparen.

An diesem Tag war noch so einiges los. Ein Sarg wurde gebracht, und ich wurde hineingelegt. Dann kam ein Pfarrer, der mit der Familie und ihren Freunden zusammensaß. Ständig kamen und gingen Leute.

Ich hörte Annie weinen, hörte, wie sie mich anflehte,

mit dem Quatsch aufzuhören und wieder aufzustehen. Es wäre wesentlich leichter gewesen, wenn sie meine Schwester weggeholt hätten, aber vermutlich wollten sie nicht, dass sie ihnen später vorwarf, sie hätten sie der Chance beraubt, sich von ihrem Bruder zu verabschieden.

Schließlich wurde der Deckel auf den Sarg gelegt und festgeschraubt. Ich wurde vom Tisch gehoben und in den Leichenwagen getragen. Wir fuhren langsam zur Kirche, wo ich von dem, was gesprochen wurde, nicht viel verstehen konnte. Dann, nachdem der Gottesdienst vorbei war, trugen sie mich auf den Friedhof, wo ich jedes einzelne Wort der Rede des Pfarrers mit anhörte, auch das Schluchzen und Jammern der Trauergäste.

Und dann begruben sie mich.

KAPITEL 31

Als sie mich in das feuchte, dunkle Erdloch hinab-
ließen, verblassten alle Geräusche. Mit einem kurzen
Ruck setzte der Sarg auf dem Boden auf, gefolgt vom
regenähnlichen Prasseln der ersten Hände voll Erde,
die auf den Deckel geworfen wurde.

Danach herrschte eine lange Stille, bis die Totengräber
anfingen, die ausgehobene Erde ins Grab zurückzu-
schaufeln.

Die ersten Ladungen krachten wie Ziegelsteine auf den
Deckel und erschütterten den Sarg. Während sich das
Grab langsam füllte und sich immer mehr Erde zwischen mir und der Welt dort oben auftürmte, entfernten sich die Geräusche der Lebenden mehr und mehr,
bis sie am Ende nur noch ein weit entferntes, gedämpf-
tes Grummeln waren.

Ganz zum Schluss hörte ich schwache, stampfende
Laute, als die Arbeiter den Erdhügel mit ihren Schaufeln glätteten.

Dann war es totenstill.

Ich lag dort in der lautlosen Dunkelheit, hörte nur hin
und wieder, wie die Erde ein wenig zusammenrutsch-
te, und stellte mir das Geräusch von Würmern vor,
die durch den Lehm auf mich zugekrochen kamen.
Eigentlich hatte ich es mir gruseliger vorgestellt, lebendig begraben zu werden, aber es war ganz friedlich. Ich

fühlte mich hier unten in Sicherheit, geschützt vor allen Gefahren der Welt.

Ich vertrieb mir die Zeit, indem ich mir die vergangenen Wochen noch einmal durch den Kopf gehen ließ: den Reklamezettel für die Freak Show, die fremde Macht, die mich dazu gebracht hatte, die Augen zu schließen und blindlings nach der Eintrittskarte zu fischen, den ersten Anblick des dunklen Kinos, an die Kälte auf der Empore, von der aus ich die Unterhaltung zwischen Steve und Mr. Crepsley belauscht hatte. Es gab so viele entscheidende Wendepunkte. Hätte ich die Eintrittskarte verfehlt, wäre ich jetzt nicht hier. Hätte ich die Vorstellung nicht besucht, wäre ich jetzt nicht hier. Wäre ich nicht geblieben, um herauszufinden, was Steve im Schilde führte, wäre ich jetzt nicht hier. Hätte ich Madame Octa nicht gestohlen, wäre ich jetzt nicht hier. Hätte ich Mr. Crepsleys Angebot abgelehnt, wäre ich jetzt nicht hier.

Ein Welt voller »wäre« und »hätte«, aber das alles spielte jetzt keine Rolle mehr. Was geschehen war, war geschehen. Könnte ich die Zeit doch noch einmal zurückdrehen …

Aber das konnte ich nicht. Die Vergangenheit lag hinter mir. Am besten blickte ich nicht mehr zurück. Es war höchste Zeit, die Vergangenheit zu vergessen und sich auf die Gegenwart und die Zukunft zu konzentrieren.

Die Stunden vergingen, und allmählich konnte ich mich wieder ein bisschen bewegen. Zuerst die Finger, die sich zu Fäusten ballten und dann von meiner Brust rutschten, wo sie der Leichenbestatter übereinander gelegt hatte. Ich streckte und ballte sie mehrere Male, ganz langsam, um das Prickeln aus den Handflächen zu vertreiben.

Dann öffneten sich endlich meine Augen, aber das brachte nicht viel. Unter der Erde, in absoluter Dunkelheit, war es egal, ob sie auf oder zu waren.

Die zurückkehrenden Empfindungen brachten Schmerzen mit sich. Mir tat der Rücken an der Stelle weh, wo ich nach dem Sturz im Garten aufgeschlagen war. Auch die Lungen und das Herz, die nicht mehr daran gewöhnt waren, mit voller Kraft zu arbeiten, schmerzten. Die Beine waren verkrampft, mein Nacken steif. Die einzige Stelle an meinem Körper, die sich normal anfühlte, war meine rechte große Zehe!

Erst jetzt, nachdem ich wieder zu atmen angefangen hatte, machte ich mir Gedanken über den Luftvorrat im Sarg. Mr. Crepsley hatte mir versichert, in dem komaähnlichen Zustand könnte ich bis zu einer Woche überleben. Aber jetzt, nachdem meine Atmung wieder eingesetzt hatte, wurde mir bewusst, wie wenig Sauerstoff mir zur Verfügung stand und wie rasch er aufgebraucht sein würde.

Ich verfiel nicht in Panik. Panik würde lediglich dazu führen, dass ich keuchend nach Luft schnappte und nur noch mehr davon verbrauchte. Ich blieb ruhig, atmete langsam und gleichmäßig und versuchte mich möglichst wenig zu bewegen. Wer sich bewegt, muss mehr atmen.

Ich hatte keine Ahnung, wie spät es sein mochte. In Gedanken versuchte ich, die Stunden nachzurechnen, aber ich kam immer wieder durcheinander und musste von vorn anfangen.

Ich sang mir tonlos Lieder vor und erzählte mir mit fast

bewegungslosen Lippen Geschichten. Ich wünschte, man hätte mich mit einem Fernseher oder einem Radio beerdigt, aber ich schätze, bei richtigen Toten besteht keine große Nachfrage nach derartigem Komfort.

Nachdem ich allmählich das Gefühl hatte, als türmten sich mehrere Jahrhunderte über meinem Grab, drang ein leises Scharren an mein Ohr.

Er schaufelte schneller als jeder Mensch, so rasch, dass es schien, als grübe er überhaupt nicht, sondern saugte vielmehr die Erde aus dem Grab. Innerhalb weniger rekordverdächtiger Minuten – es dürfte keine Viertelstunde gedauert haben – war er bis zu mir vorgedrungen. Was mich betraf, kam er keine Sekunde zu früh.

Er klopfte drei Mal auf den Sargdeckel und machte sich sofort daran, ihn aufzuschrauben. Sekunden später riss er den Deckel weit auf, und ich starrte hinauf in den schönsten Nachthimmel, den ich je gesehen hatte.

Ich holte tief Luft und setzte mich hustend auf. Es war eine ziemlich dunkle Nacht, aber nachdem ich so lange unter der Erde gelegen hatte, kam sie mir vor wie helllichter Tag.

»Alles in Ordnung?«, erkundigte sich Mr. Crepsley.

»Ich bin todmüde«, grinste ich schwach.

Er lächelte über den Witz. »Steh auf, damit ich dich untersuchen kann«, befahl er. Beim Aufstehen tat mir alles weh, überall stichelte es wie von hundert Nadeln. Mr. Crepsley fuhr mir behutsam mit den Fingern erst über den Rücken, dann über den Brustkorb. »Du hast Glück gehabt«, sagte er. »Kein einziger Knochen gebrochen. Nur ein paar Prellungen, die in wenigen Tagen verschwunden sind.«

Er hievte sich aus dem Grab, drehte sich um und reichte mir die Hand herunter. Ich war immer noch ziemlich steif und angeschlagen.

»Ich fühle mich wie ein zusammengequetschtes Nadelkissen«, murrte ich.

»Es dauert ein paar Tage, bis die Nachwirkungen vorüber sind«, meinte er. »Aber keine Bange: Du bist gut in Form. Wir haben Glück, dass sie dich schon heute begraben haben. Hätten sie noch einen Tag länger damit gewartet, ginge es dir jetzt bedeutend schlechter.«

Er sprang wieder in die Grube hinunter und legte den Deckel auf den Sarg. Nachdem er wieder aufgetaucht war, packte er die Schaufel und schüttete die Erde ins Loch zurück.

»Soll ich Ihnen helfen?«, fragte ich.

»Nein«, antwortete er. »Du würdest mich nur aufhalten. Geh ein Stück spazieren und vertritt dir die Beine. Ich rufe dich, wenn ich fertig bin.«

»Haben Sie meine Tüte mitgebracht?«

Er nickte in Richtung eines benachbarten Grabsteins, an dem die Tüte hing.

Ich nahm sie ab und vergewisserte mich, dass er nicht darin herumgewühlt hatte. Ich fand keinerlei Anzeichen dafür, aber ich konnte es nicht mit Sicherheit sagen. Ich musste ihn einfach beim Wort nehmen. Wie auch immer, es spielte ohnehin keine große Rolle mehr: in meinem Tagebuch stand nichts, was er nicht schon wusste.

Ich machte einen kleinen Spaziergang zwischen den Gräbern und erfreute mich daran, Arme und Beine ausschütteln zu können. Jedes Gefühl, selbst ein prickelndes Stechen, war besser als überhaupt keines.

Meine Augen waren schärfer als je zuvor. Ich konnte Namen und Daten auf Grabsteinen in mehreren Metern Entfernung lesen. Das war das Vampirblut in mir. Schließlich verbrachten Vampire ihr ganzes Leben im Dunkeln. Ich wusste zwar, dass ich nur ein halber Vampir war, aber all die …

Plötzlich, als ich gerade über meine neuen Kräfte nachsann, schoss hinter einem Grab eine Hand hervor, presste sich auf meinen Mund und riss mich zu Boden – und damit außer Sichtweite von Mr. Crepsley!

Ich schüttelte wild den Kopf hin und her und öffnete den Mund, um laut zu schreien, aber dann erblickte ich etwas, das mich mitten in der Bewegung erstarren ließ. Mein Angreifer, wer es auch sein mochte, hielt einen Hammer und einen langen Holzpfahl in der Hand, dessen Spitze *direkt auf mein Herz zeigte!*

KAPITEL 32

Wenn du dich auch nur einen Millimeter von der Stelle rührst«, warnte mich der Angreifer, »treibe ich dir dieses Ding zwischen die Rippen!«

Die drohenden Worte hatten nicht halb so viel Wirkung auf mich wie die vertraute Stimme, die sie hervorstieß.

»*Steve?*«, keuchte ich und ließ meinen Blick von der Spitze des Pfahls nach oben zu seinem Gesicht wandern. Es war eindeutig Steve, der versuchte, heldenmütig auszusehen, aber in Wirklichkeit war er völlig verängstigt. »Steve, was zum …«, fing ich an, aber er brachte mich durch einen kleinen Stoß mit dem Pfahl zum Verstummen.

»Kein Wort!«, zischte er und ging neben dem Sockel des Grabsteins in die Hocke. »Ich möchte nicht, dass uns dein *Freund* hört.«

»Mein …? Ach, du meinst Mr. Crepsley«, meinte ich.

»Larten Crepsley, Vur Horston«, höhnte Steve. »Mir egal, wie du ihn nennst. Er ist ein Vampir, das ist alles, was mich interessiert.«

»Was tust du hier?«, flüsterte ich.

»Ich jage Vampire«, knurrte er leise und stupste mich wieder mit dem Pfahl. »Und es sieht ganz so aus, als hätte ich auf Anhieb ein Pärchen gefunden!«

»Hör zu«, sagte ich, eher verärgert als eingeschüchtert

(wenn er mich wirklich töten wollte, hätte er das gleich getan und würde sich nicht erst lang und breit mit mir unterhalten wie die Leute in den Filmen), »wenn du mir dieses Ding in den Leib rammen willst, dann los. Wenn du mit mir reden willst, leg es weg. Mir tut sowieso schon alles weh, auch ohne dass du Löcher in mich piekst.«

Er starrte mich an und zog dann den Pfahl ein paar Zentimeter zurück.

»Was machst du hier?«, fragte ich. »Wie bist du überhaupt auf die Idee gekommen?«

»Ich bin dir gefolgt«, antwortete er. »Nachdem ich gesehen hatte, was du mit Alan gemacht hast, habe ich dich das ganze Wochenende über verfolgt. Ich habe gesehen, wie Crepsley in euer Haus ging. Ich habe gesehen, wie er dich aus dem Fenster geschmissen hat.«

»Dann hast *du* dich also in der Nacht ins Wohnzimmer geschlichen!«, keuchte ich und erinnerte mich wieder an den geheimnisvollen nächtlichen Besucher.

»Genau«, nickte er. »Die Ärzte waren mit deinem Totenschein rasch bei der Hand. Ich wollte lieber selbst nachsehen, ob du noch tickst oder ob du wirklich tot bist.«

»Und das Stück Papier in meinem Mund?«, fragte ich.

»Lackmuspapier«, erklärte er. »Ändert die Farbe auf feuchten Oberflächen. Auf *lebenden* Körpern. Das hat mich auf die richtige Spur geführt. Und die Narben an deinen Fingerspitzen.«

»Du weißt von der Sache mit den Fingern?«, erkundigte ich mich erstaunt.

»Ich habe davon in einem sehr alten Buch gelesen«, erwiderte er. »Übrigens in dem gleichen, in dem ich auch

Vur Horstons Porträt entdeckt habe. An keiner anderen Stelle wird diese Methode erwähnt, weshalb ich sie immer für eins der vielen Vampirmärchen gehalten habe. Aber nachdem ich mir deine Finger genauer betrachtet hatte ...«

Er unterbrach sich und legte lauschend den Kopf schief. Auch ich bemerkte jetzt, dass keine Schaufelgeräusche mehr zu hören waren. Einen Augenblick herrschte tiefe Stille. Dann hallte Mr. Crepsleys heisere Stimme über den Friedhof.

»Darren, wo bist du?«, rief er. »Darren?«

Auf Steves Gesicht spiegelte sich nackte Angst. Ich hörte sein Herz pochen und sah Schweißperlen über seine Wangen rinnen. Er wusste nicht, was er tun sollte. So weit hatte er nicht im Voraus gedacht.

»Alles in Ordnung!«, antwortete ich laut, und Steve sprang erschocken auf.

»Wo bist du?«, rief Mr. Crepsley.

»Hier drüben«, erwiderte ich, ohne auf Steves Pfahl zu achten. »Meine Beine waren lahm, deshalb habe ich mich kurz hingesetzt!«

»Sonst alles in Ordnung?«, wollte Mr. Crepsley wissen.

»Bestens!«, rief ich. »Ich ruhe mich noch einen Augenblick aus, dann versuche ich es wieder. Rufen Sie mich einfach, wenn Sie fertig sind!«

Ich setzte mich auf, um Steve ins Gesicht blicken zu können. Er sah inzwischen gar nicht mehr so mutig aus. Er hatte den Pfahl sinken lassen, so dass die Spitze nach unten zeigte und für mich keine Bedrohung mehr darstellte. Sein ganzer Körper war jämmerlich in sich zusammengesunken. Er tat mir Leid.

»Warum bist du hergekommen, Steve?«

»Um dich zu töten«, murmelte er.

»Mich zu *töten*? Warum das denn, um Himmels willen?«

»Weil du ein Vampir bist. Ist das nicht Grund genug?«

»Aber du hast doch gar nichts gegen Vampire«, erinnerte ich ihn. »*Du* warst doch derjenige, der selbst einer werden wollte!«

»Stimmt«, fauchte er. »Ich war derjenige, der es wollte, aber du bist derjenige, der es geschafft hat. Du hast es schon die ganze Zeit vorgehabt, stimmt's? *Du* hast Mr. Crepsley gesagt, ich wäre böse. *Du* hast dafür gesorgt, dass er mich zurückweist, damit du selbst …«

»So ein Blödsinn«, seufzte ich. »Ich wollte nie Vampir werden. Ich habe nur eingewilligt, sein Gehilfe zu werden, um dir das Leben zu retten. Andernfalls wärst du jetzt tot.«

»Was für eine herzerweichende Geschichte!«, schnaubte er. »Ich hielt dich für meinen einzigen Freund. Ha!«

»Ich bin dein Freund!«, rief ich empört. »Steve, bitte versteh mich doch! Ich hätte niemals zugelassen, dass dir etwas passiert. Was geschehen ist, habe ich nicht gewollt. Ich habe es nur getan, um …«

»Verschone mich mit deiner rührseligen Story«, schniefte er. »Wie lange hast du die Sache schon geplant? Du musst gleich in der Nacht nach der Vorstellung zu Mr. Crepsley gegangen sein. Von ihm hast du auch Madame Octa bekommen, stimmt's? Er hat sie dir geschenkt, weil du eingewilligt hast, sein Gehilfe zu werden.«

»Nein, Steve, das stimmt nicht. Das darfst du nicht glauben.« Aber er glaubte es. Ich konnte es seinen

Augen ansehen. Nichts von dem, was ich vorbrachte, konnte ihn umstimmen. Er war steif und fest davon überzeugt, dass ich ihn verraten hatte. Ich hatte ihm das Leben gestohlen, das seiner Meinung nach für ihn bestimmt gewesen war. Er würde mir nie verzeihen.

»Ich gehe jetzt«, murmelte er und entfernte sich langsam. »Ich dachte, ich könnte dich gleich heute Nacht töten, aber ich habe mich geirrt. Ich bin noch zu jung. Ich bin noch nicht stark und mutig genug dafür. Aber lass dir eins gesagt sein, Darren Shan. Ich werde größer und älter, stärker und mutiger. Ich werde mein ganzes Leben darauf ausrichten, meinen Körper und meinen Geist zu trainieren, und wenn der Tag kommt ... wenn ich so weit bin ... wenn ich optimal vorbereitet und ausgerüstet bin ...« Er machte eine kleine Pause.

»Dann werde ich dich suchen, finden und töten«, schwor er. »Ich werde der beste Vampirjäger aller Zeiten werden, und egal, in welchem Loch du dich auch verkriechst, ich werde dich aufspüren. In jedem Loch, unter jedem Stein und in jedem Keller. Und wenn es sein muss, verfolge ich dich bis ans Ende der Welt«, fuhr er mit irrem Blick und glühendem Gesicht fort. »Dich und deinen Lehrmeister. Und wenn ich euch finde, treibe ich euch Pfähle mit stählernen Spitzen durchs Herz, schlage euch die Köpfe ab und stopfe sie mit Knoblauch aus. Danach verbrenne ich euch und streue die Asche in fließendes Wasser. Ich gehe kein Risiko ein. Ich sorge dafür, dass ihr nie wieder aus dem Grab zurückkehrt!«

Er unterbrach sich, zog ein Messer hervor und ritzte sich ein kleines Kreuz in die linke Handfläche. Er hielt sie hoch, damit ich sah, wie das frische Blut aus der Wunde tropfte.

»Ich schwöre es bei diesem Blut!«, erklärte er feierlich, drehte sich abrupt um und rannte davon. In Sekundenschnelle war er in der Dunkelheit der Nacht verschwunden.

Ich hätte ihm nachlaufen können, seiner Blutspur folgen. Hätte ich Mr. Crepsley gerufen, hätten wir ihn mit Leichtigkeit einholen und sowohl mit Steve Leopard als auch mit seinen Drohungen ein für alle Mal Schluss machen können. Es wäre sicher das Klügste gewesen.

Aber ich rief Mr. Crepsley nicht. Ich brachte es nicht übers Herz. Schließlich war Steve immer noch mein Freund ...

KAPITEL 33

Als ich wieder bei Mr. Crepsley eintraf, glättete er gerade den Grabhügel mit der Schaufelrückseite. Ich sah ihm bei der Arbeit zu. Die Schaufel war groß und schwer, aber er hantierte damit, als wäre sie aus Papier. Ich fragte mich, wie stark er wohl sein mochte – und wie stark ich selbst eines Tages sein würde.

Ich zog kurz in Erwägung, ihm von Steve zu erzählen, befürchtete aber, dass er ihn dann verfolgen würde. Steve hatte schon genug durchgemacht. Außerdem waren seine Drohungen wahrscheinlich leeres Gerede. In ein paar Wochen, sobald etwas anderes seine Aufmerksamkeit fesselte, würde er Mr. Crepsley und mich vergessen haben.

Das hoffte ich jedenfalls. Mr. Crepsley blickte hoch und runzelte die Stirn. »Bist du sicher, dass mit dir alles in Ordnung ist?«, fragte er. »Du kommst mir ziemlich nervös vor.«

»Ich möchte Sie mal sehen, nachdem sie einen ganzen Tag in einem Sarg verbracht haben«, erwiderte ich.

Er musste laut lachen. »Meister Shan, ich habe schon mehr Zeit in Särgen verbracht als so mancher echte Tote!« Er schlug ein letztes Mal kräftig mit der Schaufel auf das Grab, dann zerbrach er sie in lauter kleine Stücke und warf sie ins Gebüsch. »Sind deine Glieder immer noch so steif?«, erkundigte er sich.

»Es geht schon besser«, antwortete ich und ließ Arme und Hüfte kreisen. »Aber allzu oft möchte ich meinen Tod lieber nicht vortäuschen.«

»Nein«, sinnierte er. »Hoffen wir, dass es nicht noch einmal nötig sein wird. Es ist eine gefährliche Nummer, bei der viel schief gehen kann.«

Ich starrte ihn an. »Sie haben mir doch versichert, es sei alles halb so schlimm!«, sagte ich.

»Ich habe dich angelogen. Manchmal bringt das Mittel den Patienten dem Tod zu nahe, und er wacht nie wieder auf. Außerdem konnte ich nicht sicher sein, ob die Ärzte bei dir nicht doch eine Autopsie vornehmen würden. Und … willst du das wirklich alles hören?«

»Nein«, entgegnete ich hastig. »Lieber nicht.« Ich war wütend und wollte ihm einen Schlag verpassen, aber er wich mit Leichtigkeit aus und lachte auch noch dabei.

»Sie haben behauptet, dass mir überhaupt nichts passieren kann!«, schrie ich ihn an. »Sie Lügner!«

»Ich musste dich anlügen«, entgegnete er. »Es gab keine andere Möglichkeit.«

»Und wenn ich gestorben wäre?«, maulte ich.

Er zuckte die Achseln. »Dann hätte ich jetzt einen Gehilfen weniger. Kein großer Verlust. Ich bin sicher, ich hätte bald Ersatz gefunden.«

»Sie … Sie … Oh!« Ich stampfte wütend auf. Ich hätte ihn mit jeder Menge Schimpfwörter belegen können, wollte jedoch in Gegenwart von Toten keine ungebührlichen Ausdrücke verwenden. Ich würde ihm später erzählen, was ich von seiner Betrügerei hielt.

»Können wir gehen?«, fragte er.

»Einen Augenblick noch«, bat ich. Ich stieg auf einen der höheren Grabsteine und warf einen letzten Blick auf die Stadt. Von dort aus war nicht viel zu sehen, aber es war das letzte Bild, das ich von dem Ort mitnahm, an dem ich geboren und aufgewachsen war, also ließ ich mir Zeit, und unter meinem Blick verwandelte sich jede dunkle Gasse in eine Prachtstraße, jeder baufälligen Bungalow in einen Palast aus Tausendundeiner Nacht, jedes zweistöckige Gebäude in einen glitzernden Wolkenkratzer.

»Mit der Zeit gewöhnt man sich daran, Abschied zu nehmen«, kommentierte Mr. Crepsley. Er stand hinter mir auf einem Stein, von kaum mehr als dünner Luft gehalten. Seine Miene war düster. »Vampire nehmen ständig Abschied. Kaum sind wir irgendwo angekommen, packen wir schon wieder unsere Siebensachen und ziehen zu neuen Weidegründen weiter. So sind wir nun mal, und so müssen wir sein.«

»Ist es beim ersten Mal am schlimmsten?«, fragte ich.

»Ja«, bestätigte er und nickte. »Aber einfach wird es nie.«

»Wie lange dauert es, bis man sich daran gewöhnt?«, wollte ich wissen.

»Vielleicht ein paar Jahrzehnte«, antwortete er. »Vielleicht länger.«

Jahrzehnte. Aus seinem Mund hörte es sich an wie Monate.

»Können wir keine Freunde haben?«, erkundigte ich mich. »Können wir kein Zuhause haben, keine Ehefrauen und keine Familien?«

»Nein«, seufzte er. »Niemals.«

»Wird man dabei denn nicht einsam?«, fragte ich nach.

»Ganz schrecklich sogar«, gab er zu.

Ich nickte traurig. Zumindest war er ehrlich. Wie

schon gesagt, ist mir die Wahrheit, wie unangenehm sie auch sein mag, immer noch lieber als eine Lüge. Bei der Wahrheit weiß man wenigstens, woran man ist.

»Na schön«, entgegnete ich und sprang von meinem Grabstein herunter. »Ich bin so weit.« Ich nahm meine Tasche und klopfte die Friedhofserde ab.

»Wenn du willst, nehme ich dich Huckepack«, bot Mr. Crepsley an.

»Nein, vielen Dank«, erwiderte ich höflich. »Vielleicht später, aber zuerst möchte ich selbst ein wenig laufen, um mir die Steifheit in den Beinen zu vertreiben.«

»Wie du willst«, meinte er.

Ich rieb mir den Magen und lauschte seinem Knurren. »Ich habe seit Sonntag nichts mehr gegessen«, erklärte ich. »Ich habe Hunger.«

»Ich auch«, gab er zurück. Dann nahm er mich an der Hand und grinste blutrünstig. »Lass uns *essen* gehen.«

Ich holte tief Luft und versuchte nicht daran zu denken, was auf unserer Speisekarte stand. Ich nickte aufgeregt und drückte seine Hand. Wir drehten uns um, weg von den Gräbern. Und dann machten wir, der Vampir und sein Gehilfe, uns Seite an Seite auf den Weg ...

... tiefer und tiefer in die Nacht.

UND SO GEHT'S WEITER ...

Und so geht's weiter im zweiten Buch des mysteriösen

Die Nacht war warm und trocken, und so beschloss Stanley Collins, nach dem Pfadfindertreffen zu Fuß nach Hause zu gehen. Es war nicht weit, kaum zwei Kilometer, und trotz der Dunkelheit war ihm jeder Fußbreit des Weges so vertraut wie die Schlinge eines Kreuzknotens.

Stanley war Pfadfinderführer. Er war begeistert von der Pfadfinderei. Als Junge war er selbst ein Wölfling gewesen und hatte, auch als er älter wurde, die Verbindung nicht abgebrochen. Er hatte seine drei Söhne zu vorbildlichen Pfadfindern erzogen, und jetzt, nachdem sie selbst erwachsen und aus dem Haus waren, kümmerte er sich um die Kinder der Umgebung.

Um sich warm zu halten, schlug Stanley ein flottes Tempo an. Er trug nur ein T-Shirt und eine kurze Hose, und obwohl die Nacht lau war, bekam er bald Gänsehaut an Armen und Beinen. Es störte ihn nicht. Seine Frau hatte ihm bestimmt schon eine schöne Tasse heißen Kakao und einen Teller mit Rosinenbrötchen bereitgestellt. Nach einem zügigen Marsch würden sie ihm um so besser schmecken.

Die Straße war von Bäumen gesäumt, die den Weg für jeden, der sich nicht auskannte, dunkel und gefährlich machten. Aber Stanley hatte keine Angst. Im Gegenteil: Er war gern bei Nacht unterwegs und lauschte vergnügt dem Rascheln seiner Schritte im hohen Gras und Unterholz.

Raschel. Raschel. Raschel.

Er lächelte. Als seine Söhne noch klein waren, hatte er ihnen auf dem Heimweg immer vorgeflunkert, dass hinter den Bäumen Ungeheuer lauerten. Er hatte unheimliche Geräusche von sich gegeben und tief hängende Zweige geschüttelt, wenn die Jungen gerade nicht hinsahen. Manchmal hatten sie angefangen zu kreischen und waren im Galopp nach Hause gerannt, Stanley war ihnen dann lachend gefolgt.

Raschel. Raschel. Raschel.

Falls er heute Nacht Einschlafschwierigkeiten hätte, würde er sich das Geräusch seiner Schritte auf dem Heimweg ins Gedächtnis rufen. Das hatte ihm schon immer geholfen, sanft ins Land der Träume zu entschlummern.

Nach Stanleys Ansicht war es das schönste Geräusch auf der ganzen Welt, besser als sämtliche Kompositionen von Mozart und Beethoven.

Raschel. Raschel. Raschel.

Knack.

Stanley blieb stehen und runzelte die Stirn. Das Knacken hatte sich nach einem zerbrechenden Ast angehört, aber das war eigentlich unmöglich. Er hätte doch gespürt, wenn er einen Zweig zertreten hätte. Und auf den angrenzenden Feldern gab es weder Kühe noch Schafe. Stanley stand etwa eine halbe Minute ganz still und lauschte aufmerksam. Als nichts weiter zu hören war, schüttelte er lächelnd den Kopf. Seine Einbildungskraft hatte ihm wohl einen Streich gespielt. Er würde seiner Frau davon erzählen, wenn er wieder zu Hause war, und sie würden beide herzlich darüber lachen.

Er ging weiter.

Raschel. Raschel. Raschel.

Na also. Das vertraute Geräusch. Niemand sonst schlich hier herum. Dann hätte er schließlich mehr als nur das Knacken eines vereinzelten Zweiges hören müssen. Niemand konnte sich Stanley J. Collins unbemerkt nähern. Er war schließlich ausgebildeter Pfadfinderführer. Sein Gehör war so scharf wie das eines Fuchses.

Raschel. Raschel. Raschel. Raschel. Rasch…

Knack.

Wieder blieb Stanley stehen. Diesmal schloss die Angst ihre Klauen um sein wild pochendes Herz.

Diesmal war es keine Einbildung gewesen. Er hatte es klar und deutlich gehört. Irgendwo über seinem Kopf hatte ein Ast geknackt. Und davor: War da nicht ein leises Rauschen gewesen, als bewegte sich etwas?

Stanley reckte den Hals und spähte in die Baumkronen, aber es war zu dunkel, um etwas erkennen zu können. Ein Ungeheuer, so groß wie ein Auto, hätte dort oben hocken können, und er hätte es nicht gesehen. Zehn Ungeheuer. Hundert! Tau…

Was für ein Unsinn. Ungeheuer hockten nicht auf Bäumen. Es gab überhaupt keine Ungeheuer. Sie existierten nicht in Wirklichkeit. Bestimmt war es ein Eichhörnchen oder eine Eule, irgendetwas ganz Gewöhnliches.

Stanley hob einen Fuß und senkte ihn im Zeitlupentempo.

Knack.

Sein Fuß hing mitten in der Luft, und sein Herz pochte schneller. Das war kein Eichhörnchen! Das Knacken war zu laut. Dort oben war etwas *Großes*. Etwas, das dort *nicht hingehörte*. Etwas, das normalerweise nicht da war. Etwas, das …

Knack!
Diesmal klang das Geräusch näher, es kam von weiter unten, und plötzlich hielt Stanley es nicht länger aus. Er rannte los.
Stanley war ein stämmiger Mann, aber für sein Alter gut in Form. Trotzdem war es lange her, seit er zuletzt derartig gerannt war, und nach hundert Metern hielt er sich keuchend die stechenden Seiten.
Er kam zum Stehen und beugte sich nach Luft schnappend vornüber.
Raschel.
Er riss den Kopf hoch.
Raschel. Raschel. Raschel.
Schritte bewegten sich auf ihn zu. Langsame, schwere Schritte. Stanley lauschte ängstlich, wie sie näher und näher kamen. War das Ungeheuer aus einem der Bäume vor ihm gesprungen? Oder war es heruntergeklettert? Wollte es ihm an den Kragen? Wollte es …
Raschel. Raschel.
Die Schritte verstummten, und Stanley konnte eine Gestalt ausmachen. Sie war kleiner, als er erwartet hatte, nicht größer als ein Kind. Stanley richtete sich hoch auf, nahm all seinen Mut zusammen und trat vor, um besser sehen zu können.
Es war tatsächlich ein Junge! Ein kleiner, verängstigt wirkender Junge in einem schmutzigen Anzug.
Stanley lächelte kopfschüttelnd. Wie dumm von ihm! Seine Frau würde sich köstlich amüsieren, wenn er ihr die Geschichte erzählte.
»Alles in Ordnung, mein Junge?«, fragte Stanley freundlich.
Der Junge antwortete nicht.

Stanley hatte ihn noch nie gesehen, aber erst kürzlich waren mehrere Familien neu in die Gegend gezogen. Deshalb kannte Stanley nicht mehr alle Kinder der Nachbarschaft.

»Kann ich dir helfen?«, erkundigte er sich. »Hast du dich verirrt?«

Der Junge schüttelte langsam den Kopf. Irgendetwas an ihm war Stanley unheimlich. Vielleicht lag es nur an der Dunkelheit und den Schatten, aber der Junge sah merkwürdig aus: blass, sehr dünn und sehr – *hungrig*.

»Alles in Ordnung mit dir?«, wiederholte Stanley und trat noch näher. »Kann ich …«

KNACK!

Das Geräusch war jetzt direkt über Stanleys Kopf, es klang laut und bedrohlich.

Blitzschnell sprang der Junge beiseite.

Stanley konnte gerade noch hochblicken und sah einen großen roten Umriss, wie von einer Fledermaus, der durch die Zweige auf ihn zustürzte.

DARREN SHAN
UND DER VAMPIR
ISBN 3-7951-1760-1
Erscheint im Mai 2001